文 化 中
边缘话题

主编⊙乔 力 丁少伦

离合兴亡
文人情怀《桃花扇》

车振华/著

济 南 出 版 社

图书在版编目（CIP）数据

离合兴亡：文人情怀《桃花扇》／车振华著. —济南：
济南出版社，2013.3（2023.5 重印）
（文化中国／乔力，丁少伦主编. 边缘话题. 第3辑）
ISBN 978 – 7 – 5488 – 0751 – 3

Ⅰ．①离⋯　Ⅱ．①车⋯　Ⅲ．①《桃花扇》—戏剧研究
Ⅳ．①I207.37

中国版本图书馆 CIP 数据核字（2013）第 052166 号

策　　划　丁少伦
责任编辑　张所建
装帧设计　侯文英

出版发行　济南出版社
地　　址　济南市二环南路 1 号（250002）
发行热线　0531 – 86131730　86131731　86116641
印　　刷　肥城新华印刷有限公司
版　　次　2013 年 8 月第 1 版
印　　次　2023 年 5 月第 3 次印刷
成品尺寸　168 毫米 × 230 毫米　1/16
印　　张　15.25
字　　数　184 千字
定　　价　48.00 元

编辑委员会

中国传统文化悠远深沉、丰厚博广，犹如河汉之无极。对历史文献的发掘、梳理、认知与解读，则是一个持续不断的过程。而《文化中国：边缘话题丛书》，借以丰富坚实的史料，佐以生动流畅的散文笔法，倚以现代的思维和理性的眼光，立以历史的观照与文化的反思，将某些文化精神进行溯源与彰显，以启发读者的新审美、新思考和新认知。

何谓"文化中国"？"周虽旧邦，其命维新。"文化中国乃以弘扬中国文化为主旨，以传承中国文化为责任，以求提升中国民众的人文素质。而传统文化的发掘与传承，需要新的努力；传统文化解读与现代意识反思之间的纠葛与交融，需要新的形式。正如陈从周先生在《园林美与昆曲美》中所说的那样：

文化中国·边缘话题

主编人语

中国园林，以"雅"为主，"典雅"、"雅趣"、"雅致"、"雅淡"、"雅健"等等，莫不突出以"雅"。而昆曲之高者，所谓必具书卷气，其本质一也，就是说，都要有文化，将文化具体表现在作品上。中国园林，有高低起伏，有藏有隐，有动观、静观，有节奏，宜欣赏，人游其间的那种悠闲情绪，是一首诗，一幅画，而不是匆匆而来，匆匆而去，走马观花，到此一游；而是宜坐，宜行，宜看，宜想。而昆曲呢？亦正为此，一唱三叹，曲终而味未尽，它不是那种"嘣嚓嚓"，而是十分婉转的节奏。今日有许多青年不爱看昆曲，原因是多方面的，我看是一方面文化水平差了，领会不够；另一方面，那悠然多韵味的音节适应不了"嘣嚓嚓"的急躁情绪，当然曲高和寡了。这不是昆曲本身不美，而正仿佛有些小朋友不爱吃橄榄一样，不知其味。我们有责任来提高他们，而不是降格迁就，要多做美学教育才是。

《文化中国：边缘话题丛书》，亦如陈从周先生所言之"园林"与"昆曲"，正是以展示中国文化此种意蕴与神韵为己任的。

何谓"边缘"？20 世纪 80 年代后期，学术降落民间，走向大众，体现了对大众文化和下层历史的更多观照。由此，"大历史观"下的文化研究，内容日趋多元化，角度渐显层次，于是，那些不处于主流文化中心的，不为大多数人所熟悉的，或散落在历史典籍里的，但却是中国传统文化重要组成部分的人或事，日渐走进人们的视野，丰满了历史的血肉。对于这些人或事的阐述与解读，是对中国文化精神进行透视与反思的一个重要方面，其意义亦甚为厚重而深远。

何谓"话题"？《文化中国：边缘话题丛书》，为读者提供了一种文化解读的别样文本，讲求深入浅出、雅俗共赏，采用"理含事中，由事见理"的写作风格，由话入题，由题点话，以形象化、生动化的表述，生发出个人新见和一家之言。这种解说方式是以学术研究为基础的，绝不戏说杜撰，亦非凿空立论，正是现如今大多数中国读者所喜闻乐见的讲述方式，呈现出学术与趣味的统一，"虽不能至，固所愿也"。

《文化中国：边缘话题丛书》第三辑共计五种。然而，它却与此前已经面世的第一、第二两辑，表现出颇为明显的类型性差异。换句话说，即第三辑不再像以前那样，择取某些历史文化人物、事件、现象或横断面为关注题材，自拟书目以叙写我们的重新发现和特定的认知理解，而是依托中国传统文化经典宝库的一些文学作品所生成——其实，这种显著的不同，也更充分体现在《文化中国》另一并列的系列《永恒的话题》已出版过的几十种书上面。在这里，固然也循例述说相关文学作品的缘起、流变、思想内容及影响，评论其艺术特征、审美理想，但是，它却并非文学史性质或相应作家作品研究的专题著作。

要言之，本辑与大型丛书系列《文化中国》的总体旨趣、撰写取向仍然相一致，据此以阐发、析论这些古典戏曲巅峰之作（是可谓"极品"）所贯注的某种文化精神，那深层所含蕴勃动着的、持续彰显出的时代意义（古代的和现代的）；并以之追寻那终极价值的认定，或参与到有关集体情感的繁杂艰难重塑过程里。"浩茫连广宇"，因时间而空间，上溯古人形象，下及读者群体，期待能臻达心灵深处的契合感应，接受我民族传统里本有的一种纯洁美好，日渐疏离那些世俗的浮躁和阴霾……

所以，依据本辑的主题，即它穿透漫长岁月编织就的重重云雾，却依然不变的那份恒久持守，便径直命名为"永远的青春与爱情"（这在《永恒的话题》和《边缘话题》两大书系中，则属另类专有）。因之它的整体风格面貌，也自然特别于此前的凝重端严或轻便闲适，转而趋向了热烈浓挚，不时流溢出蓬勃的生命活力与丝丝温润柔和情味，甚至还笼罩着一些纯净的理想主义色彩——这也许是当下的"最稀缺资源"。简单说来，就是从所处时代氛围中，立足于现代人的视觉、意识去重新看待古典戏曲的那些人和事，由文学而及文化层面，作个体生命现象与社会人生意义的再解读。如果仍然以整个丛书所习用的依类相从的方法，这五种却又各有所侧重：

《西厢记》历来就被文学史、戏剧史家们激赏作"天下夺魁"，虽万口莫有异辞。它的情节美、人物美、意境美、曲词美，犹如"花间美人"，集众美于一体，是中国古典戏曲的辉煌标志。不过，《爱情范本：纯真明朗〈西厢记〉》还更关注其所创具的艺术范型意义，从其诞生后的几个世纪以来，这个喜剧早已经从虚构的故事演变成为人生的真实愿望，牢牢根植在社会大众心底，它"愿天下有情人都成了眷属"的鲜明主旨，至今也仍然能够让人们充分意识到人性的美好和自由的可贵，认清楚束缚人们的自由心灵、阻挠人们的纯真爱情、摧残人们的良善人性的势力是多么可恶可憎，更相信人生幸福必须要靠自己去争取奋斗。

《牡丹亭》描写了"情不知所起，一往而深。生者可以死，死可以生"的"至情"，它与《西厢记》虽然同样关注个体生命之爱，但是，《痴情穿越：浪漫唯美〈牡丹亭〉》更强调了对生命尊严和个性自由的热切呼唤，张扬了青年男女对幸福爱情的执着追求，并认为剧中的这个"情"字，深刻触及社会的人性伦理、道德秩序，乃至其时代人格和艺术品格之坚持，实开启着"人情之大窦"。你看，那一灵未泯、人鬼抵死缠绵的曲折离奇故事，对所有的有形无形束缚羁绊的不懈抗争，浓墨重彩地渲染夸张青春与情欲之美，都抹去了《西厢记》的轻喜剧色调，涉及到更为复杂广阔的社会现实生活。在"妙处种种，奇丽动人"的艺术境界里，激烈冲撞伴随着浓挚灼热的情缘相共生。

向称"南戏之祖"的《琵琶记》与通常类型的爱情剧有显著不同，它并没有对男女恋情多费笔墨，却将夫妻之情融合在历史人生大背景下，就古代读书人的普遍遭遇，展现出一个典型的家庭悲剧。故而严格说来，将其视作婚姻类型的社会剧更恰切些。《真情持守：凄苦缠绵〈琵琶记〉》认为，综览此剧的立意主旨，或许是在于说明那个时代与世风，那些礼教观念和社会制度对个人命运的严密制约，对人自由自主的严酷压抑。所以，剧中塑造的主要人物形象虽无一不备具美好的人性、善良贤德，他们之间所产生的沉重感情纠葛却既非来源自本身，也更难以判断是非，遽作取舍。无解之下，也只能以相互退让，凭谦恭包容求得"大团圆"式的欢喜结局了。

至于《长生殿》和《桃花扇》二剧，则皆为那种基本上依托于或多或少的历史真实，且与国家政事密切关联交融，甚或直接推动决定了情节走向与结束的"准爱情"类型。在这里，情侣双方之间的关系，以及两个人各自的遭际命运，都无不受制约而被动于当时的军国政治局势和朝野上下某些事件的发生影响，而当事者本人却对自我人生道路的选择颇为无奈。《挚诚情缘：千古遗恨〈长生殿〉》尤揭示出此种"宿命"，尽管主角拥有皇家帝室的特殊尊贵身份，仍显隐不等地主导或参与到大唐王朝由盛转衰的关捩中来。它紧紧把握住历史的主脉，再去全面梳理、分析这段史上最受关注、最为著名的情变故事，其超迈许多政治与爱情背叛的泥沼所建立起的挚诚恋情，却终至毁灭的曲折历程，那因多种可能选择组成的扑朔迷离的结局，以及"男女知音互赏"、"爱情背叛者悔恨痛苦"、"仙界团圆浪漫神秘"的新表现模式，使之成为中国文学史和艺术史上流传久远、已经佳作迭现的"李杨爱情"题材的最后巨制。

《桃花扇》也同样取借历史上的真实人物作为男女主角，不过，与前者所不同之处在于，它只是对二人原先较为平淡短促的悲欢聚散经历加以渲染点化，用之贯穿勾连起南明弘光小朝廷的兴亡。那么，其篇幅所占比重自然便有限。《离合兴亡：文人情怀〈桃花扇〉》画龙点睛式地认为，爱情固然亦作为本剧之主线，但却并非以描写儿女私情为主旨；它着重表现的是南明王朝一载即败亡覆灭的始末本源，关注对历史教训的深刻反思，不时流露出对故国的深沉悼念，浸染着浓重的家国意识。并特别指明，《桃花扇》的作者置身在异族入主中原的新朝伊始，犹及亲自见闻于前朝遗老风范与故都风物，且有意多所交接历览，故之那份种族兴替的巨大创痛、朝代更易的沧桑变感，也便会迥异于其他剧作者而更加切实深永了。

诗云："鹤鸣于阴，其子和之。鹤鸣九皋，声闻于天。"《文化中国：边缘话题丛书》洋溢着对中国传统文化的热情，贯通着对优秀文化传承倡扬的理想追求。它也依然循守这套大型丛书系列的整体体例和价值倾向，即根柢于可征信的确实文献史料，透过新时代意识的现代观照，出之以清便畅朗的"美文"与图文并映互动的外在形式，以求重新解读那些纷杂多元的历史文化话题及文学现象，就相关的人物、事件给出一些理性评说和感性触摸。所以，它因其灵活生动的巨大包容性，强调"可操作性与持续发展之张力"，已经形成为一个长期的品牌选题，分若干辑陆续推出，以期最终构建起大众文化精品系列群。

乔力　丁少伦
于 2013 年季春之月

目　录

引　言

001

离合兴亡

文人情怀
《桃花扇》

WEN

HUA

ZHONG

GUO

　　每个时代都有自己富于代表性的文学体裁，即著名学者王国维所说的"一代有一代之文学"。在《宋元戏曲史》的序言中，王国维说："凡一代有一代之文学：楚之骚，汉之赋，六代之骈语，唐之诗，宋之词，元之曲，皆所谓一代之文学，而后世莫能继焉者也。"唐诗、宋词、元曲，已经与"春花"、"秋月"一样，成为国人心目中能带给人美好想象的固定词组搭配，以至于让我们一时间忽略掉了在唐代还有散文，宋代还有诗歌，元代还有诗文。之所以出现这种情况，是由于该体裁在前代积淀的基础上，在这个时代正好发展成熟完备，而新鲜玩意儿最能引起人们的兴趣和热情，于是作者云集，各逞才情，把题材、意境和技巧几乎用遍，佳作自然不少。后人再怎么学，能另起炉灶、独辟蹊径的毕竟还是少数，更多的是叠床架屋、人云亦云，很难再有新的发明了。

　　明、清两代是中国古代文学集大成的时期，无体不备，但最有特

色的应该算是长篇小说和传奇戏剧了。长篇小说自不必提,《三国演义》、《水浒传》、《西游记》、《红楼梦》四大名著已经到了家喻户晓的程度,甚至连由此改编的影视剧和参演的演员也红极一时。传奇戏剧的优秀代表,如《牡丹亭》、《长生殿》、《桃花扇》等,不但有资格代表明清文学的最高成就,在整个中国文学史和文化史上也占有重要的地位。"传奇",顾名思义,就是记述奇人怪事。此名称最早见于唐代,元稹所著的自传体小说《莺莺传》曾题名为《传奇》,之后裴铏所著的小说集也题名为《传奇》。后来"传奇"成为指称唐代新式文言小说的一个专用名词,如元代著名诗人虞集在《道园学古录》中说:"唐之才人,于经艺道学有见者少,徒知好为文辞。闲暇无可用心,辄想象幽怪遇合、才情恍惚之事,作为诗章答问之意,傅会以为说。盏簪之次,各出行卷,以相娱玩。非必真有是事,谓之传奇。元稹、白居易犹或为之,而况他乎?"明显将这一类有着共同特点的小说称为"传奇"。后人往往把朝代名也加上,称之为"唐传奇"。

在宋、元时期,"传奇"一词还被用来指称民间"说话"技艺的一种。如南宋灌圃耐得翁《都城纪胜·瓦舍众伎》中说:"说话有四家:一者小说,谓之'银字儿',如烟粉、灵怪、传奇。"也是从宋朝开始,"传奇"与戏剧挂上了钩。它可以指称诸宫调,如吴自牧《梦粱录》卷20"妓乐"条云:"说唱诸宫调,昨汴京有孔三传,编成传奇、灵怪,入曲说唱。"它也被用来指称杂剧,如钟嗣成在著录元杂剧作家、作品的《录鬼簿》中感叹道:"右前辈编撰传奇名公,仅止于此,才难之云,不其然乎!""传奇"也可以泛指戏曲,这大概与戏曲中多描写奇人奇事、铺陈悲欢离合有关。

大概从明代嘉靖年间之后,"传奇"又多了一层意思,成为一个专用的名词,被用来指称除了杂剧之外、以南曲为主谱成的中长篇戏曲。传奇戏剧的产生,与元末开始的戏曲活动中心由北方的大都(今北京)

向南方的杭州转移有关。戏曲活动中心的南移，促成了北曲的南移；而北曲的南移，则极大地丰富了南曲的内涵，提高了南曲的品位，使得南曲转益多师，逐渐有了压倒北曲之势。于是，在宋、元南方戏文的基础上，逐步发展出"传奇"这一较为文人化和典雅化的戏曲类型。

相对于杂剧通常只有短短的四五折，传奇的篇幅比较长，通常一部传奇有 20 出至 50 出。相对于宋、元时期流行于南方的篇幅同样较长的戏文而言，"传奇具有剧本体制规范化和音乐体制格律化的特征，而戏文在剧本体制和音乐体制上却有着明显的纷杂性和随意性。因此，就内涵本质而言，传奇是一种剧本体制规范化和音乐体制格律化的长篇戏曲剧本"①。

传奇戏剧体制上的规范化主要体现在剧本分卷标出、"副末开场"、"生旦家门"、念下场诗等。传奇剧本分卷，并用"出"或者"折"作为剧情单元，每一出都有标题。全剧往往在正戏开始前，先有一场"副末开场"，由副末角色首先出场，念一阕或多阕常见的词牌，如〔西江月〕、〔满江红〕等，来介绍剧情和作者的创作意图。在正戏开始后，先由男主角即"生"出场，再由女主角即"旦"出场，先唱曲子，再念"定场白"，称为"生旦家门"。每一出的结束，都要由剧中人物念四句下场诗，来总结本出的剧情。这种体制上的规范化存在于大多数传奇戏剧，别出心裁以求标新立异的只有极少数。

从声腔来说，明代中期的南曲系统有所谓的"四大声腔"，即海盐腔、余姚腔、弋阳腔、昆山腔，各有自己的特点。大约在嘉靖年间，音乐家魏良辅等人充分学习其他声腔的优点，并广泛听取乐工和歌手的意见，对昆山腔进行了改良，创造出一种"启口轻圆，收音纯细"（沈宠绥《度曲须知》卷上）的"水磨腔"。在伴奏上，改造后的昆山

003

离合兴亡

文人情怀
《桃花扇》

WEN

HUA

ZHONG

GUO

---

① 郭英德：《明清传奇史》，江苏古籍出版社 2001 年版，第 11 页。

《浣纱记》

腔集合了南北曲的伴奏乐器，在昆山腔常用的箫管的基础上，加入了弦索、鼓板等，使得伴奏更加丰富，大大提高了昆山腔的表现力。

魏良辅之后，江苏昆山人梁辰鱼用改造后的昆山腔，创作出著名的《浣纱记》传奇。剧作的大获成功，也使得昆山腔声誉大起，取得了压倒其他声腔的地位。从此以后，昆山腔成为传奇戏剧的主流，400年来，轻轻柔柔、迂回徐缓的歌声响遍了中国大大小小的舞榭歌台，成为中国古典美的杰出代表。

在经历了明代剧坛的热闹之后，清康熙三十八年（1699），有一部杰出的传奇戏剧横空出世了，这就是《桃花扇》。

《桃花扇》是一部历史剧，它"借离合之情，写兴亡之感"，以著名复社文人、"明末四公子"之一的侯方域与秦淮名妓李香君的爱情悲欢，来反映明末和南明弘光小朝廷动荡的历史，在一片怀念前朝的气氛中，力图总结历史教训。《桃花扇》描写的是去已不远的故事，剧中人物实有其人，剧中故事也大多实有其事，但剧中又充满了作者的点染和加工。它以厚重的笔墨、沉郁的氛围，为我们描述了一段迥异于俗套才子佳人故事的爱情传奇。这段传奇闪烁着青春的光芒，在短暂的胸怀舒张之后，让我们为爱情的神圣和伟大而赞叹、而歌哭。这段传奇更是写满了历史的无常，布遍了政治的蒺藜，在男女主人公被刺出斑斑血迹的脆弱爱情面前，我们感到的是步步惊心和面对着家国兴亡的无言之痛。

与故事同样传奇的还有作者孔尚任的坎坷经历。这位孔子的六十四代孙，在科举不第时，快乐并痛地隐居在家乡曲阜的石门山读书。

不想康熙皇帝的偶然到来让他得蒙天宠，他有了一步登天的机会，从此可以脱掉布衣，穿上官袍，走马京城，煮酒看花。十几年来尘扑面的宦海漂泊，给他提供了创作《桃花扇》的素材，并最终于他52岁那一年，这部杰作呈现在世人面前。但成也《桃花扇》，败也《桃花扇》，这部杰作在给孔尚任赢得了巨大声名的同时，也让他的仕途戛然而止。多磨却难成的悲壮爱情，沧桑沉重的兴亡之感，命运多舛的人生际遇，就这样神秘地结合了起来。繁华绮丽的热闹场之后，就是阴冷抑郁的冷淡局，传奇的故事是如此，传奇的人生竟然也可悲地难逃此理。

005

离合兴亡
文人情怀
《桃花扇》

WEN

HUA

ZHONG

GUO

第一章

不落窠臼的爱情传奇

爱情是文学永恒的主题，古今中外，莫不如此。有趣的是，中国古代的文学作品中尤其喜欢写才子佳人的故事，这或许是因为才子风流倜傥、学富五车，佳人窈窕温婉、闭月羞花，很具有审美的价值。中国最早的诗歌总集《诗经》，第一篇就是《周南·关雎》，"关关雎鸠，在河之洲。窈窕淑女，君子好逑"，算是基本上奠定了这一传统。到了明清时期，以才子佳人为主题的小说和戏曲更是汗牛充栋、蔚为大观了。

才子佳人的故事写多了，自然也就成了俗套。不但现代人对这种俗套感到厌烦，就是明清当代人也很有怨言。《红楼梦》中荣国府"老祖宗"贾母算是个代表。在《红楼梦》第五十四回《史太君破陈腐旧套 王熙凤效戏彩斑衣》中，荣国府元宵夜宴，请了几个说书的女艺人，贾母一听要说的书名叫《凤求鸾》，就将剧情猜了个八九不离十。这倒不是因为贾母有多高明，而是才子佳人的故事太俗套了，想不让人猜到剧情也难。贾母说："这些书都是一个套子，左不过是些佳人才子，最没趣儿。把人家女儿说的那样坏，还说是佳人，编的连影儿也没有了。开口都是书香门第，父亲不是尚书就是宰相，生一个小姐必是爱如珍宝。这小姐必是通文知礼，无所不晓，竟是个绝代佳人。"众人听罢，都觉得贾母说得在理，齐声笑道："老太太这一说，是谎都批出来了。"

虽然有人能把才子佳人俗套的"谎都批出来了"，但能一脱窠臼、别开生面的创作还是不多。在这不多的创作中，《桃花扇》应该算是一个杰出的代表。《桃花扇》写侯方域和李香君的爱情故事，不是模式化的，不是虚空无凭的，而是有着鲜活的时代背景，是有血有肉的。它带给我们的，不是俗套才子佳人故事那样充满欢笑的富贵气，而是饱含泪水的沉重叹息。《大话西游》中紫霞仙子临终前遗憾地说：我猜对了这故事的开头，却没有猜对这结局。侯方域和李香君的悲欢离合，留给我们的就是这样的遗憾。

一、江南贡院与秦淮旧院

相传乾隆年间，山东东平籍进士刘公瓘去南方做官，南方士子有些瞧不起这位貌不惊人的进士，就出了副对联考他。上联是"江南多山多水多才子"，刘公瓘应声对道："山东一山一水一圣人。"众士子一听赶紧偃旗息鼓了。士子们都清楚，江南的山再多，却哪一座也没有泰山的名气和地位；江南的水再多，也比不上滔滔黄河那雷霆万钧的气势；江南的才子再多，却没有一位能像孔夫子那样成为万世师表。这场小小的较量以山东人占上风而告终，但有一个事实却是不可回避的——没有孔子的江南，其才子真是多到了羡煞旁省的地步。这从江南士子金榜题名的惊人数量可以看出来，从他们给后世留下的丰

007

离合兴亡
文人情怀
《桃花扇》

WEN

HUA

ZHONG

GUO

厚文化财富可以看出来，甚至直到今天，我们提到"才子"二字时，脑中总会浮现出江南柔软的山水和湿润的风。这些满腹经纶的才子，每隔3年，也就是在所谓的秋风桂子之年，便携童负箧，风尘仆仆地来到南京秦淮河边一个叫做江南贡院的地方参加乡试，踏上他们逐梦的旅程。

　　秦淮河，古称淮水，本名龙藏浦，全长约110公里，是南京市的主要河道。秦淮河风光秀丽，尤其是从东水关至西水关的沿河两岸，东吴以来一直是繁华的商业区和居住地，素有"十里秦淮"和"六朝金粉"之称。六朝时，南京作为都城，汇集了当时最优秀的人才，而秦淮河则是他们聚会的主要场所。东晋时最有名望的豪门望族王、谢两家就居住在秦淮河边的乌衣巷，其他如朱雀桥、桃叶渡等秦淮河的景点也因其诗酒风流和文人逸事而流传千古。

秦淮河

秦淮河在明、清两代达到鼎盛，其时十里秦淮商铺林立，文士云集，才子佳人，争奇斗艳。吴应箕《留都见闻录》说："南京河房，夹秦淮而居。绿窗朱户，两岸交辉。而倚槛窥帘者，亦自相掩映。夏月淮水盈漫，画船箫鼓之游，至于达旦，实天下之丽观也。"张岱在《陶庵梦忆》卷四中也写道："秦淮河河房，便寓，便交接，便淫冶，房值甚贵，而寓之者无虚日。画船箫鼓，去去来来，周折其间。河房之外，家有露台，朱栏绮疏，竹帘纱幔。夏月浴罢，露台杂坐，两岸水楼中，茉莉风起，动儿女香甚。女客团扇轻纨，缓鬓倾髻，软媚著人。"二人的描绘，字字句句都流露出对秦淮河繁盛局面的赞叹和留恋，而"茉莉风起，动儿女香甚"一句可谓将秦淮河写成了让人销魂蚀骨的人间天堂。

最令人称道的是秦淮河的灯船。明末钟惺写有一篇《秦淮灯船赋》，其小序描绘了当时灯船的模样："小舫可四五十只，周以雕槛，覆以翠幕。每舫载二十许人，人习鼓吹，皆少年场中人也。悬羊角灯于两傍，略如舫中人数，流苏缀之。用绳联舟，令其衔尾，有若一舫。火举伎作，如烛龙焉。"每至夜色降临，桨声灯影，烟波画船，万般旖旎引逗游人着迷沉醉，乐不思归。秦淮河的这种温存香艳一直延续了下来。1923年，朱自清和俞平伯同游南京，各写了一篇《桨声灯影里的秦淮河》。这两篇散文，一篇缠绵里多含有眷恋悱恻，一篇缠绵里满蕴着温熙浓郁的氛围，可以说将秦淮河的美和内涵都写尽了。

在毗邻夫子庙的秦淮河边，有一座中国古代最大的科举考场——江南贡院。江南贡院，又称南京贡院、建康贡院。它东临桃叶渡，南抵秦淮河，位于十里秦淮最为繁华的地段。江南贡院始建于南宋乾道四年（1168），后经明、清两代的扩建，最盛时成为一座拥有考试号舍20644间，另有考官房间千余间的全国最大的乡试考场。江南为文士之渊薮，江南贡院更是甄别和选拔人才的最重要场所。明、清两代，在

江南贡院当过考生和考官的知名人物有唐寅、方苞、郑板桥、袁枚、林则徐、曾国藩、左宗棠、李鸿章等。仅以清代为例，在江南贡院通过了乡试中举并最终考中状元的就有 58 人，而清代总共才有 114 位状元，这个数字占到了有清一代状元总数的一半还多。

正所谓"一阴一阳之谓道"，有才子处必有佳人。在明代，位于秦淮河南岸，与江南贡院隔河相望的，正是当时声名远扬，引无数文人学士趋之若鹜的青楼区——秦淮旧院。

明朝初年，朱元璋在南京修建了十六楼以处官妓，用以佐酒，接待四方宾客。这十六楼分别是：来宾、重译、清江、石城、鹤鸣、醉仙、乐民、集贤、讴歌、鼓腹、轻烟、淡粉、梅妍、柳翠、南市、北市。十六楼刚建成时，极称繁华，为一时之韵事。随着光阴的推移，十六楼渐渐失去了最初的光彩，大概到了隆庆、万历年间，除了南市楼尚存以外，其余十五楼尽废。

南市楼在设立之初是繁华无比的。洪武二十七年（1394），朱元璋大宴群臣，清河（今河北清河）知县揭轨写了两首《宴南市楼》，形容南京和南市楼的繁盛之貌时说："帝城歌舞乐繁华，四海清平正一家。龙虎关河环锦绣，凤凰楼阁丽烟花。"到了明末，南市楼已极大地降低了档次，"不过屠沽市儿之游乐而已"（周晖《续金陵琐事》卷上《寓南市楼诗》）。代之而起的，是兴盛于弘治、正德年间的珠市、旧院等南部烟花。据余怀《板桥杂记·序》载，南市、珠市和旧院的档次各不相同："南市者，卑屑妓然所居；珠市间有殊色；若旧院，则南部名姬、上厅行首皆在焉。""珠市在内桥旁，曲巷逶迤，屋宇湫隘。然其中时有丽人，惜限于地，不敢与旧院颉颃。"三者之中，以旧院的档次为最高，个个可称名妓。

旧院，人称曲中，即明初建立的富乐院，最初位于乾道桥，后来移到了长板桥以西，一直延伸到武定桥边，前门对着武定桥，后门在钞库街。在明朝末年，长板桥一带风景秀丽，游人如龙。《板桥杂记》说："长板桥在院墙外数十步，旷远芊绵，水烟凝碧。回光、鹫峰两寺夹之，中山东花园亘其前，秦淮朱雀桁绕其后。洵可娱目赏心，漱涤尘俗。每当夜凉

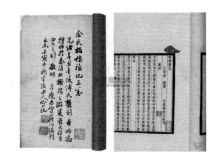

人定，风清月朗，名士倾城，簪花约鬓，携手闲行，凭栏徙倚。忽遇彼姝，笑言宴宴。此吹洞箫，彼度妙曲，万籁皆寂，游鱼出听。洵太平盛事也。"（本节引文凡不说明出处者，皆引自《板桥杂记》）位于长板桥鳞次栉比的旧院也是屋宇精洁，窗明几净，花木萧疏，极尽奢华。它们分门别户，斗胜夸奇。"凌晨则卯酒淫淫，兰汤滟滟，衣香一园；停午乃兰花茉莉，沉水甲煎，馨闻数里；入夜而撷笛鸒搊筝，梨园搬演，声彻九霄。"一派繁华热闹的景象。

旧院女郎的称呼，仆人称之为"娘"，外人称之为"小娘"，鸨母称之为"娘儿"。在旧院，将客人称为"姐夫"，客人称呼鸨母为"外婆"。旧院女郎，为鸨母亲生者居多，这种情况下母亲较为怜惜女儿，女儿遇到意中人，往往任其留恋而不计钱钞，女儿要从良落籍，花费也不多。养母则大不相同，遇到机会就勒索高价。所以有句谚语叫作"娘儿爱俏，鸨儿爱钞"，指的就是养母。

旧院妓家陈设奢华，但其衣裳装束，风格却不单调，而是"四方取以为式，大约以淡雅、朴素为主，不以鲜华、绮丽为工也"。朴素淡雅的装束，丝毫不会降低这些名妓的吸引力，声明颇著的旧院名妓往往架子很大，不肯轻易许人。"明末四公子"之一的冒襄曾回忆道，有位名妓李小大，名声很大。同为"四公子"之一的陈定生为了与她相会，累计送给李小大700两银子，小大还是不肯轻易与他见面。以陈

011

离合兴亡

文人情怀
《桃花扇》

WEN

HUA

ZHONG

GUO

定生的身份尚且如此，李小大的身价之高、择人之严就可见一斑了。

余怀《板桥杂记》专设"丽品"一节，列举了当时旧院名妓的容貌、性格、才情和逸事。旧院的名妓，往往容貌艳丽，如顾媚（顾横波）"庄娴靓雅，风度超群。鬓发如云，桃花满面"，董白（董小宛）"天资巧慧，容貌娟妍"，李十娘"生而娉婷娟好，肌肤玉雪，既含睇兮又宜笑"，卞玉京之妹卞敏"顾而白如玉肪，风情绰约"，沙才"美而艳，丰而柔，骨体皆媚，天生尤物也"，马娇"姿首清丽，濯濯如春月柳，滟滟如出水芙蓉"，董年"艳冶之名"与董白相颉颃。

也有不以姿色取胜，而自有一番气质的。如时代略早些的马湘兰，她"姿首如常人，而神情开涤，濯濯如春柳早莺。吐辞流盼，巧伺人意，见之者无不人人自失也"（《列朝诗集小传·闰集》）。其他如尹春，其"姿态不甚丽，而举止风韵，绰似大家。性格温和，谈词爽雅，无抹脂郭袖习气"。李大娘"性豪侈，女子也，而有须眉丈夫之气"。范珏"廉静，寡所嗜好。一切衣饰、歌管艳靡纷华之物，皆屏弃之。惟阖户焚香瀹茗，相对药炉、经卷而已"。顾喜"性情豪爽，体态风华。双趺不纤妍，人称顾大脚，又谓之'肉屏风'。然其迈往不屑之韵，凌霄拔俗之姿，则非篱壁间物也"。

但不论颜色如何，技艺都是不可缺少的。尹春"专工戏剧排场，兼擅生、旦"。李十娘"能鼓琴清歌。略涉文墨，爱文人才士。所居曲房秘室，帷帐尊彝，楚楚有致"。顾媚"通文史，善画兰，追步马守真，而姿容胜之。时人推为南曲第一"。董白"七八岁时，阿母教以书翰，辄了了。稍长，顾影自怜。针神曲圣、食谱茶经，莫不精晓"，经过她门前的人会经常听到屋里传来的歌诗声或者鼓琴声。卞赛（卞玉京）"知书，工小楷，善画兰、鼓琴。喜作风枝袅娜，一落笔，画十余纸"；见客人，开始不怎么酬对，若遇见嘉宾，则谈辞如云，使得一座倾倒。

卞敏也擅长画兰鼓琴。她画兰花，不像卞赛那样纵横枝叶，笔墨酣畅淋漓，而是以少为贵，只画兰草二三朵，但也能曲尽其妙。范珏擅长画山水，画风宗明代著名画家史志、顾源，"檐枒老树，远山绝涧，笔墨间有天然气韵"，可以称为女中范宽。顿文天性聪慧，能识字义，唐诗皆能上口。学习鼓琴，能演奏《阳关三叠》，清音泠然，精神与之相通相彻。沙才"善弈棋、吹箫、度曲"。马娇"知音识曲，妙合宫商，老伎师推为独步"。朱小大广涉文艺，擅长作画，又博览群书。

柳如是墨迹

013

离合兴亡

文人情怀
《桃花扇》

WEN

HUA

ZHONG

GUO

旧院女郎之间，也时常往来，学习男子做一些结义拜盟、聚会宴饮之事，最明显的就是每年逢节令的"盒子会"。明代著名画家沈周作有一篇《盒子会辞》，记载了当时的情形：

> 南京旧院，有色艺俱优者，或二十、三十姓，结为手帕姊妹。每上元节，以春蔌、巧具、殽核相赛，名"盒子会"。凡得奇品为胜，输者具酒酌胜者。中有所私，亦来挟金助会。厌厌夜饮，弥月而止。席间设灯张乐，各出其技能。赋此以识京城乐事也。

> 平康灯宵闹如沸，灯火烘春笑声内。
>
> 盒盒来往斗芳邻，手帕绸缪通姊妹。
>
> 东家西家百络盛，装殽钉核春满箅。
>
> 豹胎间挟鳇冰脆，乌榄分擘椰玉生。
>
> 不论多同较奇有，品色输无例赔酒。
>
> 呈丝逞竹会心欢，裒钞裨金走情友。
>
> 哄堂一月自春风，酒香人语百花中。
>
> 一般桃李三千户，亦有愁人隔墙住。

卞玉京

在《桃花扇》第五出《访翠》中，就有对"盒子会"的描写。当时柳敬亭陪着侯方域于清明佳节前往旧院寻访李香君，正值李贞丽与李香君在卞玉京家做盒子会，侯方域赶往卞玉京的暖翠楼，与李香君一见钟情。

虽然身在风尘中，但旧院女郎心中仍然怀有对美好生活的向往。如李十娘，后来改名贞美，刻了一枚印章叫作"李十贞美之印"。余怀曾同她开玩笑说："美则有之，贞则未也。"李十娘哭着回答说，自己虽然是风尘贱质，但不是淫荡不检者，自己喜欢的人，虽然相庄如宾，但感情已与其相洽；自己不喜欢的人，虽然同床共枕，但心不与之相合。说得余怀敛容道歉。这则小逸事，被《桃花扇》第二十四出《骂筵》所借用，用在了冒名李贞丽的李香君身上。也有对爱情坚贞不屈的，如被孙临纳为小妾的葛嫩，在孙临抗清兵败时一道被俘。清军主将意图侵犯她，葛嫩大骂不止，并嚼碎舌头，含血喷在了敌人的脸上，最终不屈而死，其举动令人感慨敬佩。

因为江南贡院与旧院隔河相对，所以每逢乡试，四方士子齐集秦淮河，作为"文战之外篇"，士子们在应试的间隙，总要到旧院去追欢逐艳，"或邀旬日之欢，或订百年之约。蒲桃架下，戏掷金钱；芍药栏边，闲抛玉马"。那时节，热闹的就不只是贡院，还有旧院了。这种热闹，在万历年间就已经存在，钱谦益《列朝诗集小传》记载："万历甲辰中秋，开大社于金陵，胥会海内名士，张幼于辈分赋授简百二十人，秦淮伎女马湘兰以下四十余人，咸相为缉文墨、理弦歌，修容拂拭，以须宴集，若举子之望走锁院焉。承平盛事，白下人至今艳称之。"

到了崇祯年间，此风更盛。著名诗人吴伟业在《江南好》词中描绘这种情形道："江南好，狎客阿依乔。赵鬼揶揄工调笑，郭尖儇巧善诙嘲，幡绰小儿曹。"（《梅村诗集·诗余》）其中比较热闹的一件事发生在崇祯九年（1636）。是年，嘉兴才子姚潜来南京应试，他"用十二楼船于秦淮。招集四方应试知名之士百余人，每船邀名妓四人侑酒。梨园一部，灯火笙歌，为一时之盛事"。姚潜曾得意地作《会复社同人于秦淮河上》诗云："柳岸花溪澹汋天，恣携红袖放灯船。梨园弟子觇人意，对对停歌《燕子笺》。"

在这些时常光临旧院的文人学子中，东林遗孤、复社名流算是常客。才子恋佳人，佳人配才子，本来就是天经地义的赏心乐事；而且在明末那个政治斗争异常激烈的氛围下，那些在政治上受挫后心理脆弱的文人需要找个安慰和排遣的途径，有酒有花的旧院就成了他们最好的选择。对于这些名妓来说，与文人的交往，是宣传自己最有效的广告，可以大大提高自己的知名度；如果再能得到文宗名士品题赏赞的话，那就更会身价倍增了。

柳如是像

因其身份的特殊，名妓们得以自由地与名士相交接来往。陈寅恪先生《柳如是别传》中分析说，妓女们与文士们的交往，虽然是由于她们天资明慧，虚心向学所使然，但这种交往有一个重要的前提不应该被忽视，那就是名妓们所处的环境不像闺房那样封闭，她们的举止无礼法之拘牵。陈寅恪由此还联想到了《聊斋志异》中那些寄托了蒲松龄美好理想的妍质清言、风流放诞的狐女，他认为，在明末吴越间

015

离合兴亡

文人情怀
《桃花扇》

WEN

HUA

ZHONG

GUO

的文士名流看来，狐女应该是真实之人，并非仅仅是蒲松龄的虚构而已。

当时东林、复社文人与秦淮名妓的交往之密切，清人秦际唐有首《题余澹心板桥杂记》诗描述得比较形象：

> 笙歌画舫月沉沉，邂逅才子订赏音。福慧几生修得到，家家夫婿是东林。

这句带有肯定性的"家家夫婿是东林"，正是旧院繁华时期的真实写照。同秦淮名妓的广泛结缘，使得东林党在民间的影响进一步扩大；另一方面，"秦淮"成为一种有象征意味的符号永远刻在了文人的记忆中，让他们在若干年后还对此念念不忘，一次又一次深情地将这些曾经美好的人和事形诸于文字。受这些文人的影响，秦淮名妓多关心和了解国家大事，能明辨是非，对阉党的倒行逆施深恶痛绝，对东林党人在政治和气节上的坚持深感敬佩。顾彩在《桃花扇序》中说，明朝末年，"虽妇人女子，亦知向往东林"，说的正是客观事实。

可惜的是，才子佳人倚红偎翠、浅斟低唱的好景不能常在。秦淮美梦未醒，而渔阳鼙鼓已动地而来。南京陷落后，梓泽丘墟，昔日繁华的秦淮旧院如同一片漂浮在泛腻河水中曾经颜色鲜亮的树叶一样，顿时发黄、枯萎、腐烂。余怀《板桥杂记》中说，自己曾与李十娘相熟，十娘家中甚为整洁，"轩左种老梅一树，花时香雪霏拂几榻；轩右种梧桐二株，巨竹十数竿。晨夕洗桐拭竹，翠色可餐。入其室者，疑非人境。"余怀每与同人诗酒会文，必去其家。明清鼎革后，余怀遇到了李十娘的侄女李媚，二人各黯然掩袂。问起十娘来，有了下面这段对话：

> 问十娘，曰："从良矣。"问其居，曰："在秦淮水阁。"问其家，曰："已废为菜圃。"问："老梅与梧、竹无恙乎？"曰："已摧为薪矣。"问："阿母尚存乎？"曰："死矣。"

这种今夕对比真是苍凉之极，使人对此，"焉得不速老"？余怀赠与李媚一首诗："流落江湖已十年，云鬟犹卜旧金钱。雪衣飞去仙哥老，休抱琵琶过别船。"可谓给秦淮名妓的一首挽词了。也难怪余怀在《板桥杂记·序》中说自己详细描写秦淮名妓的情状，并非仅是记述狎邪艳冶，而是认为这一独特的群体即是"一代之兴衰，千秋之感慨所系"。

　　秦淮名妓众多，但流传后世声名较大者有八人，称为"秦淮八艳"。"秦淮八艳"的称呼来自清末叶衍兰辑《秦淮八艳图咏》，这八个人分别是马湘兰、李香君、柳如是、顾媚、陈圆圆、董小宛、卞玉京、寇白门。其中柳如是和陈圆圆都没有出现在《板桥杂记》中，寇白门属于珠市名姬，而不属于旧院。她们中有多人与当时的名流显宦发生过爱情，李香君与著名文人、"明末四公子"之一的侯方域有过数月之好，柳如是嫁给了

《秦淮八艳图咏》

离合兴亡
文人情怀
《桃花扇》

WEN

HUA

ZHONG

GUO

文坛宗主钱谦益，顾媚嫁给了著名文人、"清初三大家"之一的龚鼎孳，陈圆圆嫁给了吴三桂，董小宛嫁给了"明末四公子"之一的冒襄。侯李爱情是本书的主题；钱谦益和柳如是的因缘，著名史学家陈寅恪先生在《柳如是别传》中所论甚详，在此不再赘言；只略微跑一跑题，谈谈龚鼎孳和顾媚之间那段不寻常的爱情传奇，从中可见秦淮名妓与名流士大夫的交际和互动是多么的频繁。

　　顾媚（1619～1663），字眉生，又名眉。在脱离乐籍，嫁给龚鼎孳之后，改姓徐，名横波，字智珠。顾媚容貌美丽，风度翩翩，又富有文艺才华，能通文史。她又擅长画兰，能追步前辈名妓马守真，但在容貌上又超过了马，被时人推为旧院第一人。《板桥杂记》说她"庄娴

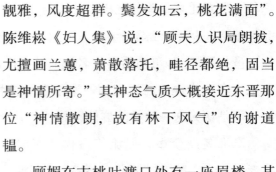

顾　媚

靓雅，风度超群。鬟发如云，桃花满面"。陈维崧《妇人集》说："顾夫人识局朗拔，尤擅画兰蕙，萧散落托，畦径都绝，固当是神情所寄。"其神态气质大概接近东晋那位"神情散朗，故有林下风气"的谢道韫。

　　顾媚在古桃叶渡口处有一座眉楼，其中"牙签玉轴，堆列几案；瑶琴锦瑟，陈设左右。香烟缭绕，檐马丁当"，甚为整洁典雅。余怀同顾媚开玩笑，引隋炀帝的故事，称眉楼为"迷楼"。顾家的厨食特别精美，堪比唐代的韦陟和李德裕家，加之她富有文采，善于逢迎，所以当时文士名流设宴在眉楼的可谓岁无虚日。崇祯九年（1636），名士张明弼、吕兆龙、陈梁、刘履丁、冒襄五人就是在眉楼拜盟结为异姓兄弟的。盟词由陈梁所写，其末尾说："牲盟不如臂盟，臂盟不如神盟。"颇为传奇。当时南京的著名艺人，吹笛的有张卯，吹箫的有张魁，吹管的有管五，弹弦索的有吴章甫，打十番鼓的有钱仲文，表演戏剧的有丁继之、张燕筑、沈元甫、王公远、朱维章，说书的有柳敬亭。他们经常出入旧院教诸妓技艺，参与表演，常选的两个地点，一个是李大娘家，一个就是顾媚的眉楼。

　　顾媚常与文士相往来，有时被文人以兄弟之情相待，称为"眉兄"。文人的聚会经常少不了她的身影，甚至到了"文酒之宴，红妆与乌巾紫裘相间，座无眉娘不乐"的程度。《板桥杂记》曾记载："同人社集松风阁，雪衣、眉生皆在。饮罢，联骑入城。红妆翠袖，跃马扬鞭，观者塞途。天平景象，恍然心目。"可见顾媚也是性格豪放不羁之人。

以顾媚之美貌和声名，追求者自然不少，未得美人芳心者心有不甘，就图谋报复，让她吃上了官司。好在在余怀等人的帮助下，顾媚顺利渡过了难关。通过这场磨难，顾媚的朋友们发现她身不由己的乐籍身份成为潜在的祸端，于是都劝她想办法脱离乐籍从良。陈梁就曾言辞激烈地致书顾媚，劝其早脱风尘，速寻良伴。冒襄等人也帮她积极筹划。其实这也是顾媚长期以来的愿望。她14岁时作《自题桃花杨柳图》诗："郎道花红如妾面，妾言柳绿似郎衣。何时得化鹣鹣鸟，拂叶穿花一处飞。"就表现出对自由生活和爱情的渴望。在崇祯十二年（1639）王朴所绘的《顾横波小像》中，有一首顾媚的题诗："识尽飘零苦，而今始得家。灯媒知妾喜，特著两头花。"充分体现出顾媚在遇到完美爱情后的称心和满足。

龚鼎孳（1615～1673），字孝升，号芝麓，安徽合肥人。与钱谦益、吴伟业并称为"江左三大家"。龚鼎孳天资聪明，崇祯七年（1634）20岁时考中进士，担任谏官，敢于直言。龚鼎孳与顾媚相识并定情于崇祯十二年（1639），二人一见钟情，龚鼎孳作《登楼曲》云："彩衾匀就百花香，碧玉纱橱挂锦囊。淡染春罗轻掠鬓，芙蓉人是内家妆。"深迷于顾媚之美貌。4年后，顾媚跟随龚鼎

龚鼎孳奏疏

孳入京，正式相守一处。李自成攻占北京后，龚鼎孳投降并接受官职。在清军占领北京后，他又投降。当时人质疑他的气节时，他说："我原欲死，奈小妾不肯何。"把责任推给了顾媚，其行径深为世人所鄙视。

入清后，龚鼎孳在仕途上屡有沉浮，最终做到兵部尚书、礼部尚书。龚鼎孳生性大方好客，得了顾媚后，更是轻财好客，怜才下士，帮助和保护了一大批由明入清的落魄文人和抗清志士，声誉较之以前

更是隆重。《清史稿》评价龚鼎孳说："尝两典会试，汲引英隽如不及。朱彝尊、陈维崧游京师，贫甚，资给之。傅山、阎尔梅陷狱，皆赖其力得免。"求顾媚画兰之人络绎不绝，顾媚在画中的落款皆题为"横波夫人"。顺治三年（1646），龚父去世，龚鼎孳丁忧南归，直到 5 年后才返回北京。这期间，他和顾媚寓居在西湖边上。二人性格本来就豪放不羁，美丽的山水更是启迪了其性灵，他们男欢女爱、卿卿我我，过的是"情痴每语银蟾约，见了销魂。尔许温存，领受嫦娥一笑恩"的日子，丝毫不像是为父守制，因此而为杭州人所嘲笑，被称为"人妖"。

　　顾媚对未来美好生活的向往在遇到龚鼎孳之后真的变成了现实。或许是出于女人之间的争风吃醋，或许是心中的民族气节使然，龚鼎孳的元配童氏，在龚事清入京为官后，不肯随行，而是选择留在合肥老家。她对龚鼎孳说："我接受过两次明朝的封号，以后本朝的恩典，就让给顾太太好了。"这句略带些负气色彩的话，使得顾媚专宠受封，成就了她后半生的安定生活。顾媚生活中一个永恒的缺憾就是，她与龚鼎孳只生有一女，仅数月就夭折了。顾媚千方百计求子未果，渐渐地在心理上发生了一些扭曲。她"雕异香木为男，四肢俱动，锦绷绣褓，顾乳母开怀哺之。保母褰襟作便溺状。内外通称'小相公'"。龚鼎孳理解顾媚的心情，对她这种不理智的做法也就听之任之了。

　　康熙二年（1663），顾媚病逝。她死后，"吊者车数百乘，备极哀荣"。龚鼎孳写了 59 首联章体词《白门柳》，抒写了自己与顾媚的爱情传奇。生逢乱世，以名妓身份享受到了儿女之情和诰命尊荣，顾媚应该算是幸运的。与顾媚相比，李香君——这位与顾媚同为"秦淮八艳"、同样广交文士、同样恋着才子的奇女子，给我们上演的却是一出令人伤感的人生戏剧。

二、一段并不浪漫的邂逅

侯方域（1618~1654），字朝宗，河南商丘人，明末清初著名文学家。他散文功力深厚，与魏禧和汪琬一起被时人称为清初散文三大家。著有《壮悔堂文集》10卷，《四忆堂诗集》6卷。

侯方域的先世是开封人，明洪武年间被列为归德（今商丘）"戍籍"。所谓"戍籍"，就是因为有罪被发配至某地所记的户籍，这在古代被视为"贱民"之一。侯家直到侯方域的祖父侯执蒲才开始发达。

侯执蒲，万历十六年（1588）中举人，万历二十六年（1598）中进士，官至太常寺正卿。明熹宗天启年间，魏忠贤专权，想代替皇帝在南郊行祭天大典。太常寺是负责祭祀的机构，侯执蒲提前得知了魏忠贤的阴谋，所以还不等魏忠贤对天下宣布此事，他就一

侯方域像

道奏折上到了皇帝面前，说天坛常有"宫奴阉竖，连行结队，走马射弹，狂游嬉戏"。他认为宦官是刑余之人，不宜接近至尊，何况是祭祀天神之地呢？并要求执法部门治魏忠贤的罪。这份奏折触怒了魏忠贤，侯执蒲被迫弃官归乡。

侯方域的父亲侯恂是侯执蒲的长子，考中进士后担任言官。在天启四年（1624）魏忠贤阉党大肆迫害东林党时，侯恂被罢官归乡。崇祯元年（1628）复出，用了不到2年的时间，被擢升为兵部右侍郎。崇祯三年（1630），出守昌平。崇祯六年（1633），升为户部尚书。崇祯九年（1636），东林党的健将文震孟被排挤罢相，首辅温体仁唆使言

021

离合兴亡

文人情怀
《桃花扇》

WEN

HUA

ZHONG

GUO

官弹劾侯恂贪污军饷，侯恂被捕下狱，在牢中待了 5 年，直到崇祯十四年（1641）才被释放。第二年，归德被李自成军攻破，开封告急。当时在河南境内可以迅速驰援的军队，以左良玉部为最强，但左为人跋扈，不听节制。因为侯恂对左有知遇之恩，所以朝廷复起侯恂为兵部侍郎，负责救援开封。结果开封被李自成决河淹城，侯恂又被罢官下狱。明亡后，侯恂出狱，于顺治三年（1646）回到商丘，卒于顺治十六年（1659）。

侯恂生平曾做过一件对晚明政局具有重要影响的事情，就是赏识和提拔了左良玉。据侯方域的《宁南侯传》所说，左良玉，字昆山，辽东人，参军累功做到辽东都司。因为部队缺乏军饷，他就常劫路掠夺。有一次他干了一大票，结果所劫的是运往锦州的军用物资。左良玉按律当斩，幸亏有个名叫丘磊的同犯把事全揽了下来，左良玉罢官免死。丘磊被判死罪后，关在刑部大狱 13 年，左良玉每年捐万金相救，丘磊得以不死。

左良玉被罢官后，前往昌平投靠侯恂，侯恂让他在宴会上服务打杂。有一次左醉酒丢失了四件金器，向侯恂请罪，侯恂说："堂堂七尺男儿，怎么能做这样低级的工作呢？是我误了你，不是你的罪。"后来大凌河战事吃紧，总兵官尤世威入见侯恂，认为左良玉堪当大任，可惜他现在只是一名走卒，不能统帅诸将。侯恂说："如果左真的能行，我为什么不能重用他呢？"于是连夜派尤世威去通知左良玉。左听说尤世威前来，以为丘磊抵罪之事东窗事发，要抓他下狱，吓得绕床走个不迭，后来藏在床下。尤世威推门进去就说："左将军，你的富贵到了，快拿酒请我痛饮吧。"他把左从床下拽出来，告诉左自己的来意。左良玉还是吓得面无人色，浑身哆嗦，站了好大一会才安静下来。从此左良玉走上了仕途的快车道，32 岁就当上了总兵官，后来得封宁南侯，拥兵自重，对晚明和南明政局产生了举足轻重的影响。

侯执蒲与侯恂皆为东林党中人，侯恂曾于天启二年（1622）上疏追论"移宫案"和"红丸案"，同时又上疏论救刑部尚书王纪。受长辈的影响，侯方域加入了后继东林党的复社，他交游广泛，与陈贞慧、冒襄、方以智一起被时人并称为"四公子"。

自从战国时期有"四公子"——魏国信陵君魏无忌、齐国孟尝君田文、赵国平原君赵胜、楚国春申君黄歇——的说法以来，"四公子"成为一个固定的词组，中国有多个朝代也拥有了自己的所谓"四公子"。唐代的"四公子"是周曾、王玢、姚憺、韦清，明末的"四公子"是侯方域、陈贞慧、冒襄、方以智，清末的"四公子"是吴保初、谭嗣同、陈三立和丁惠康，民国"四公子"是张伯驹、袁克文、溥侗、张学良。

"公子"一词，原意指诸侯之子，源于《诗经·周南·麟之趾》："麟之趾，振振公子。"用麒麟来起兴，赞美诚实仁厚的公子。后来引申为公卿豪门之子。以上各个时代的"四公子"，个个出身非凡。除了出身豪门之外，他们还有自己的一摊子事业，或是在政治上有所作为，或是在文艺上有所成就，并不仅靠父荫而已。最值得一提的是，他们都是富于个人魅力的，翩翩公子，意气纵横，在属于他们的那个时代写下了浓墨重彩的一章。这在"明末四公子"身上，表现得尤为明显。

侯方域年少即有才名，胡介祉在《侯朝宗公子传》中说他"生而颖异，读书常兼数人"，"为文若不经思，下笔千万言立就"。这个评价虽然有些夸张，但结合侯方域的文学成就来看，大体属实。在崇祯七年（1634），侯方域进京侍奉官居户部尚书的父亲时，代父草拟屯田奏议，颇显经济之才，而他当时只有 17 岁。5 年之后，也就是己卯年（崇祯十二年，1639）乡试之年，侯方域从北京南归，到南京参加乡

023

离合兴亡
文人情怀
《桃花扇》

WEN

HUA

ZHONG

GUO

黄宗羲

试，正是在这期间，他结识了李香君。

侯方域来应试之日，正是南京极度繁华之时。余怀《板桥杂记》描述当时南京城的繁华绮丽，所用文字让人咋舌目眩："金陵为帝王建都之地，公侯戚畹，甲第连云，宗室王孙，翩翩裘马，以及乌衣子弟，湖海宾游，靡不挟弹吹箫，经过赵李。每开筵宴，则传呼乐籍，罗绮芬芳，行酒纠觞，留髡送客，酒阑棋罢，堕珥遗簪，真欲界之仙都，升平之乐国也。"这种繁华在客观上为侯方域的寻欢提供了条件。

从主观来说，侯方域之所以能结识李香君，与他青年时喜好声色的性格分不开。据胡介祉的《侯朝宗公子传》所说，侯方域为人豪放不羁，虽然长辈对他要求甚严，他还是常常带着弟弟偷偷跑出来，选妓征歌。他本人精通音律，虽然只能算得上票友，但"曲有误，周郎顾"，曲子在音律上有些许差错，他都能闻声先觉，让那些专业的梨园子弟敬佩不已。甚至在他的父亲侯恂深陷囹圄时，他还常常以红裙侑酒。侯方域的行为曾引起朋友们的不满。黄宗羲就曾力劝他并向张自烈说："侯朝宗的父亲大人尚在狱中，而他现在却饮宴享乐，我们不劝劝他，那就是害了他。"

李香君的身份是秦淮名妓，因为身份的特殊，史书上不可能对她的身世有所记载，我们只能借助于侯方域为李香君所作的传记《李姬传》和时人的零星记载，如陈贞慧的儿子陈维崧所著《妇人集》、余怀所著《板桥杂记》等，来认识这位身份低微却充满魅力的女性。侯方域那篇简短而又闪烁其词的《李姬传》，在为我们提供了李香君诸多资料的同时，也给我们留下了许多可以想象和填补的空间。

据《李姬传》和时人笔记记载，李香君的名字叫李香，她的养母叫李贞丽。至于李香君的出身，众人都没有提起。有研究者认为香君的父亲是位明末的官员，因为得罪了气焰嚣张的魏忠贤阉党而被害，香君从此流入乐籍。这种说法如果属实的话，倒是可以解释为什么香君对东林党和复社人士如此亲近，而对那些与魏党沾边的投机分子如此深恶痛绝。

李香君的长相究竟如何，众人没有记载，

李香君

我们不得而知；我们能知道的，是香君的身材较为娇小袖珍，皮肤白皙，而且聪明伶俐。李渔《闲情偶寄·声容部》说："《诗》不云乎'素以为绚兮'？素者，白也。妇人本质，惟白最难。常有眉目口齿般般入画，而缺陷独在肌肤者。"俗话也说"一白遮百丑"。所以，综合而论，李香君在外形上还是不算下品的。时人余怀在《板桥杂记》说："李香，身躯短小，肤理玉色，慧俊宛转，调笑无双，人题之为'香扇坠'。余有诗赠之云：'生小倾城是李香，怀中婀娜袖中藏。何缘十二巫峰女，梦里偏来见楚王。'"在《桃花扇》的《眠香》一出，孔尚任将此诗的作者改成了杨龙友，侯方域读罢笑道："此老多情，送来一首催妆诗，妙绝，妙绝！"清客张燕筑也打趣道："'怀中婀娜袖中藏'，说的香君一搦身材，竟是个香扇坠儿。"

据《板桥杂记》载，李香君的养母李贞丽，字淡如，为人侠气豪爽。又工书画，著有《歆芳集》。李贞丽交往的都是当世的豪杰，尤其与阳羡的陈贞慧交好。受李贞丽的影响，李香君也富于侠气，并且非常聪明，懂得政治的大义，能够分辨士大夫贤德与否，受到当时的社会名流张溥和夏允彝的称赏。张溥是明末著名的文学家和政治活动家，

025

离合兴亡
文人情怀
《桃花扇》

WEN

HUA

ZHONG

GUO

是大名鼎鼎的复社的创始人之一。夏允彝是著名的少年英雄夏完淳的父亲，也是"几社"的创始人之一，在文学成就上与陈子龙并称为"陈、夏"。张、夏二人都是眼界极高之人，李香君能够得到他们的称赏，可见其确有过人之处。

夏允彝、夏完淳父子合像

《板桥杂记》说李香君所居的媚香楼上"武塘魏子一为书于粉壁，贵竹杨龙友写崇兰诡石于左偏，时人称为'三绝'。由是，香之名盛于南曲，四方才士，争一识面以为荣"。魏学濂将余怀的这首赠诗书写在粉壁上，杨龙友又在其左边画上了兰草与奇石，被称为"三绝"，香君从此身价倍增，成为四方才士争相结交的对象。

李香君自幼就"风调皎爽不群"，13岁时跟吴人周如松学习昆曲"玉茗堂四传奇"，也就是明代著名戏剧家汤显祖的四部代表作——《牡丹亭》、《邯郸记》、《南柯记》、《紫钗记》，香君都能按节而歌。她尤其擅长《琵琶记》，但不肯轻易演唱。

侯方域与陈贞慧是挚友，而陈与香君的养母李贞丽相好，所以侯、李的相识应该与陈贞慧有关系。但据侯方域《答田中丞书》所说，他与李香君的缘分，是始于张溥的介绍。张溥告诉他说："金陵有女伎李姓，能歌《玉茗堂词》，尤落落有风调。"侯、李二人相识后，李香君曾经请侯方域作诗，她自己歌唱以和之。侯方域说自己"间作小诗赠之"，在他的《四忆堂诗集》卷二有《赠人》诗："夹道朱楼一径斜，王孙争御富平车。青溪尽种辛荑树，不及春风桃李花。"大概就是赠给李香君的。这首诗后来被孔尚任引入了《桃花扇》中，将剧情设计为侯方域将诗题在了赠给李香君的宫扇上。

在侯、李二人相识之前，安徽怀宁人阮大铖因为阿附魏忠贤而被罢官，此时正居住在南京，受到舆论的一致攻击，这其中又以阳羡的陈贞慧和贵池的吴应箕为首，对阮攻击得最为猛烈。阮大铖知道侯方域与二人为至交好友，不得已之下，就想请侯方域出面帮助他与复社诸君子和解。其实，阮大铖和侯方域也颇有些渊源。据胡介祺的《侯朝宗公子传》所说，阮大铖曾和侯恂同朝为官，侯恂曾非常爱惜阮大铖之才学，二人相处甚好，后因阮大铖投身阉党，道不同不相为谋，二人分道扬镳。侯方域在崇祯十六年（1643）给阮大铖的《癸未去金陵日与阮光禄书》中说：“您是我的父辈，在万历朝的末期，您和家父同朝为官，相处甚好。后来他遇到了不能再和您继续友好相处的障碍，您可以自己去回忆一下这是因为什么，就不用我再多说了。家父罢官归乡时，我的年纪尚幼，每次侍奉在侧，他经常会念及您的才学而终日叹息。”

阮大铖知道侯氏父子对自己不满，就不敢直接去找侯方域，而是让自己的好朋友王将军出面，以王的名义，经常请侯方域饮宴。李香君发现这一情况后，就对侯方域说：“王将军居家清贫，不是可以散金结客的人，公子应该找他问个究竟。”侯方域就再三诘问王将军，王将军只得说实话。侯方域听后有些动摇，李香君就偷偷告诉侯方域说：“我从小就跟随养母李贞丽熟识陈贞慧，那是个有高义的人，吴应箕也是为人正直、铁骨铮铮，他们现在都是您的好朋友，为什么要因为阮大铖而辜负了至交呢？再说了，以公子您的家世名望，怎么能去给阮大铖这样的人服务呢？公子读过万卷书，难道见识还不如贱妾吗？”侯方域听后如梦初醒，大声说“好，好，好”，然后喝得大醉，卧床不起。王将军见状只得悻悻离去，以后就再也没有与侯方域联系。

与李香君交往时间不长，侯方域就乡试落第，同时落第的还有陈贞慧、冒襄。作为才高八斗、名重一时的才子，侯方域为什么连个举

027

离合兴亡
文人情怀
《桃花扇》

WEN

HUA

ZHONG

GUO

人都中不了呢？这里面其实无关才学，而是牵扯到复杂的政治因素。在策论考试中，侯方域意气纵横，借机对崇祯皇帝刚愎自用和多疑的性格做了尖锐和毫不留情的批评：

> 所贵于甘德者，能临天下之谓也。虞书曰：'临下以简。'而后世任数之主，乃欲于其察察以穷之。过矣！夫天下之情伪，盖尝不可以胜防；而人主恒任其独智，钩距探索其间，其偶得之也，则必喜于自用；其既失之也，必且展转而疑人。秉自用之术，而积疑人之心，天下岂复有可信者哉？

崇祯的多疑性格相当严重，不管是他本人生性如此，还是日益沦落的国势让他焦虑到歇斯底里的地步，他的多疑终于酿成大祸，加速了明朝灭亡的步伐。最典型的一个例子就是他中了皇太极的离间计，枉杀了袁崇焕。

崇祯二年（1629）十二月，皇太极进犯北京，宁远巡抚袁崇焕率军驰援，皇太极战事受阻。正好清兵之前俘获了两名明朝的太监，皇太极就让汉军旗人高鸿中、鲍承先看守他们。高、鲍二人故意靠近太监，故作小声却又能让他们听得到，说袁崇焕与皇太极有密约，大事就要成功了。其中有一个杨姓太监，装睡偷听到了他们的谈话。高、鲍故意放杨姓太监逃脱，他回去后向崇祯报告了这件事。袁崇焕兵强权重，正为崇祯所忌，所以崇祯对杨太监的话深信不疑，听不得袁崇焕的解释，就把他下狱凌迟处死了。据计六奇《明季北略》记载，袁崇焕因为被诬以"谋反"之罪，所以他被杀的那天，"百姓怨恨，争啖其肉，皮骨已尽，心肺之间叫声不绝，半日而止，所谓活剐者也"。袁崇焕一死，大明王朝国防的万里长城就倒掉了。《明史·袁崇焕传》说："自崇焕死，边事益无人，明亡征决矣。"崇祯多疑酿成的恶果最终只能由他自己来吞。袁崇焕被杀14年后，崇祯在煤山的一颗小树上自缢身亡，临死前留下遗言："朕凉德藐躬，上干天咎，然皆群臣误朕。"死到临头还把亡国的责任推到别人头上，真是不可理喻。

侯方域的这段论述极有说服力，显示出他认识问题的深刻和缜密的思辨力，按理说中个举人是不在话下的。但他所用的文字极为犀利，锋芒毕露，对皇帝毫不留面子，可谓大不敬。可以想见，要是侯方域得中举人，而崇祯皇帝本人看到了这段文字后会有什么后果。好在这一切都没有发生。《壮悔堂文集》卷八《南省试策一》，有清初著名文学家、教育家、书法家徐邻唐的一段按语。徐邻唐评论道：这次己卯乡试，本来侯方域被定为第三名。在放榜的前一天晚上，副考官告诉正考官说，如果这位考生凭此策论得中举人，我们这些考官肯定会获罪。房考官廖国遴坚持侯方域中试，并力争说，如果因此而获罪，他愿意一人承担。正考官思考了很长时间后说，我们这些人获罪，不过是降级罚薪而已，现在摒弃这位考生，正是为了保全他啊！侯方域因此而落了榜。

侯方域落榜后要返回故乡，香君就在桃叶渡置酒，歌唱《琵琶记》为他送行。歌罢，她告诉侯方域说："公子您的才名文藻不比蔡邕蔡中郎差，蔡中郎学问虽好，但人品不高，学不补行，《琵琶记》中对他的描写固然有不真实的成分，但他亲近奸臣董卓却是不可回避的事实。公子您为人豪放不羁，现在又下第失意，今日一别，不知哪日才能相见。希望您终生自爱，不要忘了我为您唱的《琵琶记》，此曲我以后也不会再唱了。"

侯方域走后，漕运总督田仰以巨金邀李香君一见，香君坚决不见。田仰既惭且怒，就对香君恶语中伤。香君感叹说："田仰与阮大铖有什么区别啊！我当日反复叮咛侯公子的是什么话？如果我贪恋田仰的钱财而去赴约，就是辜负了侯公子啊！"

李香君拒绝了田仰的邀约，田仰以为是侯方域让香君这样做，故意翻他的老账，让他难堪，就对侯方域横加指责。侯方域在给田仰的

029

离合兴亡
文人情怀
《桃花扇》

WEN

HUA

ZHONG

GUO

《答田中丞书》中作了坚决的回应。他说，李香君拒绝田仰之事，发生在自己离开南京之后，这是李香君自己的选择。侯方域说，如果香君"无知"，以田仰的地位和重礼，她早就答应了，也不会记住我这个落拓书生的话。如果香君"有知"，以田仰的地位和重礼都不能打动她，说明她胸中对当时豪杰人物早有定论，不必别人去教她怎么做。在信的末了，侯方域还趁机嘲笑了一下田仰："仆虽书生，常恐一有蹉跌，将为此伎所笑，而不能以生平读数卷书、赋数首诗之伎俩，遂颐指而使之耶？"

李香君最终没有辜负侯方域，但侯方域却辜负了李香君，并且让李香君在桃叶渡为他送别时的担心变成了现实。

侯方域回到家乡，与贾开宗、徐作肃、徐邻唐、徐世琛、宋荦组织文社，名为"雪苑社"，六人被称为"雪苑六子"。南明成立后，侯方域往依史可法，曾代史可法草拟了回复多尔衮的劝降信。

南明覆灭后，侯方域返乡隐居。但在顺治八年（1651），他耐不住寂寞，参加了清廷组织的辛卯科乡试，并中得副榜。侯方域的这次复出应试，有人认为他是为了保全其父，被迫为之，其情可悯。而且这次乡试所引起的社会轰动也不及后来康熙十七年（1678）特诏所开的博学鸿词科大。康熙年间的这次特殊考试吸引了众多以伯夷、叔齐自居的为明朝守节多年的名士。有人曾写诗讽刺说："圣朝特旨试贤良，一队夷、齐下首阳。家中安排新雀帽，腹中打点旧文章。当年深自惭周粟，今日翻思吃国粮。非是一朝忽变节，西山薇蕨吃精光。"（《清朝野史大观》卷五"一队夷齐下首阳"）虽然有可以应对外人的理由，但应清人之举还是让侯方域深深地陷入到背叛自己理想和立场的自责与忏悔中。后人对他也颇有微辞，张问陶甚至写了"两朝应举侯公子，忍对桃花说李香"的诗句来讽刺他。

在顺治九年（1652），也就是侯方域应试后的第二年，他将自己的书斋取名壮悔堂，文集取名《壮悔堂文集》。其《壮悔堂记》说："余少遭党禁，又历戎马间，而乃傲睨若是。然则坎壈而几杀其身，夫岂为不幸哉？忽一日念及，怃然久之。其后历寝食不能忘，时有所创，创辄思，积创积思，乃知余生平之可悔者多矣，不独名此堂也。"有忏悔壮年时所为的意思。

壮悔堂

在另一篇《四忆堂记》中，侯方域又解释了自己复杂的心情："或曰：'然则子既以悔名其集，而以忆名其诗者，何也？'苟忆于昔，不必其悔；苟悔于今，不必其昔之忆。"曰："诗三百篇，昔人发愤之所作也。余自念才弱，不能愤，聊以忆焉云尔。抑闻之，极则必复。忆之，忆之，所以悔也。"侯方域的好友贾开宗在《侯方域本传》中说他："既不见用，乃放意声伎，已而悔之，发愤为诗歌古文。"如此看来，侯方域忆之、悔之的事，除了他参加清廷的科举外，恐怕还有自己年轻时与李香君的这段感情吧。

侯方域作《李姬传》，在文中大书特书李香君的深明大义和对自己的忠告，有表达自己的忏悔和为自己辩白的意思。侯方域与李香君相

031

离合兴亡

文人情怀
《桃花扇》

WEN

HUA

ZHONG

GUO

乾隆刊本侯方域《四忆堂诗集》

处的时间并不长，但毫无疑问是恋人关系，他却竭力回避这种关系，甚至在《答田中丞书》中称呼李香君，动辄"此伎"如何，故意疏远。他对于二人的爱情生活只字不提，力图让外人看来他们只是志同道合的同志而已。李香君拒绝田仰的邀约，明显有保全贞洁，为侯方域守身的意思。陈贞慧之子陈维崧《妇人集》就说香君"曾以身许方域，设誓最苦，誓辞今尚存湖海楼箧衍中"。但侯方域对此绝口不提，总是对李香君的行为作政治化的解读，将香君的这个举动比拟于自己当年拒绝阮大铖。二人在桃叶渡一别就再也没有见面，而且李香君在送别时也预料到他们已没有再重逢的机会，话别的言语非常感伤，有些令人不解。是因为她已隐隐预料到其后不久的国家兴亡，还是二人的感情出现了障碍，现在已经无从得知了。

顺治十一年（1654）十二月，也就是参加清廷的乡试3年之后，侯方域去世，时年37岁。对于李香君的结局，前述诸书都没有记载。有学者经考证认为，李香君于栖霞山出家为尼，叶衍兰《秦淮八艳图咏》说她"南都亡，只身逃出。后依卞玉京以终"，未知确否。香君身寄乐籍，遭逢乱世，其"身世浮沉雨打萍"是可以想见的。

可以说，就侯方域《李姬传》和时人对侯、李关系的记述来看，在二人之间发生的，是一个平淡的、无波澜的、有头无尾的爱情故事。但二人一位是东林子弟、复社名士，一位是四方争识的秦淮名妓，他们的身上承载了一段厚重的历史。侯、李那段平凡的爱情发生在那样一个天翻地覆、家灾国难的时代，染上了悲壮和仓皇的背景颜色，故事本身也就被照亮了，散发出虽不炫目但却诱人的光芒，吸引着孔尚任在《桃花扇》中借此铺张他心目中的悲欢离合。

三、才子佳人一相逢

《桃花扇》中，侯方域与李香君的初次相见是在第五出《访翠》，但剧作从开篇就已经做下了铺垫。第一出《听稗》，侯方域出场，自述显赫家世和复社成员的身份，对自己的文采也颇自负。他以班固、宋玉、苏轼和韩愈自比，说自己"早岁清词，吐出班香宋艳；中年浩气，流成苏海韩潮"。身负如此之才，来南京应试却名落孙山，心中的郁闷可想而知。所以，面对着莫愁湖，他感叹道："莫愁，莫愁！教俺如何不愁也！"为了排遣郁闷的心情，他与朋友陈定生和吴次尾相约去冶城道院看梅花，不想魏国公府的徐公子请客看花，早把道院占满了。众人只能别寻乐子。这时，侯方域流露出他风流才子的一面，提议去秦淮旧院一游，说："且到秦淮水榭，一访佳丽，倒也有趣！"不过这个建议遭到了吴次尾的否定，他们决定就近去听柳敬亭说书。如此一来，侯方域与李香君第一次见面的机会被往后推迟了。

这边侯方域盼望着一访佳丽，那边李香君有女初长成，她的养母李贞丽委托自己的老相好、罢职县令杨龙友为香君找一位梳拢之人。《桃花扇》没有直接写李香君的相貌如何美艳，只用"温柔纤小"、"宛转娇羞"这些常用来形容少女的字句模糊带过。但是，通过写张溥和夏允彝等名流都为她题赠诗作，以及杨龙友"几日不见，益发标致了。这些诗篇赞的不差"以及"我看香君国色第一"之语，可以想见，《桃花扇》中的李香君之姿色必有过人之处。在技艺方面，李香君的师傅是唱曲的名家苏昆生，传授她《牡丹亭》，师傅略微指点，香君就能烂熟于心，难怪杨龙友对着李贞丽感慨道："可喜令爱聪明的紧，不愁

033

离合兴亡

文人情怀
《桃花扇》

WEN

HUA

ZHONG

GUO

不是一个名妓哩。"

有资格梳拢如此名妓的，自然是那些有才又有财的公子哥。在杨龙友看来，侯方域就是李香君一个很好的选择，因为他"客囊颇富，又有才名"，而且"正在这里物色名姝"。剧中没有写侯方域的相貌，但能让杨龙友如此评论，想必也是青春阳光、仪表堂堂。

选择何人梳拢，当事人李香君是没有发言权的，她的养母李贞丽看重的也只是外在的条件，听完杨龙友的介绍后，李贞丽非常满意："这样公子肯来梳拢，好的紧了。"可以说，侯方域与李香君的缘分最初只是寻欢的公子和待客梳拢的妓女之间的一种交易，并没有男女主人公的相互爱慕、相互欣赏和相互尊重的成分在里面。

在《传歌》出，我们还是能够看出年幼的李香君对自己妓女身份的敏感和不认同。当李贞丽要她当着杨龙友的面取出曲本温习时，李香君皱起了眉头，说："有客在座，只是学歌怎的。"李贞丽赶紧提醒她，学歌习曲是妓家赖以生存的本钱："舞袖歌裙，吃饭庄屯。你不肯学歌，闲着做甚。"香君这才低头看曲本。

在癸未年的清明佳节，侯方域与李香君正式相见，并定下因缘。这次相见，是侯方域主动寻访。他还是延续了刚出场时的寂寞难耐，说："对三月艳阳之节，住六朝佳丽之场，虽是客况不堪，却也春情难按。"听闻杨龙友对李香君妙龄绝色的极力夸赞，他心中更是充满了期待，于是就借着踏青游春到旧院一访。路遇柳敬亭，他们一同来到李香君家。恰好李贞丽、李香君母女前往名妓卞玉京家做盒子会，演奏笙笛琴阮，比试技艺。柳敬亭告诉侯方域，妓家做盒子会时，要深锁楼门，只许楼下鉴赏，若是双方钟意了，楼下的便把随身之物抛上楼头，楼上的便抛下果子来，那时，好事便成了。侯方域有些着急地说："既然如此，小生也好走走了。"来到卞玉京的暖翠楼下，他又着急地问："李香君如何不见？"剧作形象地写出了侯方域听到楼上乐声奏响时心痒难耐的情形：

> （内吹笙、笛介）（生听介）鸾笙凤管云中响，（内弹琵琶、
> 筝介）（生听介）弦悠扬，（内打云锣介）（生听介）玉玎珰，一
> 声声乱我柔肠。（内吹箫介）（生听介）翱翔双凤凰。（大叫介）
> 这几声箫，吹的我销魂，小生忍不住要打采了。（取扇坠抛上楼
> 介）海南异品风飘荡，要打着美人心上痒！

令侯方域高兴的是，他的努力很
快就有了回应，楼上用白汗巾包着樱
桃抛了下来。侯方域急不可耐地说：
"不知是哪个掷来的，若是香君，岂
不可喜。"结果这条冰绡汗巾正是香
君之物。等到李贞丽领着香君出场，
侯方域一见，顿时惊为天人："果然
妙龄绝色，龙老赏鉴，真是法眼。"于
是，李贞丽代下玉京做东，李香君斟
酒，侯方域、柳敬亭连同路遇的杨龙
友、苏昆生一起把酒行令，作诗的作
诗，说笑话的说笑话，唱曲的唱曲，好不热闹！

《桃花扇·传歌》

等李贞丽说香君"该自斟自饮了"时，侯方域赶紧凑上去，大献
殷勤地说："待小生奉敬。"难怪作者孔尚任在此处评点说："尚未定
情，先饮合卺。名士美人，目挑心许者，是此时。"相对于众人的放松
和侯方域的殷勤，李香君完全是一副娇羞弱女子的模样，除了斟酒，
只说了两句话："柳师傅请酒"，"孩儿敬妈妈酒了"。等到柳敬亭拉着
她与侯方域，说"你们一对儿，吃个交心酒何如"时，她羞得遮袖退
席了。

李贞丽代"面嫩"的香君同侯方域定下了成亲之日，侯的心里乐

开了花。一曲［小桃红］正是他心理的最佳写照："误走到巫峰上，添了些行云想，匆匆忘却仙模样。春宵花月休成谎，良缘到手难推让，准备着身赴高唐。"

还是在癸未年的三月，侯方域迎来了他朝思暮想的一亲香君芳泽的日子。在香君所居的媚香楼上，李贞丽摆好了丰盛的酒宴，请到了著名的清客——戏曲演员丁继之、沈公宪、张燕筑以及名妓卞玉京、寇白门、郑妥娘来作陪。杨龙友也早早送来了箱笼、首饰、衣物，为香君助妆。还有白银30两，以助酒席。这些东西并非杨龙友本人之物，而是杨龙友的盟弟阮大铖的。阮大铖在魏忠贤阉党得意之时，曾以身相附，深为士林所不齿。阉党败后，阮成为过街的老鼠，人人喊打，吴次尾还作了篇《留都防乱揭帖》来公讨其罪。在祭祀孔子的仪式上，吴次尾等人又申明其罪并且对他大打出手。陈贞慧、方以智、冒襄这三位公子，在欣赏阮大铖所作戏剧的同时，对他附逆的行径大加讽刺和嘲笑。阮大铖化解无计，在杨龙友的指点下，他资助侯方域妆奁，想通过讨好侯方域，让侯充当说客，使这几位公子罢手收兵，放他一马。这层蹊跷，杨龙友自然不能言明，正要步入温柔乡的侯、李二人暂时是发现不了的。

在众人的恭贺声中，侯、李二人坐到了一起。侯方域还是那副猴急的模样："秀才渴病急须救"，他盼望着斜阳快快下山，好身赴巫山之会。这情形，就好比是《西厢记》中张生盼望着天快快黑下来，他好跳过墙去与崔莺莺幽会一般。《西厢记》的描写更有意思："（看天云）呀，才晌午也，再等一等。（又看科）今日百般的难得下去也呵！……呀，却早倒西也，再等一等咱……谢天地！却早日下去也！呀，却早发擂也！呀，却早撞钟也！拽上书房门，到得那里，手挽着垂杨，滴流扑跳过墙去。"

李香君此时也对已经到来的爱情充满了憧憬和希望，一曲［前腔］

唱出了她的心事，这也是她出场以来第一次正式发声：

> 楼台花颤，帘栊风抖，倚着雄姿英秀。春情无限，金钗肯与梳头。闲花添艳，野草生香，消得夫人做。今宵灯影纱红透，见惯司空也应羞，破题儿真难就。

香君为自己可以找到"雄姿英秀"的意中人而感到得意，她又一如既往地表现出对自己身份的敏感。她感觉到了侯方域对她的热恋之情，幻想着侯方域不肯把自己仅仅当作一个金钗侍妾，自己的身份虽然如闲花野草般低贱，但意中人还是会把她当作"夫人"来看待。

在丁继之要送新人入洞房的时候，沈公宪拦住了他们。沈说，侯方域乃是当今才子，李香君乃是绝代佳人，"合欢有酒，岂可定情无诗乎"？于是，侯方域取出随身带的宫扇一柄，在扇上为香君题赠了一首诗，以此作为定情的信物。

《桃花扇凡例》第一条就强调了这把扇子的重要性："剧名《桃花扇》，则桃花扇譬则珠也，作《桃花扇》之笔譬则龙也。穿云入雾，或正或侧，而龙睛龙爪，总不离乎珠。"可以说，桃花扇是贯穿全剧始终的重要道

折　扇

具。只是，令作者孔尚任都没有想到的是，这把重要的扇子竟会引起后世研究者的纷纷聚讼，焦点很简单：桃花扇究竟是团扇还是折扇？《桃花扇》中没有明言，只说是"宫扇一柄"，按照我们想当然的理解，这把扇子应该是团扇，因为好像只有浑圆的团扇才能衬托出女性的柔美风姿。唐代诗人王建的《宫中调笑》就说："团扇，团扇，美人病来遮面。玉颜憔悴三年，谁复商量管弦。弦管，弦管，春草昭阳路断。"团扇好像与李香君的气质也还相符。但综合剧中透露出来的其他

信息，这应该是一把折扇无疑。

《桃花扇·眠香》

折扇大约出现于汉末，因为其扇面展开形似蝴蝶，所以又被称为"蝴蝶扇"。明万历年间又兴起一种新式的折扇，可以完全展开成圆形，酷似团扇，两侧的夹板合拢到一起形成扇柄。沈德符《万历野获编·玩具·折扇》中说："宫中所用，又有以纸绢叠成折扇，张之如满月，下有短柄，居扇之半。有机敛之，用牝笋管定，阔仅寸许，长尺余。宫娃及内臣，以囊盛而佩之。"折扇多配以玲珑可爱的扇坠，作为装饰。《桃花扇》中多次提到这把宫扇体积不大，可以藏于袖中。如第六出《眠香》描写李香君等侯方域在扇面上题完诗后，将扇子收到了袖中。第七出《却奁》也写到李香君从袖中取出诗扇给杨龙友看，杨龙友看罢说："正芬芳桃香李香，都题在宫纱扇上；怕遇着狂风吹荡，须紧紧袖中藏，须紧紧袖中藏。"第二十七出《逢舟》描写诗扇的情形是："这封书不是笺纹，摺宫纱夹在斑筠。"可见，扇面用的是宫纱，将宫纱折叠起来夹在两片斑竹之间，则此扇必为折扇无疑。第二十二出《守楼》，田仰托杨龙友当说客，要娶李香君为姜，香君不肯，李贞丽和杨龙友强行给她梳头穿衣，香君持扇乱打一气，杨龙友感慨道："好利害，一柄诗扇，倒像一把防身的利剑。"以利剑做喻，折扇肯定比团扇更加接近。至于扇面上的血点，应该是混乱中折扇被打开沾上的血迹。

侯方域在这柄折扇上写道："夹道朱楼一径斜，王孙初御富平车。清溪尽是辛夷树，不及东风桃李花。"诗中对香君做了高度的赞美。因香君姓李，又是乐籍身份，所以侯方域把她比作桃李花，认为她的美貌胜过了早春花开烂漫的玉兰花。杨龙友也派人送来了一首催妆诗："生小倾城是李香，怀中婀娜袖中藏。缘何十二巫峰女，梦里偏来见楚王。"因李香君的身材娇小玲珑，得了个"小扇坠"的绰号，所以，杨龙友的这首诗对此进行了调侃。

第二天一大早，杨龙友前往媚香楼道贺。在众人看来，以杨龙友的名义送来，实则是阮大铖资助的妆奁的确令李香君增色不少。杨龙友就说："你看香君上头之后，更觉艳丽了。"侯方域也说："香君天姿国色，今日插了几朵珠翠，穿了一套绮罗，十分花貌，又添二分，果然可爱。"李贞丽也感激地说："这都亏了杨老爷帮衬哩。"

离合兴亡
文人情怀
《桃花扇》

WEN

HUA

ZHONG

GUO

与侯方域被幸福冲昏了头脑和李贞丽陷入找到好女婿的蜜缸里不同，先前一直给人单纯、柔弱甚至是怯生生感觉的李香君此时表现出了惊人的清醒和成熟。她对这些奢华妆奁的来历产生了怀疑，直截了当地问杨龙友："我看您虽然是凤阳总督马士英的至亲，但是日子过得也很拮据，为什么您要轻掷金钱，来填我们的烟花之窟呢？对我来说是受之有愧，对您来说是施之无名，今天还想找您问个明白，以便日后报答。"李香君的这几句话问到了点子上，而且用词也很有技巧。让她这么一提醒，侯方域也觉得这件美事有些蹊跷，对杨龙友说："我们只是萍水之交的朋友，您赠送的礼物如此厚重，我也觉得不安。"在他们的追问之下，杨龙友只得道出实情。吃了人家的嘴短，拿了人家的手软，侯方域听完杨龙友替阮大铖添油加醋的辩白，也软了下来，说："原来如此，俺看圆海情辞迫切，亦觉可怜。就便真是魏党，悔过来归，亦不可绝之太甚，况罪有可原乎。定生、次尾，皆我至交，明日相见，即为分解。"

杨龙友刚要高兴，李香君勃然大怒："官人是何说话，阮大铖趋附权奸，廉耻丧尽；妇人女子，无不唾骂。他人攻之，官人救之，官人

暖红室刊本《桃花扇·却奁》插图

自处于何等也？"她对侯方域说，官人您不过是因为阮大铖资助我妆奁，就要徇私废公，岂不知这么几件钗钏衣裙，还放不到我李香君的眼里。说完，她拔下簪子，脱下新衣，统统扔到了地上，"脱裙衫，穷不妨。布荆人，名自香"。

此时李香君的激烈反应是所有人都没有想到的，尤其是当着对她有赐名之恩的杨龙友的面就发作了出来。杨龙友也被李香君的反应吓了一大跳，他无法想象这么娇弱的身躯里究竟藏着多大的正待喷薄而出的能量。他感慨道："啊呀！香君气性，忒也刚烈。"而侯方域此时也如梦方醒，他顿时对香君刮目相看起来，对她发出了由衷的赞叹："好，好，好！这等见识，我倒不如，真乃侯生畏友也。"他直截了当地对杨龙友说，那些复社的社友平时敬重自己，也就是因为有这点义气，他断断不能负了朋友而去依附奸邪。侯方域不顾杨龙友的面子，退还了妆奁，让杨龙友败兴而返。

一场风暴过后，侯方域对李香君有了全新的认识，这种认识，已经不再仅仅是对李香君美貌的欣赏，而是发自内心的对其人品的尊敬。或者说，是从单一的感性的"喜欢"，升华到了有着共同政治理念和价值取向的"爱"。侯方域的政治立场是由他是复社成员的身份决定的，而李香君则是相交东林党人士，如张溥、夏允彝等，受他们的长期熏陶形成的——"虽妇人女子，亦知向往东林"。此时，侯方域更喜欢的是卸去了珠光宝气的李香君："俺看香君天姿国色，摘了几朵珠翠，脱去一套绮罗，十分容貌，又添十分，更觉可爱。"他们这种彼此相知的成就感和满足感，比之前一天的初度春宵恐怕更要胜上几分了。

李香君却奁的举动不但赢得了侯方域的尊敬，而且也赢得了其他复社文人的尊敬。在癸未年的端午节，侯方域携李香君和柳敬亭、苏昆生一起乘船来到秦淮河上看灯，恰遇到陈贞慧、吴次尾在丁继之的水榭饮酒赏节。陈、吴二人怕闲人打扰，特在灯笼上写下"复社会文，闲人免进"的字样。吴次尾认为侯方域是复社人士，该请他入会，陈贞慧则问是否也请李香君。吴次尾回答："李香君不受阮胡子妆奁，竟是复社的朋友，请来何妨？"当侯方域问"难道香君也是复社的朋友么"时，吴次尾说："香君却奁一事，只怕复社朋友还让一筹哩。"陈贞慧也说："已后竟该称她老社嫂了。"众人对香君的溢美之词可谓发自肺腑。

这次端午节的水榭欢饮是《桃花扇》描写的继李香君与侯方域定情宴会之后的第二次多人聚会。这两次看似平常的聚会，其实代表了侯方域与李香君爱情发展的两个截然不同的阶段。第一次聚会发生在侯方域的眠香之夜，参加的人员除了侯、李和李贞丽外，还有清客丁继之、沈公宪、张燕筑和妓女卞玉京、寇白门、郑妥娘，席上打打闹闹，吵吵嚷嚷，行的酒令也关涉风月红尘。而这一次水榭聚会，参加人员的身份与上次截然不同。除了侯、李以外，就是复社人士陈贞慧、吴次尾，以及鄙视阮大铖为人不肯做他门客的苏昆生和柳敬亭，席间的诗酒唱酬抒发的是他们对历史兴亡的无限感慨。正如吴次尾所说："我们唱和得许多感慨，他们吹弹出无限凄凉，楼下船中，料无解人也。"这次略带有些政治意味的聚会，加深的不仅仅是侯、李二人的爱情，更促使他们在志同道合的道路上越走越远。

在这一年的十月，也就是侯、李二人定情欢会7个月之后，一场大祸降临到这对恋人的头上，使他们劳燕分飞，漂泊连年。从某种意义上说，是他们自己为了坚持道义和原则而亲手种下了这场大祸的种

离合兴亡
文人情怀
《桃花扇》

WEN

HUA

ZHONG

GUO

子。

镇守武昌的宁南侯左良玉因为部下缺粮哗变，无奈之下，许诺领兵东下，就食于南京。消息传出，举国震惊。杨龙友受兵部尚书熊明遇委托，找到侯方域寻求帮助。左良玉本是侯方域之父侯恂的门生，侯恂对左有活命之恩、知遇之情，所以即使左良玉身登侯爵之位，侯恂的几分薄面还是有的。在杨龙友的催促下，侯方域代父修书一封，托柳敬亭前往武昌递交左良玉，劝他考虑清楚此次领兵东下所造成的严重后果。侯方域的信，再加上柳敬亭如簧巧舌的讽谏，终于打消了左良玉东下的念头。按理说，侯方域是做了一件于国于民都有利的事，可谓善莫大焉。但在阮大铖那里，侯氏此举只是给他提供了报仇雪恨的由头而已。在众人长舒一口气的时候，阮大铖在背后狠狠地扎了侯方域一刀。

阮大铖因为妆奁被退而自觉遭到了奇耻大辱，对侯、李二人算是恨到了骨头里，从此抛开了拉拢的念头，而一心报复。他向实权派马士英进谗言，说侯方域私通左良玉，做左的内应，意欲图谋不轨。马士英听信了阮大铖的话，就派人捉拿侯方域。杨龙友因为这件祸事是因自己而起，就第一时间赶到李香君家去通风报信。侯方域新婚燕尔，对于撇下李香君独自远走高飞，心中有十二分的不舍和留恋。此时反观李香君，却表现出惊人的冷静和坚强，她正色告诫侯方域："官人素以豪杰自命，为何学儿女子态。"这一下坚定了侯方域出走的信心。难怪孔尚任在《辞院》出所作的批语道："香君事事英雄，侯生方寸乱矣。"

当杨龙友提醒侯可以暂避史可法幕府时，香君又默默地说："待奴家收拾行装。"可以说，当来之不易的爱情遇到惊涛骇浪的时候，李香君表现出超越她年龄和身份的成熟与果断，她以自己的实际行动表达了对侯方域的爱和对他政治立场的支持。但小女子毕竟还是小女子，心中的酸楚和对恋人的不舍是怎么也压抑不住的：

[前腔] 欢娱事，欢娱事，两心自忖。生离苦，生离苦，且将恨忍，结成眉峰一寸。香沾翠被池，重重束紧。药裹巾箱，都带泪痕。

侯方域临行前安慰香君："暂此分别，后会不远。"但是李香君因为对糟糕的时局有着清醒的认识，她对二人的重新会面表现得很悲观。她含泪回答："满地烟尘，重来亦未可必也。"香君的担心真的变成了现实，在侯方域走后，一场场磨难袭向了这对两分抛的鸳鸯，国破了，家亡了，曾经坚持和充满信心的理想也破灭了。等到他们历尽千辛万苦，终于在两年后重逢于深山的时候，已是万事皆休，连那把曾经炽烈的情火也被政治的煤灰无情熄灭了。

四、铁心石腹何愁冻

在《却奁》一出中，杨龙友前往媚香楼祝贺定情的侯、李二人。李香君拿出袖中的诗扇给杨看，杨看后发出了一段感慨："正芬芳桃香李香，都题在宫纱扇上。怕遇着狂风吹荡，须紧紧袖中藏，须紧紧袖中藏。"真是一语成谶。只是后来吹荡在这对恋人身上的急风暴雨势头之猛烈，大概是正处于温柔乡中的侯、李二人做梦也想不到的。

在外人看来，包括在李贞丽和杨龙友的眼里，侯方域只是梳拢了李香君而已，虽然香君称呼侯为"官人"，说到底二人还是嫖客与妓女的关系。侯方域一去不返，香君并没有义务为其守节，即使香君琵琶别抱也属人之常情。但对李香君来说，她对自己妓女的身份其实并没有完全认同，她已经在内心深处把侯方域看作与自己志同道合，值得终身托付的夫君了。山无陵，乃敢与君绝，这是她在心中抱持的信念。所以，在侯方域离开后，因为相思，她好似失群之雁，孤单单独宿高

043

离合兴亡
文人情怀
《桃花扇》

WEN

HUA

ZHONG

GUO

《桃花扇·守楼》

楼。"洗粉黛，抛扇裙，罢笛管，歇喉唇"，心甘情愿忍受寂寞，以长斋女尼式的生活方式，一心盼望着侯方域的归来，直到政治局势的发展无限期地延长了她的等待。

在侯方域躲避到史可法幕府5个月后，也就是甲申年（1644）三月，李自成的军队攻克了北京城，崇祯皇帝上吊自杀。在选定继承人的问题上，史可法和侯方域认为福王朱由崧有"三大罪"和"五不可立"，非人君之选。但是马士英、阮大铖却勾结四镇将军，背着史可法拥立了朱由崧，是为弘光帝。马士英和阮大铖摇身一变，成了开国元勋，大权在握，可以放心大胆地倒行逆施了。

马、阮的亲信田仰，即将升任漕抚，给杨龙友送去300两银子，托杨替他寻觅一个美妓做妾。杨龙友想到了独守空房的李香君，但他作为侯、李二人的媒人，无颜亲自去和香君说，就让丁继之等清客和卞玉京等妓女去和香君言明此事。

丁、卞等人想尽各种办法，试图说服李香君。当卞玉京问香君"何不招一新婿"时，香君态度坚决地说："奴家已嫁侯郎，岂肯改志。"她听卞说田仰准备以300两银子迎娶她时，不屑地说：这是田仰看错了人。在李香君的眼中，侯方域的定情诗已如红线一般将她的心和侯方域紧紧拴在了一起，一首定情诗，胜过万两雪花银。寇白门吓唬她说，要是不嫁人，就捉她入宫去学戏，让她到时候连个男人的面都见不上。香君回答：我就是终身守寡，也绝不嫁人。张燕筑吓唬她说，得罪了杨龙友，就拿她去官府拶掉她的指头。香君还是那句话：绝不另嫁他人。香君的决绝不但没让这些说客觉得难堪，反而让他们对她刮目相看，卞玉京就说："看她小小年纪，倒有志气。"众人临走还安慰香君说："香君放心，我们回绝杨老爷，再不来缠你便了。"

清客、妓女们果真不再来缠李香君，但更大的风波却接踵而来。阮大铖在马士英面前提起田仰以300两银子娶不来李香君的事，并且故意把田仰所丢掉的面子算到了马士英的头上，以此来激怒马："田漕台是老师相的乡亲，被她羞辱，所关不小。"马士英果然大发雷霆，派人拿着衣服财礼前往李家强娶香君。当李贞丽劝香君速速收拾东西下楼时，香君勃然大怒，又一次展现出她倔强的一面："妈妈说哪里话来！当日杨老爷做媒，妈妈主婚，把奴嫁与侯郎，满堂宾客，谁没看见。"她更是拿出那柄诗扇质问杨龙友道："这首定情诗，杨老爷都看过，难道忘了不成？"杨龙友还是试图说服她："那侯郎避祸逃走，不知去向。设若三年不归，你也只顾等他么？"香君坚定地说："便等他三年，便等他十年，便等他一百年，只不嫁田仰。"杨龙友听罢也禁不住感慨道："呵呀！好性气，又像摘翠脱衣骂阮圆海的那番光景了。"不提便罢，一提起阮大铖，香君的脾气又冒了上来："可又来，阮、田同是魏党，阮家妆奁尚且不受，倒去跟着田仰么？"

045

离合兴亡

文人情怀
《桃花扇》

WEN

HUA

ZHONG

GUO

在香君究竟要不要嫁给田仰的问题上，李贞丽的态度是赞成嫁的。这里面大概有三个原因：其一，田仰借相府的势力来强行逼婚，如若不从，便会得罪一人之下万人之上的马士英，后果非常严重。其二，300两银子的聘礼，也让李贞丽着实动心。其三，李贞丽确实也从关心香君的角度考虑，"嫁汉嫁汉，穿衣吃饭"，普通人尚且如此，何况是那些朝思暮想能从良有个好归宿的妓女呢？所以，她劝香君说："傻丫头！嫁到田府，少不了你的吃穿哩。"但李香君心想的不是现实物质生活的富足，而是立志守节，等到侯方域回来的那一天。为了这个目标，受多大的苦她也甘心："呸！我立志守节，岂在温饱。"

爱情观、幸福观、物质观与李香君有着巨大冲突的李贞丽决定采取强制措施，来使这个在自己眼皮底下长起来的小丫头踏上"幸福之路"。她强行给香君梳头，让杨龙友给香君穿衣。但倔强的香君坚决不肯就范，她手持诗扇前后乱打。在反抗无效的情形下，她仍然誓死不从，哭喊着"奴家就死不下此楼"，并倒地撞头，血溅诗扇。眼看如此情形，李贞丽和杨龙友只得罢手，按照杨的建议，由李贞丽顶替香君，嫁往田府。

李贞丽走后，在家养伤的香君更觉得冷清和孤寂。想到与侯方域曾经的卿卿我我耳鬓厮磨，想到二人共同经历的点点滴滴，再想到恋人如今不知漂泊何方，独留下自己在这空楼上为他守节，她心中的伤感一下子涌了上来。一支 [沉醉东风] 唱尽了她的心事：

> 记得一霎时娇歌兴扫，半夜里浓雨情抛。从桃叶渡头寻，向燕子矶边找，乱云山风高雁杳。哪知道梅开有信，人去越遥。凭栏凝眺，把盈盈秋水，酸风冻了。

恋人杳无音信，妈妈替自己挡灾而去，也是归来无期。展开那把"疏疏密密，浓浓淡淡，鲜血乱蘸"的定情诗扇，她这时算是完全体验到了，守节不仅仅是一种甜蜜的等待，更是刻骨铭心的相思和令人衣带渐宽的折磨：

> [折桂令] 叫奴家揉开云髻，折损宫腰。睡昏昏似妃葬坡平，血淋淋似妾堕楼高。怕旁人呼号，舍着俺软丢答的魂灵没人招。银镜里朱霞残照，鸳枕上红泪春潮。恨在心苗，愁在眉梢，洗了胭脂，浣了鲛绡。

受李贞丽的委托，杨龙友时常到院中看望、照顾李香君。当他看到诗扇被鲜血所污时，深感可惜。于是，苏昆生采摘盆草，扭出鲜汁作为绿色，杨龙友在扇上随笔点缀，将血迹点染成几笔折枝的桃花，

把一把染血的宫扇变成了桃花扇。

桃花是中国文化史上一种具有深厚审美内蕴的意象。因为它是春天里色彩最为鲜艳动人的花卉，所以，它可以代表爱情和奔放的热情，相关的词有"桃花运"、"命犯桃花"等。唐代诗人崔护《题都城南庄》"去年今日此门中，人面桃花相映红。人面不知何处去，桃花依旧笑春风"中的"桃花"也是此意。又因为桃花的花期短，一场风雨过后，就会落红满地，所以，它又代表了飘零和美好事物的消逝，传达的是一种伤感的情愫。李

关盼盼

贺《将进酒》中"况是青春日将暮，桃花乱落如红雨"即是此意。诗扇上那几笔折枝的桃花，正是李香君不幸遭遇的写照，如她自己所言："咳！桃花薄命，扇底飘零。多谢杨老爷替奴写照了。"

杨龙友借着桃花扇和香君所发的感慨，劝解香君道："你有这柄桃花扇，少不得个顾曲周郎；难道青春守寡，竟做个入月嫦娥不成？"香君即在燕子楼中苦苦守节的关盼盼自比。苏昆生问她："明日侯郎重到，你也不下楼么？"香君回答："那时锦片前程，尽俺受用，何处不许游耍，岂但下楼？"寥寥几句话，让我们读懂了她那颗憧憬着未来美好生活和甜蜜爱情的年轻的心。

杨龙友也被她深深感染了，感慨到："香君这段苦节，今世少有。"苏昆生也趁着还乡，答应替香君寻访侯方域，并捎带着那把寄托了香君千愁万苦的桃花扇作为证物。临行前，香君细致地将扇子用手帕包好，用头绳缠了一遭又一遭。在她看来，这把扇子虽小，但是

047

WEN

HUA

ZHONG

GUO

上面有侯方域亲笔题写的诗句和他不曾见过的血色桃花，足以代表自己的万千相思。她盼望着这把桃花扇能尽快到达恋人的手中，所以，她急着问苏昆生何时动身，当苏说不日就将束装时，她说："只望早行一步。"杨龙友再次感慨地说："你这段苦节，说与侯郎，自然来娶你的。"

李香君以柔弱的身躯、敏感的情感，为侯方域苦苦守节。但当面对马士英和阮大铖时，她仿佛变成了另一个人——刚强、果敢、口舌凌厉又无所畏惧。她被选中学戏，准备排演阮大铖写的那部深得弘光喜爱的《燕子笺》传奇。当她被带到马士英、杨龙友的面前接受验看时，她深藏在心底的对阉党余孽的痛恨之情一下子爆发了出来，于是就借着"他们凑来一处，正好吐俺胸中之气"：

　　赵文华陪着严嵩，抹粉脸席前趋奉。丑腔恶态，演出真鸣凤。

　　俺做个女祢衡，挝渔阳，声声骂，看他懂不懂。

在李香君看来，阮大铖对马士英低三下四的谄媚正像是《鸣凤记》中赵文华之于严嵩，丑腔恶态，令人作呕。她立志要做一个女中祢衡，以渔阳三通鼓，扒掉奸党一层皮。

曹　操

祢衡是东汉末年著名辞赋家，性格孤傲，藐视权贵。他的朋友孔融爱其才，把他推荐给曹操，但他称病不往，且出言不逊。曹操因为他有才名，不想杀他，听说他擅长击鼓，就把他招为鼓吏，在大会宾客时，让他当众击鼓。这在祢衡看来，不啻为一种羞辱。结果他当众脱光衣服，裸身击鼓，破口大骂，反辱了曹操。后来曹操意欲借他人之手杀之，将他送到刘表那里，刘表又将他转送给黄祖，祢衡终于因为触怒黄祖而被杀。《三国演义》对此有着生动的描写：

来日，操于省厅上大宴宾客，令鼓吏挝鼓。旧吏云："挝鼓必换新衣。"衡穿旧衣而入。遂击鼓为《渔阳三挝》，音节殊妙，渊渊有金石声。坐客听之，莫不慷慨流涕。左右喝曰："何不更衣！"衡当面脱下旧破衣服，裸体而立，浑身尽露。坐客皆掩面。衡乃徐徐着裤，颜色不变。操叱曰："庙堂之上，何太无礼？"衡曰："欺君罔上乃谓无礼。吾露父母之形，以显清白之体耳！"操曰："汝为清白，谁为污浊？"衡曰："汝不识贤愚，是眼浊也；不读诗书，是口浊也；不纳忠言，是耳浊也；不通古今，是身浊也；不容诸侯，是腹浊也；常怀篡逆，是心浊也！吾乃天下名士，用为鼓吏，是犹阳货轻仲尼，臧仓毁孟子耳！欲成王霸之业，而如此轻人耶？"

李香君当时的处境与祢衡击鼓骂曹有些相似，都是以一名弱者的身份面对着强大的奸党，她也很清楚自己学习祢衡会遭到什么样可怕的报复，但是在她心中久已生根发芽的忠奸之辨和对那双造成自己和恋人劳燕分飞的黑手的无比憎恶，使她充满了勇气和力量。当阮大铖唤她斟酒唱曲时，她摇头不从，说自己不会。马士英说："样样不会，怎称名妓。"香君回答："原非名妓。"说完掩泪哭泣。马士英与阮大铖都不知道香君的身份，马还说："你有什么心事，容你说来。"香君借机开始倾泻心中的怨愤：

[江儿水]妾的心中事，乱似蓬，几番要向君王控。拆散夫妻惊魂迸，隔开母子鲜血涌，比那流贼还猛。做哑装聋，骂着不知惶恐。

因为错把香君当作李贞丽，不知道香君所骂的正是自己，马、阮二人正像香君所骂的那样，"骂着不知惶恐"。马士英还说："原来有这

049

离合兴亡
文人情怀
《桃花扇》

WEN

HUA

ZHONG

GUO

些心事。"阮大铖也说："这个女子却也苦了。"杨龙友见状想赶紧制止李香君，以免造成不可收拾的后果，但李香君全然不顾，反而加大了骂的火力：

　　〔五供养〕堂堂列公，半边南朝，望你峥嵘。出身希贵宠，创业选声容，后庭花又添几种。把俺胡撮弄，对寒风雪海冰山，苦陪觞咏。

　　南明王朝上下都盼望着你们这些当政的大员们能振作起来，以图中兴光复，结果你们却在这里逞声色之娱，行的是亡国之政。香君的每一句话都像是一条鞭子，毫不留情地打在了马、阮二人的身上，这下他们彻底听明白了，顿时勃然大怒，纷纷叫嚣着香君该打。杨龙友再一次上前打圆场，"看她年纪甚小，未必是那个李贞丽"，想帮香君脱身。此时香君满腔的悲愤已经涌了上来，她恨恨地说："便是她待怎的！"《桃花扇》以一支〔玉交枝〕写出了李香君雷霆万钧的怒骂和马、阮的恼羞成怒，其中交织着一介弱女子的勇敢抗争和遭受的残酷欺凌，非用剧作酣畅淋漓的原文不足以想见其场景的惊心动魄：

　　〔玉交枝〕东林伯仲，俺青楼皆知敬重。干儿义子从新用，绝不了魏家种。（副净）好大胆，骂的是哪个，快快采去丢在雪中。（外采旦推倒介）（旦）冰肌雪肠原自同，铁心石腹何愁冻。（副净）这奴才，当着内阁大老爷，这般放肆，叫我们都开罪了。可恨可恨！（下席踢旦介）（末起拉介）（净）罢罢！这样奴才，何难处死，只怕妨了俺宰相之度。（末）是是！丞相之尊，娼女之贱，天地悬绝，何足介意。（副净）也罢！启过老师相，送入内庭，拣着极苦的脚色，叫她去当。（净）这也该的。（末）着人拉去罢！（杂拉旦介）（旦）奴家已拼一死。吐不尽鹃血满胸，吐不尽鹃血满胸。

在杨龙友的从中调停下，在骂筵之后，李香君幸而没有性命之虞，而是被送入内庭学戏，当那些极苦的角色。香君入宫之初因为不会《燕子笺》而被派为丑角。但弘光听了她演唱的《牡丹亭》后，大为赞赏，把她派为了正旦女主角。虽说免掉了羞辱，但一入深宫愁似海，待到出头是几时？香君的内心又添了一重煎熬。面对着垂杨暮鸦、苍松碧瓦，她不禁掩泪："想起那拆鸳鸯，离魂惨，隔云山，相思苦，会期难拿。倩人寄扇，擦损桃花。到今日情丝割断，芳草天涯。"

《竹外桃花》　徐悲鸿、田世光画

　　在李香君将桃花扇交给苏昆生3个月后，桃花扇终于递到了侯方域的手中。这其中饱含了苏昆生的无数艰辛，也有赖于老天见怜的舟中奇逢。当苏昆生背包骑驴走在黄河大堤上时，被溃散的逃兵推下了滔滔黄河，幸得李贞丽搭救，得以生还。恰巧离开高杰军中的侯方域乘船东下，泊舟在苏昆生隔壁，三人得以相逢。听完苏昆生和李贞丽描述的香君在他走后所遭受的种种磨难，侯方域感慨不已。当那把沾着香君血迹的桃花扇摆在他的面前时，侯方域忍不住大哭了起来："香君香君，叫小生怎生报你也！"

　　侯方域心急如焚地赶回南京，天刚亮就前往旧院媚香楼，想去找香君一诉衷肠。他清楚地记得两年前与香君定情，是在春光烂漫桃花盛开的三月天，如今历劫归来，恰巧又逢桃花盛开的三月，这是不是一种缘分呢？他走上妆楼之时，还在兴奋地设想两人重逢的场景：

　　　　你看寂寂寥寥，湘帘昼卷，像是香君春眠未起。俺且不要唤她，慢慢的上了妆楼，悄立帐边。等她自己醒来，转睛一看，认得出是小生，不知如何惊喜哩！

但侯方域不知，此时的媚香楼已是人去楼空。他急切切地问寄寓在媚香楼的画师蓝瑛：“我且问你，俺那香君哪里去了？”听到蓝瑛回答说香君被选入宫了时，侯方域仿佛遇到晴天霹雳：“怎……怎的被选入宫了！几时去的？”回想往昔的言笑晏晏，“桃花盛开，映着簇新新一座妆楼”，香君“手捧着红丝砚，花烛下索诗篇”。再目睹今日“纸破窗棂，纱裂帘幔”的冷清零落，侯方域的心情何啻于冰火！对着那把溅血染成比枝头分外鲜的桃花扇，他无比难过和自责：“这都是为着小生来。”无奈，“这桃花扇在，那人阻春烟”，他只能任一双泪眼顿作倾盆雨了。

《桃花扇·栖真》

香君为了侯方域苦苦守节，侯方域也不肯抛弃香君而别寻新欢。前往媚香楼看望蓝瑛的杨龙友告诉侯方域，香君出宫之日遥遥无期，侯回答：“小生只得在此等她了。”杨以“此处无可留恋，倒是别寻佳丽罢”相劝时，侯方域说：“小生怎忍负约，但得她一信，去也放心。”在香君的感召下，侯方域已非当日寻欢的贵公子，而是一位痴情种了。

等到清兵逼近扬州，南京城中人心惶惶，皇帝和马、阮等人四散逃窜，弘光宫中那些学唱《燕子笺》的妓女清客们趁机逃出了皇宫，卞玉京、丁继之隐入栖霞山出家。李香君返回了媚香楼，继续等候着侯方域的归来。同吴次尾、陈定生等人一起被阮大铖关在狱中的侯方域，也趁乱逃出了监狱。香君不知侯方域的下落，大哭着央求苏昆生带她各处去寻找。苏昆生说，侯方域没回到媚香楼，自然是出城去了，实在无处寻找。香君以一曲［前腔］表达了自己踏破铁鞋也要找到恋人的坚定决心：

[前腔]（旦）便天涯海崖，便天涯海崖，十洲方外，铁鞋踏破三千界。只要寻着侯郎，俺才住脚也。

苏昆生拗她不过，就答应带她去城东南的栖霞山中寻访。在栖霞山，他们寄居在卞玉京道观。恰巧侯方域和柳敬亭也逃入栖霞山，寄居在丁继之的道观。在一次由明朝遗民和山寺道众参加的祭祀法事中，侯方域和李香君重逢了。此时，他们心中的情火仍炽，但世易时移，他们置身的已不再是笑语喧盈的欢乐场，而是一片充溢着肃穆的宗教气氛和感伤的亡国气氛的悲凉之雾中。末世末路，一经点破，一缕情丝轻轻就被斩断，万千柔情瞬间化为乌有。

乙酉年（1645）的七月十五日中元节，白云庵的主持张瑶星广延道众，大建经坛，为崇祯皇帝修斋追荐。李香君同卞玉京一起为周皇后制作并在坛前悬挂了幢幡，完毕后，到讲堂参见张瑶星。侯方域也随着丁继之前往，恰巧在听张瑶星说法的道众中发现了李香君。

侯方域先是极为吃惊香君为何来到此地，接着就上前去拉。香君一见侯方域，也吃惊不小："你是侯郎，想杀奴也。"侯方域指着桃花扇向香君诉起了衷肠："看这扇上桃花，叫小生如何报你。"二人打开扇子，一同观看起来。丁继之和卞玉京赶紧拉了拉二人，提醒他们："法师在坛，不可只顾诉情了。"侯方域、李香君不肯理会。张瑶星见

状拍案大怒道："咄！何物儿女，敢到此处调情。"他走下祭坛，从侯、李二人手中夺下扇子，扔在地上，怒斥道："我这边清净道场，哪容得狡童游女，戏谑混杂。"众人认出来是侯方域和李香君，侯、李感谢众人的帮助，说："待咱夫妻还乡，都要报答的。"张瑶星说："你们絮絮

叨叨，说的俱是哪里话。当此地覆天翻，还恋情根欲种，岂不可笑！"
侯方域辩白道："此言差矣！从来男女室家，人之大伦，离合悲欢，情
有所钟，先生如何管得？"张瑶星听罢大怒，一声断喝：

　　呵呸！两个吧虫，你看国在哪里，家在哪里，君在哪里，父
　　在哪里，偏是这点花月情根，割它不断么？

　　[北水仙子] 堪叹你儿女娇，不管那沧海变。艳语淫词太絮
　　叨，将锦片前程，牵衣握手神前告。怎知道姻缘簿久已勾销；翅
　　愣愣鸳鸯梦醒好开交，碎纷纷团圆宝镜不坚牢。羞答答当场弄丑
　　惹的旁人笑，明荡荡大路劝你早奔逃。

　　张瑶星几句话说得侯、李二人大彻大悟。覆巢之下，安有完卵？
他们眼见"玉叶金枝凋"，耳闻"凤子龙孙号"，顿觉在国破家亡面
前，自己卿卿我我的爱情是何等渺小和虚妄。一个觉悟于"大道才知
是，浓情悔认真"，拜丁继之为师；一个困惑于"回头皆幻景，对面是
何人"，拜卜玉京为师。二人正式弃绝红尘，皈依大道。在张瑶星的指
引之下，侯方域前往南山之南，李香君前往北山之北，修真学道去了。

　　回想往昔，才子佳人楼头一见，情愫顿生，历尽风雨漂泊，情之
一念，愈挫愈坚。如今情丝斩断，永作离人，分手之时，"不把临去秋
波掉"，互相之间连一眼都没能对视，这何等让人怅惘，何等让人嗟
叹！"白骨青灰长艾萧，桃花扇底送南朝。不因重做兴亡梦，儿女浓情
何处消。"爱情，连同泥淖也遮盖不住的青春，就这样在一首哀婉的乐
曲中，为政治、为家国殉了葬。

五、茫茫乾坤，情归何处

　　《桃花扇》中正面人物的结局，非死即隐。左良玉、史可法、黄得
功这"有明三忠"为国身死，柳敬亭、苏昆生、丁继之、卜玉京都在

南明灭亡后避入深山，或渔樵自乐，或入道修行，无一人就食清粟。侯方域、李香君这对恋人，莞尔新婚，就上演了一出惨痛的"新婚别"，此后历经叠叠风波、重重磨难，脚下路不知跑了多少，眼中泪不知流了多少，终于机缘巧合、天意见怜，两人重逢于栖霞山。本该执手相看泪眼，夫妻双双把家还了吧？这可是中国千百年来戏曲小说最常见的结局，也最能让读者观众长舒一口气。但是，《桃花扇》却没有出现这种俗套的大团圆。

侯方域、李香君在道观重逢，互诉衷肠，还忘不了感谢众人的帮助和成全，二人你一言我一语，在感激背后流露出的是对未来爱情生活的美好向往：

> （生）丁、卞二师收留之恩，蔡、田二师接引之情，俺与香君世世图报。（旦）还有那苏昆生，也随奴到此。（生）柳敬亭也陪我前来。（旦）这柳、苏二位，不避患难，始终相依，更为可感。（生）待咱夫妻还乡，都要报答的。

但是，他们的美好梦境被张瑶星道长的一声断喝给打破了。二人幡然醒悟，决定斩断情根，芟除情苗，分别拜丁继之和卞玉京为师，修真学道，永不相见了。全剧至此完全笼罩在一层哀伤和悲壮的氛围里。

或许是由于中国人自古就承受了太多的辛劳、苦痛和不幸，所以，享有最能吃苦耐劳和逆来顺受"美名"的中国人对于安逸幸福、团圆美满的期望似乎要高过世界上的其他族群。也或许是如许多学者所认为的那样，中国古代的农业文明而不是海洋文明过于发达，造就了中国人谨慎内敛和缺乏冒险精神的性格，进而从心底生发出对危险的恐惧和对悲剧的排斥。既然期盼人生的圆满结局，在欣赏小说、戏曲时，自然也就盼望着那虚构中人物结局的"大团圆"。只有这样才能让自己那颗绷着的心放松下来，从别人的快乐中体味出自己的幸福来。如此

WEN

HUA

ZHONG

GUO

一来，就出现了王国维在《红楼梦评论》中所批评的那种情形："始于悲者终于欢，始于离者终于合，始于困者终于亨。非是而欲餍阅者之心，难矣。"①

李渔《风筝误》插图

才子佳人故事中，最常出现的就是"诗词媒介相爱怜，私定终身后花园。小人拨乱情更笃，奉旨完婚庆团圆"的故事模式。在英雄传奇和政治戏中，主人公必定冲冠一怒，与奸佞宵小当面力争，虽九死而不悔；即便身死，也能封神拜仙，荫及子孙。总之好人是吃不了亏的。尤其是到了明末清初剧作家李渔那里，不但结局是大团圆，而且整部戏都要是彻头彻尾的喜剧，他公然声称："唯我填词不卖愁，一夫不笑是吾忧。"因此，他在剧中使尽十八般武艺，要把读者和观众逗开心。

《桃花扇》在结局上打破了这种喜气洋洋的大团圆。它狠下心来把美好的东西撕开给人看，让侯、李二人在读者和观众留恋的目光和沉重的叹息声中情人两分襟，恋人重逢时的喜悦和兴奋更加衬托出他们斩断情丝时的悲壮。这恰恰切合了全剧"以离合之情，写兴亡之感"的主题。如果仅仅从文学手法上来看，让孔尚任在前面对侯、李爱情已有众多铺垫的基础上完成个大团圆结局，有何难哉！不是不能，是有意不为也。孔尚任本人是不愿如此小家子气的，就像他在原评中写的那样："离合之情，兴亡之感，融洽一处，细细归结，最散、最整、

① 王国维：《红楼梦评论》，上海古籍出版社 2005 年版，第 13 页。

最幻、最实、最曲迁、最直截，此灵山一会是人天大道场，而观者必使生旦同堂拜舞，乃为团圆，何其小家子样也。"

《桃花扇》这种为家国而牺牲个人情感的创作思路以及它对剧作结局的处理，可以看作对晚明以来戏剧中"情"字泛滥的一种有意反拨。

晚明传奇戏剧对情的重视和高扬与当时的哲学思潮密不可分。在明代后期，社会上激荡着多种思潮，其中，王阳明的心学最为重要，也是影响最大的。王阳明提出来要打破流传千年之久的圣贤崇拜，对《六经》载籍也不必尽信，要以"心"来作为裁判。在王学的流派中，以王艮、罗汝芳、何心隐、李贽等为代表人物的泰州学派最具叛逆精神，他们把王阳明的哲学往世俗化发展，肯定人的自然欲望，很具离经叛道的色彩。王艮就提出，圣人之道就是百姓的日用条理。李贽更是认为："穿衣吃饭，即是人伦物理；除却穿衣吃饭，无伦物矣。"（《焚书》卷一《答邓石阳书》）在著名的《童心说》一文中，李贽说："夫童心者，真心也；若以童心为不可，是以真心为不可也。夫童心者，绝假纯真，最初一念之本心也。若失却童心，便失却真心；失却真心，便失却真人。人而非真，全不复有初矣。"崇尚发自内心的真实情感，赞美没有受到污染的纯洁人性。

随着商品经济的高度发展，再加上受王学左派的影响，全社会兴起了一股个性解放的思潮。人们对物质的欲望、对情甚至对性的欲望，都不再像过去那样遮遮掩掩，那样受到彻底的否定和批判。这种对"好货"、"好色"的肯定，发展到极端，就是纵欲观念的盛行，《金瓶

王阳明

057

离合兴亡

文人情怀
《桃花扇》

WEN

HUA

ZHONG

GUO

梅》可谓是这一观念最生动的阐释。在士人当中，标榜个性自由、举止特立独行成为时髦，对"情"的重视也达到了前所未有的高度。这一点像极了1000多年前的"魏晋风度"。

受这种哲学思潮的影响，晚明的文学创作出现了重情的风尚，当时的著名文人纷纷肯定"情"字在文学中的作用。李贽在《童心说》中断言："天下之至文，未有不出于童心焉者也。"汤显祖也说："世总为情，情生诗歌，而行于神。"（《耳伯麻姑游诗序》）"公安派"的代表人物袁宏道更是主张："独抒性灵，不拘格套，非从自己胸臆流出不肯下笔。"在散文方面，畅抒胸臆、轻灵隽永的小品文成为一道动人的景观。在小说方面，著名短篇小说集"三言二拍"中反映情爱甚至性爱的篇什占了很大一部分。另外，著名文学家冯梦龙还选录历代笔记小说和其他著作中有关男女之情的故事，编纂成一部短篇小说集，取名《情史》，轰动一时。在民歌方面，冯梦龙收集编辑的《山歌》、《挂枝儿》，言情的作品占了大半，可谓"无郎无姐不成歌"。

与诗歌、小说相比，传奇这种文体因为其说白、歌唱和表演相结合的独特形式，更适合用来抒发和表达主观情感。王骥德《曲律》就说："诗不如词，词不如曲，故是渐近人情。……快人情者，要毋过于曲也。"这也就造成了传奇多写爱情题材，"十部传奇九相思"的局面。这其中对"情"的刻画最让人销魂蚀骨的就是著名的《牡丹亭》。

《牡丹亭》写杜丽娘伤春游园，目睹"姹紫嫣红开遍，似这般，都付与断井颓垣"后，感慨自己的韶华易逝。她于昏昏的睡梦中与青年书生柳梦梅幽会，结果愁闷难消，一病不起。她在死后仍然魂游后园，再度与柳梦梅相会。在柳的帮助下，也因为她的精诚所至，得以还魂复生。此后历经波折，有情人终成眷属。《牡丹亭》一出，"几令《西厢》减价"，它最为动人之处就在于它对情的描摹。汤显祖在《牡丹亭题词》中说："天下女子有情，宁有如杜丽娘者乎！梦其人即病，病即

弥连，至手画形容，传于世而后死。死三年矣，复能溟莫中求得其所梦者而生。如丽娘者，乃可谓之有情人耳。情不知所起，一往而深。生者可以死，死可以生。生而不可与死，死而不可复生者，皆非情之至也。"

据陈继儒《眉公先生晚香堂小品》卷二十二《牡丹亭题词》记载，汤显祖的老师张位读了《牡丹亭》后，不甚满意，劝他说："以你的辩才，如果能用在性理讲学上，肯定不在濂、洛、关、闽这些大儒之下，为什么要流连于碧箫红牙的男女情事上呢？"汤显祖回答："师讲性，某讲情。"让张位无言以答。

《牡丹亭》对"情"字的高扬，对自由情感的向往和对理学束缚的极力挣脱，在全社会尤其是年轻女性中引起了极大的共鸣。这其中最著名的例子就是冯小青。冯小青，扬州人，貌美能文，可惜出身低贱，被卖与富商为妾。富商的正妻泼悍嫉妒，对小青百般欺凌，最终小青年纪轻轻就染疾而死。小青曾经夜读《牡丹亭》，对杜丽娘追求个人幸福的勇敢举动心有戚戚，对自己的不幸身世怅惘怨叹，写下了两首《读〈牡丹亭〉》：

稽首慈云大士前，莫生西土莫生天。愿为一滴杨枝水，洒作人间并蒂莲。（其一）

冷雨幽窗不可听，挑灯闲看《牡丹亭》。人间亦有痴于我，岂独伤心是小

柳亚子祭冯小青墓题碑

059

离合兴亡

文人情怀
《桃花扇》

WEN

HUA

ZHONG

GUO

青。(其二)

冯小青所作的这两首诗流传很广,尤其是后一首,一时间形成了一股"小青热",有许多戏曲小说对小青的故事进行演绎。这些文学现象的产生不能不说是拜《牡丹亭》所赐。

另一部写情的杰作是《长生殿》。据洪升《长生殿·例言》所说,《长生殿》走红之后,曾做过大学士的梁清标评价这部剧是"一部闹热《牡丹亭》",而且世人都认同这个评价,认为是知人之言。那么,《长生殿》是一部热闹的《牡丹亭》,指的是《长生殿》的什么特点呢?那就是《长生殿》也突出一个"情"字,而且是把"情"字放到政治和历史中去审视。《牡丹亭》的最大特点就是对"情"的追求和向往,故事发生的空间略显狭窄,故事的容量也相对单薄,难免给人一种不够热闹的感觉。而《长生殿》取材于真人实事,主人公是帝王与后妃,中间又横亘着"安史之乱"这样的历史大变局,实在是想不热闹都不行。

《梧桐雨》

在《长生殿》以前,写李隆基和杨玉环故事的作品有不少,有诗歌,有野史笔记,有诸宫调,也有杂剧。这些作品多以猎奇的眼光来窥视这对帝与妃之间的私密生活。像元代王伯成《天宝遗事诸宫调》写杨玉环和安禄山私情的篇幅与写李、杨爱情的分量几乎相当,而且用语颇低俗。白朴的《梧桐雨》虽然明确确立了写李、杨爱情的基调,但还是涉及了杨玉环与安禄山的私情,如第二折安禄山说自己叛乱"单要抢贵妃一个,非专为锦绣河山"。成书略早于《长生殿》的孙郁《天宝曲史》虽然没有像前代作品那样渲染杨玉环与安禄山的私情，但是剧中却点明杨玉环原为寿王李瑁之妃，这对作品中所要描写刻画的帝妃爱情无疑是一种巨大的伤害。

洪升不赞同前人对李、杨爱情的敷衍搬弄，他以"情"字作为《长生殿》的灵魂，考虑的就是"念情之所钟，在帝王家罕有"。所以，他才会把自己早先作的《沉香亭》传奇，先改编为《舞霓裳》，后来又改编为《长生殿》。在《长生殿》的《自序》和《例言》中，洪升阐明了自己的戏剧观。他认为，传奇就是要写"情"，"从来传奇家非言情之文，不能擅场"。为了这个缘故，他看白居易的《长恨歌》和元人白朴的《梧桐雨》

《长生殿·闻铃》

杂剧，都要犯上几天恶心。既然要高扬李、杨之间纯洁坚贞、生死不渝的爱情，那么那些看起来颇能赚人眼球的杨玉环与安禄山之间的花边消息自然就不能出现在《长生殿》里了，《长生殿》也就成为一部将史家秽语删削得一干二净的爱情戏。

《长生殿》第一出《传概》[满江红]，清楚地表达了洪升重情的创作主旨："今古情场，问谁个真心到底？但果有精诚不散，终成连理。万里何愁南共北，两心哪论生和死。笑人间儿女怅缘悭，无情耳。感金石，回天地。昭白日，垂青史。看臣忠子孝，总由情至。先圣不曾删《郑》、《卫》，吾侪取义翻宫徵。借太真外传谱新词，情而已。"

《长生殿》的主要篇幅都是写爱情，剧中缠绵悱恻、哀感顽艳的爱

061
离合兴亡
文人情怀
《桃花扇》

WEN

HUA

ZHONG

GUO

情片段和哭悼已逝爱人令人肠断的唱词数不胜数。

〔夜雨打梧桐〕长生殿，曾下阶，细语倚香腮。两情谐，愿结生生恩爱。谁想那夜双星同照，此夕孤月重来。时移境易人事改。月儿，月儿，我想密誓之时，你也一同听见的！记鹊桥河畔，也有你姮娥在，如何厮赖！索应该，撺掇他牛和女，完成咱盒共钗。（第四十一出《见月》）

〔前腔〕渐渐零零，一片凄然心暗惊。遥听隔山隔树，战合风雨高响低鸣。一点一滴又一声，一点一滴又一声，和愁人血泪交相迸。对这伤情处，转自忆荒茔。白杨萧瑟雨纵横，此际孤魂凄冷。鬼火光寒草间湿乱萤。只悔仓皇负了卿，负了卿！我独在人间委实的不愿生。语娉婷，相将早晚伴幽冥。一恸空山寂，铃声相应，阁道崚嶒，似我回肠恨怎平！（第二十九出《闻铃》）

当明王朝风雨飘摇、日薄西山的时候，特别是明朝灭亡之后，许多有识之士开始做出反思，探讨造成这种局面的原因。抛开政治、军事和经济方面的失误不谈，单就思想方面，许多学者对当时普遍流行的"束书不观"、谈空说玄的现象进行了尖锐的批判，认为空谈只会误国，要振奋精神、励精图治，就必须提倡经世致用的实学，必须正视惨淡的人生和社会，担负起士人的责任，不能只躲在情的温柔乡里披风抹月。

对"情"的无限度追求被当成是败坏社会风气的缘由而遭到一些学者——例如黄宗羲——的激烈批评。明清易代所造成的天翻地覆的冲击，更使文人意识到自己身上的担子有多重。他们也开始思考一个在承平已久的年代里通常不会考虑的问题："情"与"家国"，个人幸福与民族大义，究竟是何种关系？这个问题，汤显祖在《牡丹亭》中没有去考虑，洪升在《长生殿》中有所涉及，但"情"是情，政治是政治，他没有表现出二者那难以理清的纠结来。只有到了《桃花扇》，我们才能通过活生生的例子，感受到"情"与"家国"那种难以言明的纠结，那种个体在激荡的历史中的渺小和无奈。

在《桃花扇》中，"情"的乐土不存在了，那么政治上受挫、精神上苦闷而无所依归的人们该归于何处呢？它给出的答案是：归隐于山林，寄身于方外。孔尚任对林泉之乐的向往和迷恋，与他早年隐居石门山读书的经历和日后与隐居的明代遗民的接触是有着密切关系的，这在后文中将会有详细的介绍。其实，仅就《桃花扇》故事的内在演进逻辑来讲，归隐和入道都是剧中人物无可逃避的归宿。

063

离合兴亡
文人情怀
《桃花扇》

WEN

HUA

ZHONG

GUO

《桃花扇》在第一出《听稗》中就流露出对归隐泉林的赞赏与向往。在这一出，侯方域和陈定生、吴次尾同访柳敬亭，听他说书。柳敬亭说了一篇鼓词，鼓词取材自《论语·微子》的"太师挚适齐"，内容是"申鲁三

《浮槎图》　清嘉庆二十四年（1819）刻本

家欺君之罪，表孔圣人正乐之功"。"鲁三家"是指春秋时鲁国的仲孙、叔孙、季孙三家，这是当时鲁国最有权势的公族，他们僭越礼仪等级制度，用了高过他们身份的礼乐，犯下了大不敬之罪。等孔子从卫国回到鲁国重新拨正了礼乐制度，这三家的乐工们才恍然大悟，原来自己被这三家公族利用而犯下大错。他们愧悔交集，纷纷离开鲁国出走他方。《桃花扇》借柳敬亭之口赞美四位隐居乐工的选择："这四个人，去的好，去的妙，去的有意思。"他们隐居的生活可以避祸，又不寂寞："莫道山高水远无知己，你看海角天涯都有俺旧弟兄。"

在柳敬亭说唱了五段鼓词后，侯方域、陈定生、吴次尾三人与柳敬亭同唱了一首［解三酲］：

（生、末、小生）暗红尘霎时雪亮，热春光一阵冰凉，清白人会算糊涂账。（同笑介）这笑骂风流跌宕，一生拍板温而厉，三下渔阳慨而慷！（丑）重来访，但是桃花误处，问俺渔郎。

剧作在此处的原评为："此《桃花扇》大旨也，细心领略，莫负渔郎指引之意。"可见，《桃花扇》在开篇就为剧中人物的归宿埋下了伏笔。

在第二十八出《题画》中，蓝瑛为意图归隐的锦衣卫张瑶星画了一幅"桃源图"。受蓝瑛之邀，侯方域为其画作题咏一首："原是看花洞里人，重来哪得便迷津。渔郎诳指空山路，留取桃源自避秦。"表达出侯方域此时对于前途的悲观情绪。这段情节正逢南明小朝廷即将崩溃，众人行将归隐的关键当口，对下文众人的栖真入道也是一个铺垫。

《桃花扇》对侯方域和李香君的入道采取了肯定的态度，由此而牺牲掉了他们那段历经风雨得来不易的爱情。这让很多人感到困惑不已，也可惜不已。他们会问，为什么一定要让侯、李二人入道呢？难道让他们破镜重圆携手悠游林下不行吗？让侯方域和李香君割断情丝、虔心入道的关键人物是明王朝的锦衣卫仪正张瑶星，他也是剧末隐居山中的明遗民中的大智者和心灵导师。张瑶星本人入道的经历，对于理解侯、李能瞬间接受这个对于他们来说无比残酷的选择，有着重要的帮助。

锦衣卫仪正张瑶星在马、阮治下不肯助纣为虐，就在城南盖了三间松风阁，作为自己归老投闲之所。遇到烦心棘手的事时，他就来到松风阁，乐享那松荫低户、春水盈池的山居之乐。他把松风阁当作自己的世外桃源，并请著名画家蓝瑛为他画了一幅"桃源图"，要裱作照

屏。但他很快发现，尽管悠游松风阁可以让他偷得浮生半日闲，但只要不抛弃一切身外之物，隐入深山更深处，就不能抵御外界的纷扰，排遣内心的困惑和矛盾。就像他自己说的那样："坏了，坏了！衙役走入花丛，犯人锁在松树，还成一个什么桃源哩。"于是，他要同蔡益所修道于山中"那苍苍翠翠之中"栖真修道。蔡益所疑惑地问他："那山寺荒凉，如何住宿？"他说："你怎晓得，舍了那顶破纱帽，何处岩穴着不的这个穷道人。"第三十出《归山》的下场诗正是张瑶星心态的真实写照：

> 境隔仙凡几树桃，才知容易谢尘嚣。清晨检点白云署，行到深山日尚高。

《桃花扇·入道》

只有虔心入道，把尘世的喧嚣挡在门外，才能获得内心的平静。只有"把尘心抛尽，才求得向上机缘"（《入道》）。他与蔡益所归山入道之时，南明尚未崩解，他的入道，更多的是因为不想为虎作伥，同时又想保全身家性命的一种被逼无奈的选择，是逃避现实政治、洁身自好的唯一途径。等到侯方域、李香君来归时，现实政治对这些曾经忠心于明王朝的人们来说更是糟糕到了极点。朝代鼎革，天崩地坼，君被俘了，国家亡了，目之所及，皆是饿殍疮痍，现实已使他们不忍目见耳闻，更谈不上要忍着奇耻大辱，剃掉得之于父母的头发了。

李香君初入栖霞山，寄居在卞玉京的葆真庵时，依然怀着对爱情的美好憧憬。第三十九出《栖真》，李香君一出场的唱词就是"一丝幽

065

离合兴亡
文人情怀
《桃花扇》

WEN

HUA

ZHONG

GUO

恨嵌心缝，山高水远会相逢。拿住情根死不松，赚他也做游仙梦。看这万叠云白罩青松，原是俺天台洞"，以天台山刘晨、阮肇逢仙女事自喻，期盼着与侯方域重逢，再续前缘。随着与卞玉京的不断接触，特别是参与了为在中元节祭祀周皇后而缝制幢幡，进一步接触到政治、历史的残酷，感染家国兴亡的悲怆之后，李香君的心态慢慢发生了变化。她说，自己前身罪孽深重，十指只会弹弦弄管，而不解女红。卞玉京夸她心灵手巧，一接触针线就学会了。她回答："奴家哪晓针线，凭着一点虔心罢了。"

侯方域是复社人士，自始至终以道义自任，以气节自负；李香君是完全站在东林、复社一边的一位没有入籍的社员，为了坚持自己的理想，他们付出了惨痛的代价。随着南明王朝的覆灭，家、国不存，君、父不在，他们的精神寄托完全崩解了。他们感觉到自己的儿女之情，在家国兴亡的大义面前，是多么的渺小和不值一提。让他们出仕，就食清粟，做异族王朝的官，这显然是对他们的极大侮辱。就像那位"善才迟暮，羞入旧宫；龟年疏懒，难随妙工"的丁继之一样，强烈的幻灭感和无所归依感，使他们只能选择入道这条道路，以宗教净土的安宁来躲避现实的不堪。就像孔尚任本人评点的那样："非悟道也，亡国之恨也。"这也符合剧中人物性格演进的逻辑。

另一方面，《桃花扇》以伏笔的形式暗示出，退隐林泉之下而不入道皈依、抛绝红尘，是不能保全身节的。在续四十出《余韵》中，戊子年即顺治五年（1648）九月，礼部上本，搜寻山林隐逸，巡抚张挂告示，布政司行文，府县发出签票，四处访拿。上元县皂隶徐青君备下绿头签、红圈票，入山访拿隐逸。徐青君在山中恰逢苏昆生、柳敬亭、老赞礼，老赞礼说山林隐逸都是文人名士，是不肯出山的，自己和柳、苏二人更是不该出山。徐青君说："你们不晓得，那些文人名士，都是识时务的俊杰，从三年前俱已出山了。目下正要访拿你辈哩。"柳、苏众人四散逃得无影无踪，徐青君追赶不及，但他又"远远闻得吟诗之声，不在水边，定在林下"，于是，他决定信步前往寻找。这暗示着只在山中不离红尘，早晚会受到胁迫而出山。历史上侯方域隐居家乡，受现实的裹挟而被迫应清廷之举，导致名节有亏，正是一个明证。侯方域的遭遇，大概也是《桃花扇》安排侯、李二人入道的一个考虑因素吧。

离合兴亡
文人情怀
《桃花扇》

WEN

HUA

ZHONG

GUO

第二章

末世的救赎

　　明朝灭亡后，许多满怀伤痛之情的遗老和有识之士就开始总结明亡的原因。在崇祯朝当过大学士的吴甡在给陈济生编辑的《天启崇祯两朝遗诗》所作的序文中认为，明朝的祸乱，酝酿于万历末年，炽烈于天启朝，阉党专权，忠良遭殃。崇祯皇帝虽然励精图治，但是将士离心，起义军横行，国家元气已伤，终是无力回天。弘光小朝廷纲弛纽解，纷争满朝，终致江南失守，大厦倾覆。他明确指出了君主与文武百官需要承担责任。

　　孔尚任在《桃花扇小引》中也指出自己创作《桃花扇》的目的是要总结历史教训。他说："《桃花扇》一剧，皆南朝新事，父老犹有存者。场上歌舞，局外指点，知三百年之基业，隳于何人？败于何事？消于何年？歇于何地？不独令观者感慨涕零，亦可惩创人心，为末世之一救。"《桃花扇》要探讨的就是作为明朝遗绪的南明为什么会灭亡，它想展现给观众和读者它的理解，并启发大家一并来思考：大好的河山究竟毁在了谁的手里？有哪些错误的事件加速了它的灭亡？这一让人惨痛的巨变给后人留下了什么样的教训？

在孔尚任看来，南明王朝从立朝之初就根基不稳。肩负重任的最高统治者弘光皇帝荒淫无德，看戏的兴趣远远大过了理政。马士英、阮大铖之流用卑鄙的手段窃得大权，正直的史可法受到排挤，从此奸党大权在握，一心以报仇为快，朝堂与朝堂不和，外镇与外镇不和，党争不断，内耗不止，终至弘光小朝廷一载而亡。《桃花扇》以生动的笔触描写了南明小朝廷的政治生态，为了求得故事的戏剧化，借剧中人物表达出自己的政治理念，剧作有意地对相关史实进行了改动，"司马迁作史笔，东方朔上场人"，虽是历史剧，倒也可以当作信史看了。

069

离合兴亡
文人情怀
《桃花扇》

WEN

HUA

ZHONG

GUO

一、眼看他起朱楼，眼看他楼塌了

明崇祯十七年（1644）三月十九日，李自成的大顺军攻陷北京，崇祯皇帝在煤山自缢身亡。北京的沦陷，皇帝的身死，代表着明王朝中央政权的覆灭，却不等于说明朝已毫无回天之力，因为其地方残余势力的军事实力和所占据的领土面积还是相当可观的。在北京沦陷后的两三个月内，整个黄河流域和长江流域的部分疆域落入李自成之手，但江淮以南的半壁江山还是姓"明"，而且南京作为留都还保留着六部、都察院等与北京中央政权相适应的机构，虽然实权在北京，南京六部只是虚职，但其级别和地位却不低于北京。因此，只要明朝文武臣僚上下同心，同仇敌忾，复国还都并非没有希望。当然，"国不可一日无君"，在崇祯皇帝的死讯传来后，这些偏安的主事大臣们首先要做的就是尽快确立继承明朝大统的人选。

中国皇权继承的基本准则是子承父业，而且是嫡长子优先，但是为崇祯找个继承人却不是件容易事。因为北京沦陷后，崇祯的三个儿

子都被大顺军所俘获，直系的皇位继承人完全没有了接班的可能性，那就只能退而求其次，去找血统较近的藩王。当时符合条件的，有几个人进入了南京当政者的视野。这其中有明神宗万历皇帝的儿子惠王朱常润、桂王朱常瀛，明神宗的孙子、老福王朱常洵的儿子朱由崧，以及明神宗的侄子潞王朱常淓。众人之中，按照伦序传统和以往的皇位继承法则，应该是首选明神宗的子孙。三人之中，小福王朱由崧比起他的两位叔叔惠王和桂王来更具有天时、地利。从天时来说，朱由崧的父亲朱常洵居于众藩之长，作为继承人，朱由崧自然就比惠、桂二王有了伦序上的优势。很多大臣给当时南京城里名义上的最高统帅、兵部尚书史可法上书，要求福王朱由崧早日即位。例如刘城《上阁部史公书》就认为："伦序应在福藩，大宝之御无可迟滞之端。"从地利来说，惠、桂二王在明朝灭亡时远在广西，而朱由崧却身在离南京只有咫尺之遥的淮安。但是，这次看似简单的皇位继承人挑选，在实际操作中却演变成一场纠结着利益、感情等多方面因素的没有硝烟的战争。

弘光通宝

史可法的内心充满着矛盾，他也认为按理应该迎立朱由崧，但是在感情上他又倾向于东林党激烈反对福藩的态度。在明神宗万历一朝，东林党人曾坚决反对老福王朱常洵担任太子，因此与明神宗的宠妃、朱常洵的母亲郑贵妃结下深怨，引发出所谓的"妖书"、"梃击"、"移宫"三大案。他们担心一旦小福王朱由崧当上皇帝，将会为父亲张目翻案，对东林一党进行打击报复。因此，史可法竭力反对朱由崧即位，主张拥立潞王朱常淓。史可法给当时的另一位实权人物凤阳总督马士英写信，指斥朱由崧的人品，指出他有"贪、淫、酗酒、不孝、虐下、不读书、干预有司"

七大缺点，称为"七不可立"，认为朱由崧实非人君之选。结果，当南京朝堂之上还在为皇帝人选议论纷纷时，曾在老福王朱常洵宫中服役，现为守备凤阳太监的卢九德串通好了马士英部下的总兵高杰、黄得功、刘良佐迎立朱由崧。当时山东总兵刘泽清本来主张拥立潞王朱常淓，但他见三镇如此，便也见风使舵了。马士英不能节制部下，衡量局势后，就声明拥立朱由崧。得到军队实力派的支持，朱由崧皇位继承人的身份就得到了保障，东林党人再怎么不愿意也无力回天了。

四月二十九日，朱由崧被迎进南京。五月初三日，就任监国。五月十五日，朱由崧正式即位，拉开了弘光小朝廷的大幕。马士英拥立有功，成为新朝的定策元勋，受到弘光的器重和报答，获准入阁主持政务，并兼任最重要的兵部尚书一职。迎立朱由崧的四位武将也获得了新朝的封赏：黄得功受封为靖南侯，高杰为兴平伯，刘良佐为广昌伯，刘泽清为东平伯。四人以定策功臣自居，又各拥重兵，从此更是骄横跋扈。而史可法因为"拥立无功"，再加上他写给马士英指斥朱由崧的书信成为马士英加以要挟的把柄，因此，他在新朝受到朱由崧的冷落和马士英的排挤。

在五月初八日，史可法向弘光上奏《敬陈第一紧急枢务事》，说："从来守江南者，必于江北，犹争雄于徐、泗、颍、寿之间，其不宜画江而守明矣。"他建议在江北设立四镇，由黄得功、高杰、刘良佐、刘泽清四人镇守。史可法的这个建议，既体现出他力保江南的战略部署，也流露了他笼络四镇，将其分而治之的意图。有了四镇，不能没有督师，他可以驻扎在扬州以居中调停指挥。史可法深知自己的处境，就向弘光"自请督师淮扬"，前往扬州。从此，在朝则马士英一手遮天，在军则四镇拥兵自重，弘光小朝廷在建政之始就埋下了失败的种子。

著名史学家顾诚先生在《南明史》中认为，史可法对于这种糟糕局面的形成应该负有责任。他不能当机立断迎立福王朱由崧，致使武

WEN

HUA

ZHONG

GUO

夫抢得先机，埋下了南明王朝内乱不稳的种子。顾诚说："从此太阿倒持，军人专政，国已不国。军阀之间又矛盾重重，勇于私斗，怯于公战；文臣或依附某一军阀为靠山，或束手无策，放眼高论者有之，引避远遁者有之，坐看江河日下，国土沦丧。南明之未能比拟于东晋、南宋，其源全出于此。"①

　　等到南京失守，弘光一载而亡后，很多人都后悔当时应该拥立朱常淓。那如果朱常淓当时能当上皇帝，形势是否会好一些呢？其实未必。曾在弘光朝为官的李清在《三垣笔记·附识下弘光》中记载了几位熟知朱常淓的大臣对他的评价。张希夏评价朱常淓的天资不过是"中人耳"。叶国华告诉李清说："潞王指甲可长六七寸，以竹管护之。又命内官下郡县广求古玩。"要让人相信这种德行的王爷做了皇帝会专心勤政，恐怕有些困难。倪胤培的评价很有意思，他说："使王立而钱谦益相，其不支与马士英何异？"也认为这几位凤子龙孙都没有中兴大明江山的

钱谦益

德行和本事。但当时大概让众人想不到的是，福王朱由崧的上台，简直就是一场灾难。用张岱的话说就是："自古亡国之君，无过吾弘光者，汉献之孱弱、刘禅之痴呆，杨广之荒淫，合并而成一人。"（《石匮书后集》卷三十二《乙酉殉难列传》）朱由崧可算是历代君主中倒数的"天字第一号"了。

　　等到朱由崧身登九五后，东林党人以前攻击他的所谓"七不可立"

① 顾诚：《南明史》，中国青年出版社1997年版，第46页。

的缺点基本都应验了，其中最明显的就是"淫"和"酗酒"。尽管当上皇帝时已经38岁了，他还是以"大婚"的名义在南京及苏、杭等地大肆强抢民女。朱由崧派人四处搜门刮户，凡是有女之家，不管本人是否愿意，就在女子额头贴上黄纸，强行抬上轿子。担当此差事的太监们则乘机敛财。一时间，天怒人怨，人心惶惶。拜弘光所赐，吴越之地，嫁娶如狂，昼夜不绝，慌不择路"拉郎配"的也不在少数。

当清兵近在咫尺时，朱由崧还派太监出宫捕捉蟾蜍，为他配制春药。太监们打着"奉旨捕蟾"的旗号在外招摇，蔚为奇观。朱由崧也被民间戏称为"虾蟆天子"。

据抱阳生《甲申朝事小纪》卷八"弘光失德"条记载，甲申年（1644）的除夕，是朱由崧当上皇帝后的第一个除夕，本来应该张灯结彩好好庆祝的，他却闷闷不乐，火速传百官觐见。众大臣都以兵败叩头谢罪。过了好长时间，朱由崧才说：我还没想兵败的事呢，我忧心的只是梨园子弟没有一个可意的，准备广选良家女子，以充后宫，希望你们尽早去办。众大臣大跌眼镜。

朱由崧的贪杯酗酒也是出名的。张履祥《杨园先生全集》卷三十四《见闻录四》记载了他听来的一个传闻，相当有趣，虽然未必可靠，但却代表了当时人们对朱由崧好酒的印象。朱由崧即位之初，大儒刘宗周入见，劝他少饮酒。朱由崧表态说以后不喝了，但是面露难色。刘说，若是只饮一杯也无害。朱说，就听你的，只饮一杯。以后每次喝酒，内侍都给朱由崧倒满一大杯，喝到一半时，他就放下杯。内侍揣知其意，赶紧再给他斟满，如此循环不已。名义上还是一杯，却不知道喝了多少了。一位身负中兴重任的天子玩这种自欺欺人的游戏，实在让人可笑又可叹。

在《桃花扇》中，孔尚任生动刻画出这位浪荡天子的尊容。第二十五出《选优》，开场出现的场景就是南明小朝廷的专门奏乐之所——

073

离合兴亡
文人情怀
《桃花扇》

WEN

HUA

ZHONG

GUO

熏风殿。"熏风殿"牌匾的两旁是东阁大学士王铎奉敕题写的对联："万事无如杯在手，百年几见月当头。"这是一个很有讽刺意味的场景设置。"熏风"二字出自《南风歌》："南风之薰兮，可以解吾民之愠兮。南风之时兮，可以阜吾民之财兮。"歌谣的意思是："和暖的南风啊，可以让我的人民绽放笑颜。南风来的正是时候啊，可以让我的人民丰衣足食。"据说这首诗出于上古明君大舜之手，是大舜操五弦之琴，为天下苍生而歌。《史记·乐书》评论道："舜歌《南风》而天下治，《南风》者，生长之音也。舜乐好之，乐与天地同，意得万国之欢心，故天下治也。"因此，"熏风"二字是与音乐有关的。但大舜的"熏风"是解苍生之忧，与百姓同乐，而弘光之"熏风"则是不顾百姓死活的独自享乐，这是两种性质完全不同的境界。

《桃花扇》中数次将弘光比作南朝荒淫亡国的陈后主。二人确有很多相似之处，他们都是偏安南京的君主，都是沉迷于酒色不理政事的荒唐之君。第三十六出《逃难》，清兵趁南明围堵左良玉之机，乘虚渡过淮河，扬州告急，南京城内一片惶恐。清客沈公宪、张燕筑就将当时的情形形容为："笑临春结绮，笑临春结绮，擒虎马嘶来，排着管弦待。"续四十出《余韵》中柳敬亭唱〔秣陵秋〕："陈隋烟月恨茫茫，井带胭脂土带香。驰荡柳棉沾客鬓，叮咛莺舌恼人肠。"临春、结绮是陈后主所建的楼阁，金装玉饰，极尽奢华，后主终日与妃嫔狎客嬉游其间，燕语呢喃，"万岁"盈耳，诗酒赠答，好不惬意。但他唯独忘了自己的身份和责任，重用的都是阿谀逢迎的小人，精忠为国的将相却屡遭贬斥。等到隋将韩擒虎攻入建康城的朱雀门，陈后主与孔、张二妃吓得藏在胭脂井中，还是被隋军揪了出来，堂堂君主，狼狈至此。

陈后主与弘光都算得上是文艺爱好者。不同的是，陈后主爱好的是诗文，他还是位比较优秀的诗人，连隋文帝都感慨他生错了地方。而弘光念兹在兹的是戏曲。他喜欢阮大铖所作的戏曲，尤其是《燕子笺》传奇，于是便命令礼部采选宫人，"要将《燕子笺》被之声歌，为中兴一代之乐"。《桃花扇》第二十五出《选优》中，那位缩在温柔乡里毫无危机感的弘光一出场就感慨自己"独享帝王之尊，无有声色之奉，端居高拱，好不闷也"。他闷得实在是不合时宜，也实在是令人难以捉摸，难怪那位善于承旨的阮大铖竟然一时间也没有猜出来这位当朝天子因何而闷。且看二人之间的对话：

陈后主

　　［掉角儿］（小生）看阳春残雪早花，蹩愁眉慵游倦耍。（副净）圣上安享太平，正宜及时行乐；慵游倦耍，却是为何？（小生）朕有一桩心事，料你也应晓得。（副净）想怕流贼南犯？（小生）非也。阻隔着黄河雪浪，哪怕他天汉浮槎。（副净）想愁兵弱粮少？（小生）也不是。俺有那镇淮阴诸猛将，转江陵大粮艘，有甚争差。（副净）既不为内外兵马，想是正宫未立，配德无人？（小生）也不为此。那礼部钱谦益，采选淑女，不日册立。有三妃九嫔，教国宜家。（副净）又不为此，臣晓得了。（私奏介）想因叛臣周镳、雷缜祚，倡造邪谋，欲迎立潞王耳。（小生）益发说错了。那奸人倡言惑众，久已搜拿。

　　（副净低头沉吟介）却是为何？（小生）卿供奉内庭，乃朕心腹之臣，怎不晓得朕的心事。（副净跪介）圣虑高深，臣衷愚昧，其实不能窥测。伏望明白宣示，以便分忧。（小生）朕谕你知道罢，朕贵为天子，何求不遂。只因你所献《燕子笺》，乃中兴一代之乐，点缀太平，第一要事；今日正月初九，脚色尚未选定，万

075

离合兴亡
文人情怀
《桃花扇》

WEN

HUA

ZHONG

GUO

一误了灯节，岂不可恼。（指介）你看阁学王铎书的对联道："万事无如杯在手，百年几见月当头。"一年能有几个元宵，故此日夜踌躇，饮膳俱减耳。

马士英

据吴梅《顾曲尘谈·谈曲》说，康熙喜欢看《桃花扇》，每看到《设朝》、《选优》等出，就颦眉顿足说："弘光弘光，虽欲不亡，其可得乎？"皇帝如此德行倒也罢了，本来史可法等人商量皇帝人选时也只是想把皇帝当作一个象征性的统治者，希望他不要插手政事，由文武大臣们施展才能，光复中兴。那在朱由崧好酒贪淫、不理政务之时，文武众臣们总该枕戈待旦、戮力同心了吧？很遗憾，他们的心思并没有完全放在这上面。在马士英的治下，卖官鬻爵、文恬武嬉成为当时的政治生态。夏完淳《续幸存录·南都杂志》里记录了当时南京城的一段顺口溜说："都督多如狗，职方满街走。相公止爱钱，皇帝但吃酒。"民间还有人写了一首《西江月》词讽刺道："弓箭不如私荐，人材怎比钱财？吏兵两部挂招牌，文武官员出卖。四镇按兵不举，东奴西寇齐来。虚传阁部过江淮，天子烧刀醉坏。"

在《桃花扇》中，孔尚任将马士英、阮大铖之流置于"权奸"之列，指斥他们是导致弘光小朝廷一载而亡的元凶。《桃花扇小识》说："权奸者，魏阉之余孽也；余孽者，进声色，罗货利，结党复仇，隳三百年之帝基者也。"《桃花扇》穷形尽相地刻画了马士英、阮大铖和东林、复社人士在定策和其他国事的争论，并站在东林党人的立场上，极力贬低马、阮等人的人品，让他们变成了活脱脱的丑角。第十四出《阻奸》，阮大铖将朱由崧看作是可居之奇货，抱定"须将奇货归吾手，

莫把新功让别人"的想法，为了尽快迎立朱由崧，不惜在史可法门前
受辱。第十五出《迎驾》，马士英上场就说："幸遇国家多故，正我辈
得意之秋。"

为了迎立表上署名之事，二人在暗处不断搞小动作，十足小人做
派。《桃花扇》不断以大量篇幅展示马、阮二人的丑态和恶行。第十六
出《设朝》，朱由崧登基，分封百官罢，马士英笑道："今日做了堂堂
首相，好快活也。"他连家都顾不得回就要入阁办事，倒不是为了工作
废寝忘食，而是"立国之初，诸事未定，不要叫高、姜二相夺了俺的
大权。"而阮大铖竟然在朝堂大会之时，"青衣小帽"，藏在朝房打探新
闻，只是为了自己的一官半职。等到如愿以偿后，他"排头踏青衣前
走，高轩稳扇盖交抖。看是何人坐上头，是当日胯下韩侯"，一副小人
得志的模样。

在第二十一出《媚座》中，孔尚任以评点的形式嘲笑马、阮说：
"此辈亦有三乐：父母俱亡，兄弟无干，一乐也；仰不知愧天，俯不知
怍人，二乐也；得天下不才而教育之，三乐也。"

第三十二出《拜坛》，描写三月十九日崇祯皇帝的忌辰，朝廷安排
了祭坛祭祀，马士英、史可法等大员先后出场。史可法的唱词是："这
才去野哭江边奠杯斝，挥不尽血泪盈把。年时此日，问苍天，遭的什
么花甲"，淋漓尽致地写出了亡国的哀痛。而马士英和阮大铖的表现却
是完全不同的。马士英虽然身穿素服，却像是郊游踏青一样的轻松：
"旧江山，新图画，暮春烟景人潇洒。出城市，遍野桑麻；哭甚么旧主
升遐，告了个游春假。"这是何等无耻的面目！等祭祀完毕了，阮大铖
才素服大叫着跑了上来，如丧考妣地大哭："先帝先帝！你国破身亡，
总吃亏了一伙东林小人。如今都散了。剩下我们几个忠臣，今日还想
着来哭你，你为何至死不悟呀！"他的行止恶心得史可法直说"可笑，
可笑"。马、阮祭祀完毕就马上回府赏花，马士英还得意地大笑："今

077

离合兴亡
文人情怀
《桃花扇》

WEN

HUA

ZHONG

GUO

日结了崇祯旧局，明日恭请圣上临御正殿，我们‘一朝天子一朝臣’了。"通过与史可法的比较，更可看出马、阮二人的道德品行。

那些在私德上堪为楷模的东林党的正人君子们在弘光小朝廷的作为也让人失望和嗟叹。在大敌当前的危险局面下，他们还念念不忘门户之别，难息意气之争，让明末已经炽烈的党争之火在南明变得更旺。朱由崧的即位，让东林党人大为不快，他们不以大局为重，而是想尽一切办法寻找不利于朱由崧的证据，力图证明朱由崧并非人君之选，甚至有些东林党人对朱由崧本人的身份真假都产生了怀疑。因为马士英成为朱由崧即位的定策功勋，马又举荐了深受东林党人不齿达十余年的阮大铖，所以，马、阮二人也成为东林党人的攻击靶子。作为回击，马、阮二人也借助手中的权力，频起牢狱，对东林人士进行打击报复。

在马士英、阮大铖与东林党人士激烈斗争的背景下，镇守武昌的宁南侯左良玉心怀异志，以"清君侧"的名义领兵东下，意图谋取南京。马、阮二人听闻消息，吓得慌了手脚，慌乱中急忙调取三镇围堵左兵，致使千里空营，清兵得以长驱直入。据李清《三垣笔记》，姚思孝认为"北尤急，乞无撤江北兵马，固守淮、扬，控扼颍、寿"，而马士英却态度激烈地说："尔辈东林，犹借口防江，欲纵左逆入犯耶？北兵至，犹可议款，若左逆至，则若辈高官，我君臣独死耳！"在为了个人私利置国家的最高利益于不顾的背后，中间也夹杂着门户纷争的因素，实在令人感慨。而《桃花扇》对此段历史的描写则很具戏剧性。且看马、阮二人的对话：

> （杂又持文书急上）还有公文一道，差人赍来的。（净接看，惊介）又是讨俺的一道檄文，文中骂的着实不堪；还要发兵前来，取咱的首级。这却怎处？（副净惊起，乱抖介）怕人，怕人！别的有法，这却没法了。（净）难道长伸脖颈，等他来割不成？（副

净）待俺想来。（想介）没有别法，除是调取黄、刘三镇，早去堵截。（净）倘若北兵渡河，叫谁迎敌？（副净向净耳介）北兵一到，还要迎敌么？（净）不迎敌，更有何法？（副净）只有两法。（净）请教！（副净作抠衣介）跑。（又作跪地介）降。（净）说得也是。大丈夫烈烈轰轰，宁可叩北兵之马，不可试南贼之刀。吾主意已决，即发兵符，调取三镇便了。（想介）且住，调之无名，三镇未必肯去。这却怎处？（副净）只说左兵东来，要立潞王监国，三镇自然着忙的。

四镇将军的内讧更是令人扼腕嗟叹。他们本来是护国的万里长城，却不思为国，只图私利。朱由崧即位后，四人无不以天子门生自居，跋扈之气无以复加，且互不服气，甚至有时连圣旨也不放在眼里，督师史可法拿他们也没有办法。姜曰广《过江七事》里面记载，靖南侯黄得功有一次跪听使者颁布圣旨，觉得不合己意，竟然不待使者读完就站起来，当场掀翻几案，大声叫喊道："快滚，我不管什么破诏书！"

《桃花扇》生动展示了四镇勇于私斗的行径。第十八出《争位》中，史可法召集四镇商议军情，他盼望着四镇能"挨肩雁序，恰似好同胞"，四人同心协力，早日"整师誓旅，雪君父之仇"。结果四人竟然为了座位的上下而争论不休，竟至大打出手，到了要引兵厮杀的地步，让史可法力图光复的心凉了一大半："一个眼睁睁同室操戈盾，一个怒冲冲平地起波

《桃花扇·和战》

079

离合兴亡
文人情怀
《桃花扇》

WEN

HUA

ZHONG

GUO

涛。没见阵上逞威风，早已窝里相争闹，笑中兴对了一伙小儿曹。"他感慨道："这时候协力同仇还愁少，怎当的阋墙鼓噪，起了个离间根苗。这才是将难调，北贼易讨。"而四镇丝毫不理会史可法的苦心和当前敌情的紧急，反而牢牢抱定"国仇犹可恕，私恨最难消"的想法，一心内讧，弄得史可法一筹莫展，只得"元帅搔头，参谋搓手"。尤其是高杰，性气乖张，跋扈骄傲，不听侯方域劝解，被总兵许定国骗入城中杀死。许投降清兵，致使史可法关于四镇拱卫南京的苦心经营毁于一旦，实在可叹。

《桃花扇·誓师》

南明的政治生态如此败坏，可谓从朱由崧入主的第一天就不可救药了。《桃花扇》第十七出《拒媒》总批说："南朝用人行政之始，用者何人，田仰也；行者何政，教戏也。"一年多的酒酣耳热、热热闹闹之后，终于将一个本来还有些希望的局势弄成了个"这江山倒像设着筵席请"（第三十五出《誓师》，史可法语）。在《桃花扇》看来，并不是所有人都像马士英、阮大铖那样一心只想着个人的功名富贵，也有人明知事不可为而仍然刚毅决绝，为了给大明江山留下最后一点希望而奋不顾身，直至献出生命，以身相殉。《桃花扇》就给我们塑造了这么一个令人肃然起敬的典型代表——史可法。

《桃花扇》中，史可法从一出场就体现出忧国忧民的心肠。他反对拥立朱由崧，在马、阮得势时与他们划清界限，主动要求前往军事要塞督师。当弘光小朝廷大厦将倾之际，他勇敢地站了出来，只手支撑

阑珊残局。第三十五出《誓师》，马、阮调黄、刘三镇堵截左良玉，"丢下黄河一带，千里空营"，清兵得以深入淮境，马鞭直指扬州。在夜深之际，史可法来到城墙巡视，发现军心动摇，他果断下令当夜点兵，结果众兵士不应，史可法无奈之下伤心大哭，以致眼中流出鲜血来。在众兵士大为感动，誓言拼死守城之后，史可法随后下令：上阵不利，守城。守城不利，巷战。巷战不利，短接。短接不利，自尽。他又训诫属下道："你们知道，从来降将无伸膝之日，逃兵无回头之时。那不良之念，再莫横胸；无耻之言，再休挂口。"充分表达了他坚定的抗战决心和昂扬的斗志。在扬州城失陷后，他缒出城来，想前往南京护驾，中途听说皇帝逃走，顿时万念俱灰，举身跳入滚滚长江，以身殉国。

史可法的忠贞让人敬重和赞叹，但《桃花扇》也流露出对他无力节制四镇的失望之情。《桃花扇》让我们看到，在当时的混乱局势下，仅有一个史可法是不能挽救南明王朝的败势的。左良玉在听闻崇祯皇帝死讯时感叹的"养文臣帷幄无谋，荐武夫疆场不猛"，也同样是南明小朝廷覆灭的主要原因。在续四十出《余韵》中，苏昆生唱了一套北曲弋阳腔［哀江南］，其中"俺曾见金陵玉殿莺啼晓，秦淮水榭花开早，谁知道容易冰消。眼看他起高楼，眼看他宴宾客，眼看他楼塌了"之语，对于描摹南明小朝廷，是多么的贴切和沉痛啊！

二、日日争门户，今年傍谁家

全祖望，这位让 20 世纪中国新文化运动的先驱胡适倍感佩服的清代著名学者，在明朝灭亡一百年后来到秦淮河畔。面朝着曾经脂粉泛腻的河水，追忆起那些曾在此地风云际会的复社诸君子，他的心中升起无限的历史苍凉感，写下了这首《秦淮河房追怀复社诸公》：

WEN

HUA

ZHONG

GUO

横议多缘世道衰，党人亦自蹈危灾。宾寮艳说四公子，芒角犹传三茂材。历诋太牢原过激，得沉白马有余哀。秦淮水畔行游地，呜咽寒潮带雨来。

这首诗既哀悼了明朝的灭亡，又为明代东林党、复社与阉党之间剧烈的党争导致国运衰退感到无比的遗憾。诗中"四公子"是指"明末四公子"，即侯方域、陈贞慧、冒襄、方以智；"三茂材"指三位未中举人的诸生——吴应箕、沈寿民、沈士柱。"四公子"和"三茂材"都是骨气奇高，积极参与政治活动的青年精英。在全祖望看来，这些青年精英在政治活动中的表现过于激进和意气用事，结果不但于事无补，还给自己带来了无穷的祸患。在诗中，"横议多缘世道衰"指出的是朋党之争发生的原因，"历诋太牢"和"得沉白马"则是唐代党争中的著名桥段。可以说，全祖望的这首诗，不但是对明末党争教训的总结，也表达了他对中国有着悠久历史渊源的朋党政治的深刻思考。

儒家最有权威的经典著作《论语》中有两处关于不要结为朋党的论述。一处是"为政"篇："君子周而不比，小人比而不周"；一处是"卫灵公"篇："君子矜而不争，群而不党。"在孔子看来，君子抱团是团结，而不是勾结；小人抱团是勾结，而不是团结。君子庄矜而不争执，合群而不闹宗派。《尚书·周书·洪范》也有类似的表述："无偏无党，王道荡荡；无党无偏，王道平平"，认为有偏有党是对王道的大害。纵观中国几千年的历史，统治者英明无私，能行"王道"时，统治秩序就会井然有序，朋党政治在此环境中很难形成。反之，当统治者不行"王道"，或统治者丧失了他应有的权威，礼乐征伐不出于天子时，朋党就会产生，两派甚至多派的争执对抗就会产生，正像《孟子·滕文公下》所说："圣王不作，诸侯放恣，处士横议。"司马光《资治通鉴》也认为，昏庸的统治者"明不能烛，强不能断；邪正并进，毁誉交至；取舍不在于己，威福潜移于人。于是谗慝得志而朋党之议兴矣"。

全祖望所说的"横议多缘世道衰"也是这个道理。当世道衰退时，没有一个权威的公平裁判，没有一个长效可行的政治运行机制，多个意见相左的势力会发生碰撞，此时，所有的政治参与者都需要分类站队，或是因为血缘，或是因为地缘，或是因为师道传承，或者出于现实的功利目的，每个人都要分属于一个集体。为了这个小集体的利益最大化，或是为了本集体坚守的理想信念，在相互的冲突碰撞中，很难对大的局势保持清醒的认识，甚至有时会因为意气用事而置国家的利益于不顾。

若要论党争程度之激烈，参与派系之多，恐怕就要算得上明末东林党和齐、楚、浙等派系以及阉党之争了。在这场争斗中，充满着仇恨、阴谋与杀戮。与东汉、唐、宋党争不同的是，明末党争是在朝纲不振、内部动乱和强敌入侵的双重背景下展开的，从王朝的末期斗到亡国，亡国之后还要另辟战场，反攻倒算。关于这场党争，其复杂性已经超出了政治的范畴，其中的是是非非直到今天仍然在争论中。

东林党是明末以江南士大夫为主的政治集团，是在一种非常复杂的局势下兴起的。与前代各种名目的"党"一样，其被称为"党"，是政治对手强加给他们的一种带有诋毁性质的称呼。万历十年（1582），强势的内阁首辅张居正去世，万历皇帝失去了一位严格的监督者，又因为皇位继承等问题受到群臣的掣肘，心生不快，就从万历十四年（1586）起开始消极怠政，时常称病不临朝视事，奏章不批复，官员不任命，连郊祀和庙享也不亲自到场，只是派官员代表，中央集权严重松弛。

与此同时，受到张居正强势压制多年的言论大开，清议之风蔚然兴起。朝堂上下敢评论朝政本不是什么坏事，但不管什么事都要有个度，否则就有些矫枉过正了。万历十九年（1591），大学士许国辞职，

083

离合兴亡
文人情怀
《桃花扇》

WEN

HUA

ZHONG

GUO

原因是愤于言官无中生有的诋毁污蔑。他说了一段话，倾吐了自己的遭遇，表达了自己的担忧，也预言了几十年后的激烈党争："昔之专恣在权贵，今乃在下僚；昔颠倒是非在小人，今乃在君子。意气感激，偶成一二事，遂自负不世之节，号召浮薄喜事之人，党同伐异，罔上行私，其风不可长。"（《明史》卷二一九《许国传》）

顾宪成

万历二十二年（1594），吏部文选司郎中顾宪成罢官回到故乡无锡。无锡旧有东林书院，是南宋学者杨时讲学之处。万历三十二年（1604），顾宪成在常州知府欧阳东凤、无锡知县林宰的资助下重修了东林书院，高攀龙、钱一本、薛敷教、史孟麟、于孔兼及其弟顾允成等人讲学其中，"讲习之余，往往讽议朝政，裁量人物"。顾宪成所撰的那副著名的对联——"风声，雨声，读书声，声声入耳；家事，国事，天下事，事事关

心"，正是对他自己及其同志当时境遇的真实写照。他们以"清议"相标榜，畅谈国事，意气风发，名声之大，妇孺尽知。在野的士大夫纷纷来附，当时的名流赵南星、邹元标等人也前来讲学，助威鼓吹，东林书院集合了一大批时彦俊贤，很快形成了一股庞大的力量，被政敌称为"东林党"。

东林党声震朝野的名声和影响力自然给他们带来了不利的影响。《明史》在顾宪成等人的传记后有一段赞语："名高速谤，气盛招尤，物议横生，党祸继作，乃至众射之的，咸指东林。"当时东林党在朝廷的主要对手是齐、楚、浙、宣、昆诸党，这是以其成员的籍贯来划分

的，尤以前三党的势力为最大。各党都有其领袖人物，如楚党的首领为官应震、吴亮嗣等，浙党的首领为姚宗文、刘廷元等。东林党与这些党派围绕着人事任命、国本（太子的册立）以及梃击、红丸、移宫三大案等问题争执不下，互相拆台。

万历皇帝的王皇后无子。万历十年（1582），宫女王氏生下了皇长子朱常洛，母以子贵，王氏被册封为恭妃。万历十四年（1586），深得万历宠幸的淑嫔郑氏生下了皇子朱常洵，郑氏被册封为皇贵妃。因为万历宠幸郑贵妃，所以，关于万历与郑贵妃早有密约，要立朱常洵为太子的传言甚嚣尘上。确定皇位继承人是皇权社会的头等大事，无正当理由废长立幼则是造成皇权统治不稳的重要原因。传言一出，群臣纷纷表达意见，将这个皇家的私事上升到所谓"国本"的高度，将朝堂弄得不得安宁。万历一方面千方百计地寻找机会立朱常洵，一方面又不敢冒天下之大不韪。直到万历二十九年（1601），朱常洛被册立为太子，朱常洵被册封为福王，事情才告一段落。

万历四十二年（1614），长期留在京城，对太子朱常洛皇位继承权造成威胁的福王朱常洵前往洛阳就藩。第二年，宫中就发生了一件蹊跷事。万历四十三年（1615）五月四日，一身份不明的男子手持枣木棍闯入太子朱常洛居住的慈庆宫，打伤了守门宫监后被捕。经过审讯，该男子名叫张差，此事系郑贵妃宫中内侍刘成、庞保主使。东林党坚持认为此事为郑贵妃主使，而浙党则认为张差是个疯汉，这只是一个偶然事件。双方为此展开了长时间的争论。万历为了袒护郑贵妃，破例亲自处理此案。处理的结果是张差被凌迟处死，刘、庞二内监在宫中被秘密处死，草草了案。这就是"梃击案"。

万历四十八年（1620）又发生了"红丸案"。这年七月，万历去世。八月初一，太子朱常洛登基，是为光宗。光宗即位第五天，因为腹泻，内医太监崔文升认为其症是邪热内蕴，所进药方中有大黄、石

离合兴亡
文人情怀
《桃花扇》

WEN

HUA

ZHONG

GUO

膏等泻药。光宗服下后连泻不止，生命垂危。鸿胪寺丞李可灼自称有仙方良药，八月二十九日，李可灼进宫献红丸一颗，光宗服下后四肢和暖，身体通泰。光宗再服一丸，却于次日凌晨五更气绝身亡。光宗服用红丸而暴死，导致朝中群臣议论纷纷，有怀疑崔文升是受郑贵妃主使的，有怀疑李可灼红丸有问题的，要求追究崔文升和李可灼的弑君之罪，并认为首辅方从哲也负有责任。方从哲主持此案，对崔、李予以轻判，引起了东林党人的激烈反弹，他们纷纷上疏，指斥崔、李并方从哲的罪状，最终导致方从哲辞职，李可灼充军，崔文升贬放。

东林书院

　　与"红丸案"同时发生的是"移宫案"。光宗死后，长子朱由校即位，是为熹宗。此时，光宗的宠妃李选侍以照顾熹宗之名，住在乾清宫。乾清宫按理说只有皇帝和皇后才有资格居住，而李选侍在光宗时又曾想谋求皇后之位，于是，不少大臣开始猜测李选侍有垂帘听政之意，上疏要求她搬离乾清宫。在这些要求移宫的大臣中，东林党人

士，兵科都给事中杨涟、御史左光斗的态度最为坚决和激烈。最终，李选侍搬离了乾清宫，先住进仁寿殿，后来又搬进哕鸾宫。

这三大案中，以移宫案最为复杂。东林党坚持认为李选侍住在乾清宫有私心异志，所以要求她搬离。而东林党的对手则认为东林党此举太过激烈，是对先朝妃嫔的大不敬。双方为此吵得不可开交。东林党人大概也不会想到，几年后，大太监魏忠贤专权，会以这三大案为工具，展开对他们的疯狂迫害。

因为拥立有功，光宗及熹宗即位初期，是东林党人最为春风得意的日子。光宗时，刘一燝担任首辅，被罢官废籍30余年的东林党领袖邹元标被重新起用。熹宗天启元年（1621），叶向高担任首辅，刘一燝为次辅，张问达、赵南星先后担任吏部尚书，东林党在朝中的局面达到鼎盛，在三大案的问题与东林党意见不一者被视为"邪党"而遭到排斥。

在东林党大盛的同时，太监魏忠贤勾结熹宗的乳母客氏，得到了司礼监秉笔太监的高位，又逐渐掌握了东厂等要害部门，利用熹宗荒于国事的机会，趁机结党营私，横行不法。受到东林党排斥的三党官员为了与东林相对抗，也纷纷加入到魏忠贤队伍的行列，被统称为"阉党"。东林党力持清议，与阉党针锋相对，遭到了魏忠贤的嫉恨。天启四年（1624），杨涟上疏弹劾魏忠贤的二十四大罪，东林党与阉党正式摊牌，结果受到掌握实权的魏忠贤的疯狂打击。墙倒众人推，以前受到东林党排斥的官员纷纷落井下石，大报其仇，使东林党遭到前所未有的劫难。赵南星、高攀龙等人被罢官，杨涟、左光斗、周顺昌等人被迫害致死。

天启六年（1626），阉党给事中霍维华上疏抨击刘一燝、杨涟、左光斗、魏大中等人，全面为"三大案"翻案。首辅顾秉谦等修《三朝要典》，篡改历史，将东林党人士污蔑为三大案的元凶，极尽诋毁之能

087

离合兴亡
文人情怀
《桃花扇》

WEN

HUA

ZHONG

GUO

事。第二年，为三案又再起大狱，凡与东林党有关联的人士皆受到牵连打击，转瞬间东林党的在朝势力被摧毁殆尽，而凡是以前被东林党摒弃者皆受到起用提拔。《明史》卷三〇五《魏忠贤传》记载，当时阉党借三大案打击异己，"凡欲去者，悉诬以东林"，朝中善类为之一空，一时间朝廷成为群小的乐园。这场阉党对东林党的迫害，东林党的老对手齐、楚、浙等派系起到了非常恶劣的推波助澜的作用。正如《明史》所说，明末阉宦为祸甚剧，但如果不是"诸党人附丽之、羽翼之，张其势而助之攻，虐焰不若是其烈也"。

崇祯即位后，果断处置了魏忠贤，并兴起"逆案"，打击阉党，销毁《三朝要典》。阉党一时间成为过街的老鼠，人人喊打。曾投靠阉党的阮大铖等人想方设法向东林党以及后继东林党的复社人士交好，但遭到拒绝和排斥。明朝灭亡后，马士英拥立福王朱由崧，是为南明弘光帝。阮大铖受马推荐，成为兵部尚书。马士英、阮大铖大权在握，置国家危难于不顾，重刻《三朝要典》，大肆搜捕复社人士，大有斩草除根之意，复社又受到了一次严重的破坏。当马、阮享受着报仇的快感时，清军兵临城下，阻止了二人的屠刀。清初著名诗人朱彝尊《静志居诗话》说，如果清兵下江南再稍微晚一些的话，复社诸君就要被阮大铖一网打尽，免不了要重复白马之祸了。现在白马之祸虽免，但南京陷落，弘光被俘，押往北京后被处死，马士英、阮大铖降清，马被杀，阮死在随清兵出征的路上。明朝最后一点光复神州的希望可悲地破灭了。

就派系中人的个人品行来说，孰为君子，谁是小人，不是看他身处哪个派系就可以截然分清楚的。李清《三垣笔记》下《弘光·补遗》记载，南明亡时殉节的徐汧写给同人的信中，激烈批评了当时的门户之见，他说："以臣民为心，则和一之至，不必合党同群，而自无不同。以执掌为务，则猷念各分，不必破党涣群，而自无不异。用人者执此为衡，其忠君爱民，精白乃心者为君子，否则小人；修职就业，竭节在公者为君子，否则小人。"一句话，撇开党群之争，只要尽心为国为民就是君子，否则就是小人。但是，在东林党声势大振之时，他们几乎完全掌握了话语权和裁判权，在衡人论事上，实事求是的态度当然是有，但"非我族类，其心必异"的观念根深蒂固，"顺我者昌，逆我者亡"的霸气也如影随形。

吴伟业《致孚社诸子书》就认为东林党中未必都是君子，他说："往者门户之分，始于讲学，而终于立社，其于人心世道有裨者，实赖江南、两浙十数大贤以身持之。其后党祸之成，攻讦者固敢为小人，而依附者亦未尽君子，主其事者不得不返而自咎也。"吴伟业的说法并非没有根据。据徐鼒《小腆纪年附考》记载，李自成攻占北京后，有人上表劝进说："独夫授首，四海归心；比尧、舜而多武功，迈汤武而无惭德。"将故主崇祯皇帝称为"独夫"，将李自成称为尧、舜和汤、武等古代明主，充满了对李自成赤裸裸的谄媚和巴结。据说写作这份拍马屁劝进表的，就是原复社成员周钟。这不能不让那些向往东林、复社的人士大跌眼镜。

与此同理，东林党的敌人也并非都是小人。例如曾为魏党中人的杨维垣，在南京陷落后拒不降敌，以身殉国，做了一个有骨气的烈士。清人邹漪的《启祯野乘》就赞扬他"大节过人，后之殉国，甘之如饴"，并发出了"门户之不以定人如此"的感

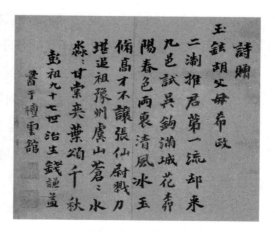

钱谦益

慨。与杨维垣形成对照的是明末的文坛宗主钱谦益。这位享誉一时的老东林党，在兵临城下时率众降清，在 60 多岁的年纪上晚节不保。他的富有民族气节的名妓妻子柳如是曾劝他自沉殉国，他的回答竟是：水太冷，不能下。殉国固然并不一定代表高尚，但身为时刻以气节自负的东林党人，钱谦益的选择显得与自己的理想信念太不匹配，这实在是大大丢了东林党人的脸面。在降清后，他有了礼部侍郎的位子，但也有了"两朝领袖"的雅号，并在乾隆时进入了象征着耻辱的《贰臣传》。

当然，东林党的主体是正面和进步的，尤其是东林党的领袖人物，都有着很高的道德操守和社会担当。夏允彝在《幸存录》中说："三党之于国事，皆不可谓无罪。公平论之，始而领袖者为顾（宪成）、邹（元标）诸贤，继而为杨（涟）、左（光斗），又继为文（震孟）、姚（希孟），最后如张溥、马世奇辈，皆文章气节，足动一时；而攻东林者，始为亓（诗教）、赵（兴邦），继为崔（呈秀）、魏（忠贤），又继为马（士英）、阮（大铖），皆公论所不与也。东林中亦多败类，攻东林者，亦间有清操独立之人，然其领袖为人，殆天渊也。"鲁迅在《题未定草》（九）一文中也说："倘说：东林中虽亦有小人，然多数为君子，反东林者虽亦有正士，而大抵是小人。那么，斤量就大不相同了。"

在《桃花扇》中，复社诸君子时刻不忘自己所处的社党，并以此为豪。《闹榭》一出，陈贞慧、吴次尾于端午节在丁继之水榭饮酒赏节，恐有俗子进入，破坏他们的雅集，陈贞慧就在灯笼上写下八个字："复社会文，闲人免进"，体现出复社人士强烈的派系观念。《逮社》一出，陈贞慧、吴次尾在蔡益所书坊选文，对侯方域表达了自己的志向："金陵旧选楼，联榻同良友；对丹黄笔砚，事业千秋。六朝衰弊今须救，文体重开韩柳欧。传不朽，把东林尽收，才知俺中原复社附清流。"文以载道，中国古代文章与政治就是这样一种不可分割的关系，大体上文衰源于政衰，理政救世必先从文学这个工具入手。所以，陈、吴二人要救六朝文风之衰弊，其实也暗含了他们对当时政局的强烈不满；而尽收东林党人的文章，强调"俺中原复社附清流"，更是声明了复社人士强烈的以天下为己任的担当和社会责任感。但是，东林党深陷在无休止的党争中，始终没能找到一个各党派妥协共谋国事的万全之策，大明王朝的元气就这样内耗殆尽了。

《桃花扇》中，在弘光政权垮台后，复社诸君子得以从大牢中生还，加入到逃难的人群中。他们发现，在国家遭到灭顶之灾的时候，哪里还有什么"清流"、"浊流"？水干尽，流何在？所以，在复社中排外最为激烈的陈贞慧和吴次尾发出了哀叹："日日争门户，今年傍谁家？"这正像王夫之在《读通鉴论》卷四中所发出的感慨："朋党之兴，始于元帝之世，流风所染，千载不息，士得虚名获实祸，而国受其败，可哀也夫！"

三、以史入戏，何妨点染

《桃花扇》是一部尊重历史事实，有着强烈真实感的历史剧。孔尚任在《桃花扇小引》中说："《桃花扇》一剧，皆南朝新事，父老犹有存者。"剧中"朝政得失，文人聚散，皆确考时地，全无假借。至于儿女钟情，宾客解嘲，虽稍有点染，亦非乌有子虚之比"（《桃花扇凡例》）。为了证明自己所言非虚，孔尚任详细讲了《桃花扇》创作的来龙去脉，他在《桃花扇本末》中说：

> 族兄方训公崇祯末为南部曹；予舅翁秦光仪先生，其姻娅也。避乱依之，羁栖三年，得弘光遗事甚悉；旋里后数数为予言之。证以诸家稗记，无弗同者，盖实录也。独香姬面血溅扇，杨龙友

以画笔点之，此则龙友小史言于方训公者，虽不见诸别籍，其事新奇可传。《桃花扇》一剧感此而作也。南朝兴亡，遂系之桃花扇底。

孔尚任在此声明，《桃花扇》故事的本事来源是有出处的，不但有人证，如他的族兄孔尚则、他的岳父秦光仪；还有物证，如诸家稗记。即便是剧中最富想象力和浪漫色彩的杨龙友点血画扇铺为桃花的情节，也并不是孔尚任的虚构和独创，而是得之于当事人杨龙友的小书童。孔尚任还声明，正是这样一个新奇可传的情节打动了他，让他产生了创作这样一部历史剧的冲动。而且，这样一个浪漫、纯洁和哀伤的桃花意象也让他找到了创作的突破口，即以桃花扇作为由头和背景来讲述故事，铺陈侯李的爱情，哀悼家国的兴亡。在《桃花扇凡例》中，孔尚任说桃花扇是"珠"，作《桃花扇》之笔是"龙"，"穿云入雾，或正或侧，而龙睛龙爪，总不离乎珠；观者当用巨眼"。

除了在剧作之首强调了自己作品所反映内容的真实性以外，他还在剧作中以多种方式对此加以强调。例如，孔尚任作有《桃花扇考据》，列出了参考书籍 20 余种，有关考据 135 条。他还列举了《桃花扇》中所提到的历史大事件发生的时间，如"甲申年四月十三日议立福王"、"五月内阁史可法开府扬州"、"乙酉年正月初七日阮大铖搜旧院妓女入宫"等，以及所参考引用的历史和文学文献，如《癸未去金陵与阮光禄书》、《寄宁南侯》、《柳敬亭传》等，以强调自己所写的离合之情和兴亡之感皆有所本，让读者相信《桃花扇》确为史笔。

孔尚任还借助每一出的剧批和总批，反复说明自己对历史事实的尊重。如《阻奸》出曰："句句曲白，可作信史，而诙谐笑骂，笔法森然。"《逮社》出曰："此折俱从实录……如太史公志传，不加砭刺，而笔法森然。"《迎驾》出曰："描画拥戴之状，令人失笑，史公笔也。"《沉江》出评论左良玉、黄得功、史可法这"有明三忠"的不同死法，说："三忠之死，皆临敌不屈之义。而写其烈烈铮铮，如国殇阵殁者，岂非班、马之笔乎？"他还借剧中人物之口来向读者传达自己面向现实、面向历史的写作意图。《试一出·先声》中，老赞礼向读者交代说，《桃花扇》一剧"借离合之情，写兴亡之感，实事实人，有凭有据。老夫不但耳闻，皆曾眼见"。

史可法

093
离合兴亡
文人情怀
《桃花扇》

WEN

HUA

ZHONG

GUO

正因为有这种尊重历史、力图凡事以史为据的创作原则，孔尚任担心自己见闻未广，又不愿背离史实而凭空勾画，所以，他把《桃花扇》的故事在自己脑海中酝酿了好长时间也没有动笔。在《桃花扇本末》中，孔尚任说："予未仕时，每拟作此传奇，恐闻见未广，有乖信史。寤歌之余，仅画其轮廓，实未饰其藻采也。"等到他进京做官之后，尤其是外放治河之后，他接触到大量的明朝遗民，从他们口中得到了大量鲜活的历史资料。他也实地考查了扬州、南京等《桃花扇》故事的发生地，加深了自己的易代之悲。等到读万卷书和行万里路结合起来之后，他才动笔。这种以史笔写戏剧的创作方法，让那些身历剧中重大历史事件的见证人以及熟悉南明历史的读者和观众获得了强烈的共鸣，也得到后世不少批评家的肯定。

清人罗天阊写过116首《桃花扇题辞》，其《桃花扇题辞·序》中说："彼传奇者，守删诗正乐之家法，睹凄凉板荡之前朝，欲哭不可，欲笑不能，不得已借儿女私情，写兴亡大案……岂临川四梦笠翁十种所能仿佛其万一哉。"吴陈琰推许《桃花扇》"谱成抵得南朝史，休与《春灯》一例传"，认为一部《桃花扇》可以看作是一部南明王朝的

"信史"。

近代以来持此观点者也不在少数，比较有代表性的有吴梅。吴梅认为，《桃花扇》一剧，"自是精心结撰，其中虽科诨亦有所本。观其自述本末及历记考据各条，语语可作信史。自有传奇以来，能细按年月确考时地者，实自东塘为始。传奇之尊，遂得与诗文同其声价矣"①，高度赞扬了《桃花扇》尊重历史事实的写实性特点。

但戏曲创作毕竟不是历史研究。身兼历史学家和历史剧作家两种身份的郭沫若对于历史剧的创作究竟要不要严格遵守史实曾做过阐释，他说："历史研究是'实事求是'，史剧创作是'失事求似'。"② 戏曲创作说到底是文学创作，所以，它不能排除虚构、加工、整合等文学手法的运用，在基本历史史实没有大偏差的前提下是可以按照创作主题的要求来进行发挥和演绎的。这是文学的本质规定性，古今不异，中外皆然。古希腊的亚里士多德也认为："诗人的职责不在于描述已经发生的事，而在于描述可能发生的事，即根据可然或必然的原则可能发生的事。"③ 所以，《桃花扇》虽然在戏剧中描写了历史上的人和事，"人其人而事其事，若一无所避忌者"，好像无所避忌，但是它为了表达自己的理念，还是对真实的历史进行了一些改动，所以，它"不必目为词史"，是不能当成真实的历史来看的。

《桃花扇》对历史的改编，更多地体现在对人物结局的改变、对人物形象的重新塑造和对个别史实的有意变更上。

历史上侯方域的结局，是南明灭亡后回乡隐居，于清顺治八年（1651）参加了清廷组织的辛卯科乡试，中得副榜，于顺治十一年

① 吴梅：《中国戏曲概论》，中国人民大学出版社 2004 年版，第 202 页。
② 郭沫若：《历史·史剧·现实》，《戏剧月报》1943，1（4）。
③ （古希腊）亚里士多德著，陈中梅译注：《诗学》，商务印书馆 1996 年版，第 81 页。

（1654）去世。而《桃花扇》中，侯方域在南明灭亡之后，和柳敬亭一起随老赞礼逃入栖霞山中。他刚与李香君重逢，就受到张道士的当头棒喝，结果芟除了情苗，洗掉了尘缘，拜丁继之为师，前往南山之南修真学道去了。对侯方域结局的处

雪苑社

095

离合兴亡
文人情怀
《桃花扇》

WEN

HUA

ZHONG

GUO

理，是与《桃花扇》要为明王朝唱一曲挽歌的主题相适应的。离合之情系于兴亡之感，覆巢之下，安有完卵？既然大厦已倾，扶持无望，那么最适合这些遗民的地方就是深山更深处的那片宗教净土了。在这里，遗民们不食清粟，在内心深处保留着对前朝的怀念与追忆，当三五成群时，更可以长歌当哭，酣畅淋漓地发泄一番，而不用担心隔墙有耳，清风乱翻书。所以，为着这个目的，《桃花扇》不能描写侯方域回乡隐居，更不能写他应清廷之举，以一失足背弃了大半生的坚贞和努力。

同样的还有对柳敬亭和苏昆生结局的处理。柳敬亭在南明覆灭后，重操说书旧业，在扬州、南京、清江浦、常熟等地说了十年书。他也曾追随苏松常镇提督马逢知和漕运总督蔡士英等人。他晚年寓居南京，死后葬于苏州。苏昆生曾于九华山削发为僧。顺治七年（1650），他随皖南名士汪如谦去杭州。在顺治十二年（1655）汪如谦去世后，他又辗转多处，以教歌为生，康熙十八年（1679）夏病逝于无锡惠山僧舍。但在《桃花扇》中，二人分别追随侯方域和李香君来到了栖霞山中，一为渔翁，一为樵夫，他们以自己擅长的形式消解胸中块垒，抒发对前朝的怀念。

对史可法的结局，《桃花扇》也没有按照史实来处理。历史上，史

可法是被清军俘虏后坚贞不降，英勇殉国的。当扬州被清兵围困时，多尔衮写信劝降，史可法作《复多尔衮书》，对其严词拒绝。他又写了多封遗书，表达了自己忠于明朝、愿以死守城的决心。扬州城破后，史可法意欲自杀，被部将救下，遭到清军俘虏。他断然拒绝清军统帅多铎的劝降，说："城亡与亡，我意已决，即碎尸万段，甘之如饴，但扬城百万生灵不可杀戮！"从容就义。在史可法死后第12天，他的部将兼义子史德威因未能找到他的遗体，就把他的衣冠葬在了扬州城天甯门外梅花岭，是为衣冠冢。

《桃花扇》也描写了史可法的壮烈殉国，但是将他殉国的形式改为了自杀。在《桃花扇》中，扬州城破时，史可法本来要自杀，但"忽然想起明朝三百年社稷，只靠俺一身撑持，岂可效无益之死，舍孤立之君"，就缒出南城，直奔仪征，想往南京去保驾。途中听到老赞礼说清兵过江，皇帝早逃得无影无踪，顿觉万念俱灰，自己成了"断篷船"、"无家犬"，"叫天呼地千百遍，归无路，进又难前"，就举身跳入滚滚长江。至于他的衣帽的来历，是他自认亡国罪臣，"哪容的冠裳而去"，就"摘脱下袍靴冠冕"。为史可法筑衣冠冢的也变成了老赞礼。老赞礼念及扬州梅花岭是史可法点兵之所，就携带其衣冠前往招魂埋葬。《桃花扇》的这种改编较之真实的历史更能体现出史可法为了国事殚精竭虑，但存一线希望就永不放弃的顽强韧劲，也暗含了对史可法忠心有余却能力有限的些许失望。

《桃花扇》为了营造良好的戏剧化效果和有利于主题的表达，还有意重新塑造了历史人物的形象。《桃花扇》中，郑妥娘是一个丑角，插科打诨，行为猥琐，而历史上的郑妥娘并不是这种形象。郑妥娘，本名郑如英，字无美，小名妥娘。据《续本事诗》，旧院以容貌美艳著称的，首推郑妥娘。在万历年间，郑妥娘与马湘兰、赵今燕、朱无暇并称"秦淮四大美人"。其人不但貌美，而且能诗善词，其诗被选入《列朝诗闰集》中。余怀《板桥杂记》曾称赞道："至顿老琵琶、妥娘词曲，则只应天上，难得人间矣!"《桃花扇》中作如此巨大的改动，虽是有些对不住郑妥娘，但却有效地活跃了舞台，让剧中沉重的气氛得到片刻的放松。

对人物形象的重构，最突出地体现在左良玉身上。历史上左良玉身材魁梧，骁勇擅射，虽然目不识书，却能用计谋哄得士卒欢心，所以在士兵中颇有威望。据史书记载，左良玉实际并无多少显赫的战功，而且军纪败

马湘兰

坏，形同盗匪。李清《三垣笔记·下·弘光》就说："左兵两三万，一涌入城，城中无一家无兵者，淫污之状不可言。数日启行，复罄没其家以击。去十许日而予至，米菜俱无可觅。士民相见，无不痛哭流涕。不恨贼而恨兵。"抱阳生《甲申朝事小纪》记载，左良玉手下诸将都有封地，楚人深以为苦。尤其是有个叫作王之纲的，在武昌非常残忍地以人为粮，以致百姓听闻其名都魂飞魄散。而且左良玉颇有个人野心，他不顾大敌当前的危急局面，谎称奉太子密诏，借"清君侧"、"除马阮"之名挥军东下，直指南京，迫使马士英、阮大铖调集黄、刘三镇前来堵截，导致千里空营，百里江防毁于一旦。从这个意义上说，南明的灭亡，左良玉要负有重要责任。

在《桃花扇》中，虽然也借侯方域之口说左良玉"不学无术"（第三十三出《会狱》），但左良玉还是以一位忠心为国却处处受到掣肘而无所作为的忠臣形象出现的，人物角色为小生，更是渲染出他的飒爽英姿。且看第九出《抚兵》左良玉出场后的唱词："七尺昂藏，虎

097

离合兴亡
文人情怀
《桃花扇》

WEN

HUA

ZHONG

GUO

头燕颔如画，莽男儿走遍天涯。活骑人，飞食肉，风云叱咤。报国恩，一腔热血挥洒。"完全是一副勇猛忠贞的形象。

《桃花扇》中的左良玉治军严整，"三十万军马，每日操到掌灯"（《草檄》）。《桃花扇》详细描绘了左兵因军粮不足而哗变，以及左良玉苦心安抚饥兵并许诺引兵东下就食南京的情形，力图说明左良玉此举是被逼无奈。而且剧作还在此处加以评点说："乱兵胁迫，不得不为此言，遂为千古口实，可不慎哉！"

崇祯皇帝

即使在如此困难的局面下，左良玉的军令还是得到了严格的执行。第十一出《投辕》写柳敬亭沿江一路走来，"并不见乱兵抢粮"。《桃花扇》又借两位士兵的对话来说明左良玉忠心为国，心无异志。一位士兵说："天下强兵勇将，让俺武昌。明日顺流东下，料知没人抵挡。大家拥着元帅爷，一直抢了南京，就扯起黄旗，往北京进取，有何不可？"另一位赶紧说："我们左爷忠义之人，这样风话，且不要提。"在崇祯皇帝的死讯传来时，左良玉与袁继咸、黄澍一起痛哭祭奠，其中有"这恨怎平，有皇天作证：从今后戮力奔命，报国仇早复神京"之语，显示出他的一片忠心。

左良玉以奉崇祯太子密令的名义，打着"清君侧"的旗号擅离驻防之地，领兵东下，进犯南京。第三十一出《草檄》，当左良玉听闻从南京逃来的苏昆生叙述弘光为君不君，马士英、阮大铖倒行逆施的恶行时，大怒道："我辈戮力疆场，只为报效朝廷；不料信用奸党，杀害正人，日日卖官鬻爵，演舞教歌，一代中兴之君，行的总是亡国之政。只有一个史阁部，颇有忠心，被马、阮内里掣肘，却也依样葫芦。剩俺单身只手，怎去恢复中原。（跌足介）罢，罢，罢！俺没奈何，竟做要君之臣了。"强调左良玉的引兵东下是忠心为国的无奈之举。在他死后，众人大哭道："大将星，落如斗，旗杆催舵楼。沙场百战精神抖，凛凛堂堂，一身甲胄。平白的牖下亡，全身首。魂归故宫煤山头，同说艰辛，君啼臣吼。"强调的是他对大明王朝和崇祯皇帝的一片忠心。第四十出《入道》中，又借张道士的闭目静观，揭示出左良玉死后的结局为"奉上帝之命，封为飞天使者"，蕴含了孔尚任深深的褒扬之意。

　　《桃花扇》对左良玉的形象作了如此多的美化，让很多人感到不解，甚至有人怀疑孔尚任作如此改动是有私利可图。清人杨恩寿在《词余丛话》中就怀疑孔尚任收受左良玉之子左梦庚的贿赂。他说："孔云亭原稿第十三出，直叙宁南谋逆，胁何忠诚公同叛，何公投江，逆流六十里，遇神获救诸轶事。左梦庚急以千金为云亭寿，哀其削去，云亭遂改《哭主》一出，生气勃勃，宛然为烈皇复仇，与史、黄鼎立而三，为胜国忠臣之最。信乎，文人之笔操予夺权也。"

　　杨恩寿晚于孔尚任大约 200 年，想必他未曾亲眼看过《桃花扇》的原稿，他的这种论断不知从何处而来。大概当时文人受人请托，在文中歪曲事实的例子不在少数，而《桃花扇》对左良玉行事所做的改动实在太大，就让杨恩寿或是时人产生了臆断，以讹传讹地传了下来。细想，如果是孔尚任接受左梦庚请托的话，将左良玉描写得忠勇可嘉也就罢了，为什么还要写左梦庚自破城池，将左良玉气死呢？难道是左梦庚行贿让孔尚任写自己大逆不道吗？更离谱的是，左梦庚死于1654 年，当时孔尚任年仅 7 岁，二人怎么可能发生交集呢？

　　其实孔尚任这样改变左良玉的形象，一方面是参考并接受侯方域关于左良玉形象刻画的缘故，如侯方域所写的《宁南侯传》、《为司徒公与宁南侯书》、《寄宁南小侯梦庚》等。左良玉是侯方域父亲侯恂的门生，而且左在政治态度上同情并倾向于东林党，所以，侯方域对左

WEN

HUA

ZHONG

GUO

良玉的形象还是以美化为主。另外，孔尚任写作《桃花扇》，许多素材是从"明末四公子"之一的冒襄那里得来的。冒襄的父亲冒起宗是史可法的进士同年，与左良玉很是交好，相信冒襄对左良玉天然亲近的态度也会影响到孔尚任。

另一方面，也是最主要的，就是《桃花扇》对左良玉如此改写，实际上有着深刻的用意。《桃花扇》要总结南明灭亡的教训，要"知三百年之基业，隳于何人？败于何事？消于何年？歇于何地？"在孔尚任看来，"养文臣帷幄无谋，豢武夫疆场不猛"是个重要的原因，他渴望史可法、左良玉这一文一武两位南明时重要的政治人物能负载起挽大厦于将倾的重任，所以，在《桃花扇》中，史可法在城破时不效无益之死，而是缒出城来，再图恢复，直至最后一点希望破灭后主动殉国，成为板荡时期文人官员的最高道德典范。在《桃花扇》中，左良玉手握重兵，一心想以武力驱除权奸，换取政治的清明。他本人并无异志，也不愿攻打城池，最后因为其子左梦庚攻破九江城，气愤难当，吐血而亡，成为出师未捷身先死的末路英雄。

为了结构故事的方便，《桃花扇》还有意对一些史实进行了改动。例如，对侯方域和李香君结合的时间有意做了改动。在历史上，侯方域于崇祯十二年（1639）他22岁时以国子监太学生的身份参加秋试，并在这段时间与李香君相识。侯方域在《李姬传》中说得很清楚："雪苑侯生己卯来金陵，与相识。"二人交往时间不长就分手了。而在《桃花扇》中，二人相识的时间改为了崇祯十六年（1643）。在剧中，侯方域自言："自去年壬午，南闱下第，便侨寓这莫愁湖畔。"二人的交往从1643年延续到了1645年。这段时间正是明王朝处于分崩离析的边缘并最终崩溃的最后几年。如此一来，《桃花扇》在描绘侯、李爱情的时候，自然不能回避这段时期上演的一幕幕历史和政治大戏，爱情和政治、儿女之情与兴亡之感也就有了交糅在一起的契机。

还有就是对侯方域入狱的描写。《桃花扇》中写到侯方域离开高杰军中后回到南京，受到马士英和阮大铖的迫害，被捕入狱。苏昆生历尽千辛万苦千里迢迢地赶往武昌，向左良玉求救。左良玉听说侯方域被捕，勃然大怒。他又听袁继咸说，弘光的旧妃童氏跋山涉水赶来投奔，马、阮不让弘光相认，而是另外采选妃嫔。他还从黄澍口中听说崇祯皇帝的太子逃到了南京，而马、阮等人不但不认，还要将其关进牢狱。这几件事加起来，促使左良玉以"清君侧"的名义挥兵东下，直指南京。而马、阮不顾清兵大敌当前，调取黄得功堵截左兵，结果造成了千里空营，使清军乘虚而入。在第三十四出《截矶》中，苏昆生也有"为救侯公子，激的左兵东来"之语，给人的感觉就是侯方域的入狱是左良玉挥兵东下的重要原因，而左良玉的东下又是弘光小朝廷覆灭的重要原因，如此一来，侯方域的入狱就与弘光一朝的兴亡扯上了干系。其实，关于侯方域的入狱，只是《桃花扇》为了烘托主题而作的虚构，并非是历史的真实。

历史上，侯方域在高杰死后，并没有离开军中回南京。侯方域的好友，与他同为"雪苑六子"的贾开宗在《侯方域本传》中对这一段历史有很清楚的说明。贾开宗说，阮大铖等人大兴党人之狱，要杀侯方域，侯方域渡江往依高杰才得以幸免。等到清廷的豫王多铎领兵南下时，高杰已死。侯方域劝说高杰军中的大将，赶紧阻断盱眙的浮桥，把扬州的水师分为两部分，如果不能取胜，就据守常州和苏州这两个财赋之地，"跨江连湖，障蔽东越"，以图后计。这位大将没听侯方域的建议，而是领兵十万投降了清朝。侯方域随着降兵渡了江，他拒绝了清朝的授官，请辞回乡。侯方域本人也有诗回忆起自己的那段经历，其《四忆堂诗集》卷四《我昔》中说："我昔寄维扬，车甲正纵横。先驱渡大江，簪裾粲以映。饮至酬功高，南风忽不竞。嗟予归去来，咄咄信时命。"这与贾开宗所言是完全符合的。

WEN

HUA

ZHONG

GUO

而《桃花扇》对这一史实的改动，并非由于无知，而是有着深刻用意。让侯方域离开高杰军中，陷入马、阮之手，更能呈现阉党余孽的倒行逆施和当时忠奸斗争的激烈程度。侯方域的入狱，让本来就风波连连、好事多磨的侯、李爱情又蒙上了一层冰冷的霜花，更显出爱情在沧桑巨变的家国兴亡面前不堪一击的脆弱。《桃花扇》对这一史实的改变，也是与剧作褒扬左良玉的立场相一致的。侯方域的入狱，给了左良玉一个挥兵东下的借口。救崇祯太子和旧妃童氏显示出的是"忠"，而救恩公之子侯方域显示出的是"义"，有忠有义，如此一来，左良玉的出兵就名正言顺，不应受到舆论的谴责了。

大乔小乔

《桃花扇》对史实的变动，并不是由于作者无知和出于某种见不得人的目的，而是为了一切都是从有利于结构故事和有利于突出剧作主题的目的出发的。可以说，作为一部文学作品，这丝毫没有值得批评和谴责的地方。但偏偏就有人去较真，非要去给它"纠错"，仿佛不这样就显不出自己的博学来。

这种置各种文学技巧和文学手法于不顾，以实核之结果弄得大煞风景的例子历代有不少。如杜牧作《赤壁》诗："折戟沉沙铁未销，自将磨洗认前朝。东风不与周郎便，铜雀春深锁二乔。"宋代的许彦周就嘲讽杜牧说："意谓赤壁不能纵火，即为曹公夺二乔，置之铜雀台上也。孙氏霸业，系此一战，社稷存亡，生灵涂炭都不问，只恐捉了二乔，可见措大不识好恶。"这一粗暴而又浅薄的批评，曾引来许多人的抗议。清代何文焕在编纂《历代诗话》

之余，在后附的《历代诗话考索》中就责备许氏的言论说：诗人用词强调的是委婉，与议论文章的直来直去是大不相同的，许彦周未免错会了。

即便是身为状元公的一代才子杨慎也难免犯这种错误。唐代诗人杜牧有首著名的《江南春》："千里莺啼绿映红，水村山郭酒旗风。南朝四百八十寺，多少楼台烟雨中。"此诗用写意的手法描绘了江南春景：烟水迷离，生机勃勃，广袤富庶。同时含蓄地借前朝故事揭露当时崇佛修寺的情景，可谓妙绝。但杨慎偏偏在其《升庵诗话》中说了外行话："千里莺啼，谁人听得？千里绿映红，谁人见得？若

杨　慎

作十里，则莺啼绿红之景，村郭、楼台、僧寺、酒旗，皆在其中矣。"何文焕《历代诗话考索》就反驳他说，即便即作十里，也未必都能听得着、看得见，"题云《江南春》，江南方广千里，千里之中，莺啼而绿映焉，水村山郭无处无酒旗，四百八十寺楼台多在烟雨中也。此诗之意既广，不得专指一处，故总而命曰《江南春》……"

与此相似，清代梁廷楠《藤花亭曲话》赞扬《桃花扇》杰出的文学成就，但批评它有悖于史实之处："《桃花扇》笔意疏爽，写南朝人物，字字绘声绘色。至文词之妙，其艳处似临风桃蕊，其哀处似着雨梨花，固是一时杰构。然就中亦有未惬人意者。福王'三大罪五不可'之议，倡自周镳、雷缜祚，今《阻奸》折竟出自史阁部，则与《设朝》折大相径庭，使观者直疑阁部之首鼠两端矣。"

其实孔尚任并不是不知道"三大罪五不可"倡自何人，在《阻

103

离合兴亡
文人情怀
《桃花扇》

WEN

HUA

ZHONG

GUO

奸》出，史可法就说："是，是，世兄高见，虑的深远，前日见副使雷
缜祚、礼部周镳，都有此论，但不及这番透彻耳。"在《设朝》出，史
可法之所以一反自己反对朱由崧的立场，出席了恭贺弘光登基的大典，
是因为马士英已经同四镇武将串通好，四镇答应拥护福王，另外魏国
公徐鸿基、司礼监韩赞周等"勋、卫、科、道，都有个把"，使得马士
英实力大增，史可法遭到胁迫，只能同意。而且史可法同意迎立弘光，
也并非为自己的仕途私利考虑，他希望的是朝野上下能尽快团结起来，
一致抗敌。所以，弘光命令他督师江北，这明显有排斥他的意思，但
史可法还是感到很振奋："圣上命俺督师江北，正好戮力报效。"

　　还有人专门作诗为《桃花扇》所谓不合史实之处来订误，可谓不
解风情，也小看了孔尚任的历史常识。清人鲁曾煜有《题〈桃花扇传
奇〉订误五首》，认为历史上陪同侯方域往访李香君的是张溥，《桃花
扇》误为了杨龙友；认为阮大铖是委托王将军请侯方域充当说客的，
《桃花扇》误为了杨龙友；认为侯方域的结局是归隐，并参加了清廷乡
试，并没有《桃花扇》所写的后半截事。其实鲁曾煜所谓的《桃花
扇》之"误"根本算不上"误"，孔尚任怎么会连这些小儿科的史实
都不知道呢？更何况，这些史实都在《考据》中说得明明白白了啊！
孔尚任列出《考据》的目的，除了声明自己以史为据的创作态度外，
还为了证明自己熟知历史，防止某些读者不理解其用意，而指摘他在
史实方面犯错。但他没想到的是，他再怎么铺垫，还是受了些哭笑不
得的委屈。不过，作为一部"写兴亡之感"的文学作品，能让人从历
史学的角度来为它纠偏，这也证明了《桃花扇》的成功吧。

第三章

桃花扇影里的大忙人

离合兴亡
文人情怀
《桃花扇》

WEN

HUA

ZHONG

GUO

一把小小的桃花扇，牵系着侯方域和李香君的悲欢离合，扇面是哀感顽艳的爱情，扇底是诡谲无情的政治。桃花扇见证了侯、李二人的深情，也目睹了在这个舞台上围绕着自己上下翻飞、东奔西走的一干大忙人。

这其中有侯、李二人的月下老人杨龙友。他一手促成了才子佳人的姻缘，又亲自让他们陷入到麻烦中。他是位风雅的文人，又是个不懂爱情的"俗人"。他还是个"热心人"，帮忙又帮闲，无处不在，善于骑墙，永不知疲倦地奔波在对立的两股势力中。这两股势力都拿他当自己人，而他实际上也是两股势力之间的润滑剂，因为他的存在，《桃花扇》才得以有这么多的波澜。

这其中还有阮大铖。他是位笔底生花的词客，还是个阴险投机的政客，有着"人笑骂，我不羞"的厚厚脸皮。他用尽心机想讨得东林人士的好感，以图东山再起。几番受挫后，他机缘巧合地得以死灰复

燃，不但"积得些金帛，娶了些娇艾"，还痛快地露出了本性，在充当跳梁小丑之余，或在明处，或在暗处，明枪暗箭轮流上场，一番番不停地射向这对男女主人公。

还有两位更名改姓的说书唱曲艺人——柳敬亭、苏昆生。他们身为低贱的帮闲"清客"，却深明大义、忠肝义胆。他们同情侯、李二人的遭遇，为了他们的重逢而不辞辛劳，始终相随。他们决绝地与奸党划清界限，为了国家安危，敢舍命投书，勇闯龙潭虎穴。在南明王朝灭亡后，这两个原本没有吃过明朝皇粮的艺人，却追随侯、李，隐居栖霞山中，做起了自由而寂寞的渔翁、樵夫，用蕴含着激愤和感伤的唱词唱出了一个王朝的挽歌。

一、骑墙的"热心人"

800多年前的某一天，大诗人陆游在一个名叫赵家庄的小村庄听了一段说书。书是由一位背着小鼓的盲艺人所说的，内容是有关东汉末年的名士蔡邕蔡伯喈的是是非非，大概是蔡伯喈富贵易妻，终遭天谴的故事。听众很多，场面热烈。既然是说书，当然是故事第一，要情节精彩，引人入胜，争取多拉上几个听众，至于与历史事实是不是完全相合，则在其次，甚至这根本不是老翁所关心的。陆游听后大生感慨，就写了一首小诗《小舟游近村舍舟步归》：

　　　斜阳古柳赵家庄，负鼓盲翁正作场。死后是非谁管得，满村听说蔡中郎。

是啊，人生苦短，再怎么秉烛夜游，也难过百年，生前荣华富贵也好，贫贱穷愁也罢，等到身后，一切都将成为过眼烟云，消逝在历史的烈烈风中。其中，生前有些故事的人，会被普罗大众以另一种方式所牢记：将在这个人身上发生的一切大事都过滤掉，只剩下那些最

具生活化、最富戏剧性的情节，甚至
为了故事的需要，还会添油加醋，把
一些不管他愿意不愿意承担的事迹都
加到他的身上，然后口耳相传。幸运
的话，会经几个有心人记录下来，以
供茶余饭后的谈资，或者成为家庭间
和社会上进行道德教育的教材。最好
或者最坏的结果，就是进入一部经典
的文学作品中，将人物形象定格定型，
让读者觉得这个形象才是真实的存在。
这时，我们即使起这位主人公的原型

陆游像

于地下，他也是百口莫辩，只能如陆游所说，轻轻叹一句"死后是非
谁管得"了。

　　但对于文学作品尤其是历史题材的小说、戏剧来说，却不可避免
地要触及历史人物身后的是是非非，而且那些人物身上吸引人的情节
有时还是作家的虚构和夸张。除去那些借文学的名义行诽谤构陷之实
者，像唐代传奇小说《补江总白猿传》借写欧阳纥的妻子被白猿掳去
产子形如白猿的故事来诽谤欧阳询，多数时候，并不是作家的职业品
行出了问题，这样写只是出于塑造典型人物形象和推动剧情发展的需
要。有时，某个人机缘巧合地处在历史或者故事的节点上，或者某人
的经历、性格和身份恰好可以充当这样一个角色，那么，就只能委屈
他变幻一下面目来充当一下故事发展的润滑剂了。

　　在《桃花扇》中，杨龙友就是这样一个人物。杨龙友，原名文骢，
字龙友，贵阳人，生于明万历二十四年（1596），卒于清顺治三年
（1646）。浙江参政杨师孔之子。万历四十六年（1618），杨龙友乡试中
举，与马士英之妹结婚。天启四年（1624），杨龙友奉母移家南京。不

离合兴亡
文人情怀
《桃花扇》

WEN

HUA

ZHONG

GUO

久加入复社，成为复社的早期成员之一，与复社领袖张溥及陈子龙、吴应箕等交好。崇祯时，杨龙友做过江宁知县，后被御史弹劾贪污，被罢官候审。

南明小朝廷成立后，马士英当国。托裙带之福，杨龙友在小朝廷中步步高升。他先是被任命为兵部主事，历员外郎、郎中，监军京口。第二年又升为兵备副使，分巡常、镇二府。后来又升为右佥都御史。因为他与马士英的特殊关系，再加上他以豪侠自任，喜于广交朋友，乐于奖掖后进名士，所以许多巴结马士英而不得的人纷纷通过他的关系谋求上进。

董其昌《墨卷传衣图》轴

在南京被清兵攻陷后，杨龙友又往依唐王朱聿键。因为唐王在贫贱时就与杨龙友交好，所以此时对他及其子杨鼎卿格外器重，任命他为兵部右侍郎兼右佥都御史，提督军务，以光复南京为目标。但是因为与败坏弘光小朝廷的马士英关系密切，杨龙友此时也遭到舆论的许多谴责。1646年，衢州告急，朱聿键命令杨龙友与诚意侯刘孔昭前往驰援，却被清兵击败后俘获，龙友坚贞不降而遭杀害。徐鼒《小腆纪传·杨文骢传》载，杨龙友"好推奖士类，干士英者缘以进，故为世所诋。其死也，众论亦许之。"杨龙友最终以他对故国的忠贞和决绝赴死为自己赢得了尊敬。

明末才子辈出，杨龙友也是个不折不扣的才子。据他自述，他从小就深处万山之中，父亲又酷嗜山水，所以他也深受山水灵性的熏染。他为人风雅，诗、书、画皆称高手。有诗文集《洵美堂集》、《山水移》、《台宕日记》等。其诗被选入时人夏云鼎编选的《崇祯八大家诗选》，同时入选的还有董其昌、陈继儒、王思任等当代最杰出的诗人。清人莫友芝盛赞他的诗为"骨挺劲岸异，已有不可一世之概"，认为"先生值遗明残局，犹螳臂摧撑，妄思恢复，膏斧钺而不回。其志节至今俨俨有生气"。

杨龙友善画兰，其书画风格主要受同代著名书画家董其昌影响，并上追黄公望、倪瓒的意趣，集中彰显了明末士人的艺术境界。清代诗人吴梅村作《画中九友歌》，将杨龙友与董其昌、王时敏等名家同列，合称"金陵九子"。董其昌曾赞扬其画风："有宋人之骨力去其结，有元人之风韵去其佻。"

从人生经历来说，杨龙友多才多艺，在文人圈中有着很高的知名度。他亲身经历了明末的那场政治大变局，而且作为政治的实际参与人参与了一系列的军国大事，是那段惨烈历史的见证者。他也是一位曾经悠游秦淮河畔的风流才子，曾纳秦淮名妓为小妾。从个人身份来说，他是马士英的妹夫，是阮大铖的密友，在南明小朝廷成立，马士英当权后，受马的提携而官运亨通。他又是复社的早期成员，与复社诸君子有着密切联系。大概谁都不会想到，此时看似全不相关的两个团体

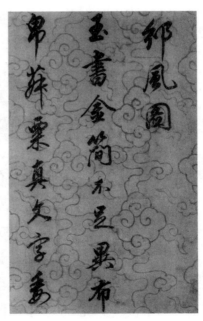

董其昌书法

109

离合兴亡

文人情怀
《桃花扇》

WEN

HUA

ZHONG

GUO

和个人，在 20 年后会有如此巨大的交集冲突。而作为与两派都有着密切联系的杨龙友，自然也难以置身事外。在《桃花扇》要把两派拉到一起，来集中展现他们的矛盾冲突时，当然不能绕过杨龙友，而且把杨龙友当作协调两种力量的一个工具来刻画，当成戏剧中常用的功能性人物，还是一个高明的办法。

在《桃花扇》中，杨龙友是个什么性格呢？最突出的就是他的热心肠，他的每次出场几乎都是受人请托，为人效劳。我们先来看他的出场。在第二出《传歌》中，先借李贞丽之口介绍他是位罢职县令，是马士英的妹夫、阮大铖的盟弟。龙友出场后全无佻达之气，上楼后就开始鉴赏当时名流的题诗，罢了还要和韵一首，后来又感慨"做他不过"，又改成题墨兰数笔了，完全是一幅风雅才子的模样。因为他与李贞丽有旧，所以他对李香君也很欣赏和关爱，取《左传》"兰有国香，人服媚之"之意，为香君命名。但他此行的目的却不是赏文题画，而是受李贞丽之请为香君寻找一个合适的梳拢之人。他对香君的师傅苏昆生说，他找到了一位合适人选，就是侯方域，此人"客囊颇富，又有才名"。苏昆生说："他是敝乡世家，果然大才。"苏昆生只提到侯方域的才学，杨龙友却将财富放到了才名的前面，可见在择偶标准上，他是颇为注重物质基础的。

因为与阮大铖交好，所以在阮连续两番遭到几位秀才和复社四公子的羞辱谩骂之后，杨龙友主动为阮出主意。他已有撮合侯、李的想法，也就顺水推舟，让阮为侯方域出些梳拢之资，通过讨好侯方域，再由侯游说吴次尾和陈定生，让几位秀才罢兵。从这时开始，杨龙友开始了他两面讨好的"骑墙"生涯。

为了侯、李二人的喜事，杨龙友可谓跑前跑后，不计辛劳，就如李贞丽所说的那样："恰似亲生自养。"在梳拢之日，他亲自带阮大铖所送之物到媚香楼，送给李贞丽，又派人给侯、李二人送来催妆诗以道贺。讨得侯方域大悦，笑道："此老多情。"次日一早，新人还未起床，杨龙友就赶来道喜。对于新人的幸福，他也很满意，还心生感慨地说幸亏有他的帮衬。但他此时的心思还在于怎么帮阮大铖拉拢上侯方域。所以当新人问起妆奁的来路时，他赶紧替阮说好话，还添油加醋了一番，说阮诚心忏悔，却不能被谅解，每每向天大哭，说："同类相残，伤心惨目，非河南侯君，不能救我。"杨龙友一番话说得侯方域大为感动，要不是李香君态度坚决的话，侯方域就答应了阮大铖的请托。

当左良玉要带兵东下就食南京时，杨龙友受兵部尚书熊明遇的请托，请侯方域代父修书一封阻止左兵东下。杨龙友是阮大铖的盟弟，但当阮在马士英面前诬告侯方域勾结左良玉有所图谋，马下令逮捕侯时，杨龙友又赶紧去给侯方域通风报信，助其脱逃，还给他指出了藏身的去处。毫无疑问，杨龙友的主要身份是位政治人物，但《桃花扇》对他浓墨重彩的描写却只写他参与了这一次政治活动，除此以外，杨龙友就是一个风雅、清闲又有些婆婆妈妈的人物。对于政治和国家大事，他并不关心，也没有什么责任感可言。在《辞院》出，南京城中大小文武官员齐集清议堂，商量国家大事，杨龙友的态度是："事体重大，我们废员闲宦，立不得主意，身到就是了。"孔尚任之所以描写杨龙友请侯修札，除了深入展示杨龙友毫无原则的骑墙性格外，恐怕还是出于推动剧情发展的需要。因为，如果不是杨龙友请侯方域代父修书，那马、阮借口侯方域与左良玉相勾结要加以逮捕时，因为事不关己，杨龙友似乎没有必须去通风报信的义务。而如果侯方域没有得到消息连夜脱逃，那侯、李的悲欢离合就无从展开了。

如果说此时杨龙友的"骑墙"还有些为朋友帮忙出力的义气成分的话，那么在弘光小朝廷成立后他的做法则明显违背了这种义气。马士英得势之后，靠着裙带关系，杨龙友也从一位被罢职的县令步步高

离合兴亡
文人情怀
《桃花扇》

WEN

HUA

ZHONG

GUO

升，心中的感激不言而喻。随着身份的变化，他与侯方域的友情开始变淡，昔日"曾是天涯沦落人"的李香君在他心目中的位置也开始变得轻如鸿毛，这时，香君的麻烦就来了。

杨龙友的同乡田仰升任漕抚，托杨寻一美妓带往任所。田仰并没有点名，但杨龙友不顾自己曾是侯、李二人的媒人，香君也心有所归、身有所属，还是想让香君嫁给田仰。他羞于自己出马去当面作伐，就托清客丁继之、名妓卞玉京等代为关说。众人都觉得侯、李的结合是他们帮衬的，如今又要去帮衬别家，搞得自己就像是"迎官送宾"的"邮亭马厩"，真是"好不赧颜"！他们都认为杨龙友此举不合适，杨却振振有词，说侯方域当时只是一时兴奋，如今避祸远去，早已把香君忘到九霄云外了。他还想当然地认为，但有强如侯方域的人，香君自然肯嫁。他全然忘记了侯、李定情之时自己送出的祝福，更忘了此时侯、李二人已情比金坚，名利并不能收买到李香君的心，所以，这次他只能无功而返。

杨龙友虽不像阮大铖那样趋炎附势、百般巴结马士英，但出于感激和畏惧，对他的这位大舅哥也是毕恭毕敬。他与阮大铖赴马士英之宴，主动建议寻一歌妓以佐宴欢，又点名推荐了李香君，再次为香君生出一个天大的风波。杨龙友还当着马士英和阮大铖的面，嘲笑李香君道："可笑这个呆丫头，要与侯朝宗守节，断断不从。俺往说数次，竟不下楼，令我扫兴而回。"语气中不无衔恨之意。结果阮大铖趁机向马士英进谗言，让马大发雷霆，要派人强娶香君送与田仰。听到阮大铖要以武力强拉香君下楼时，杨龙友又心生同情，说："也不可太难为她。"虽然如此，他心中的天平还是暂时倾向了利益一边。他亲自带人夜闯旧院，进门就说"特来报喜"，并兴奋地告诉李贞丽说："有个大老官娶你令爱哩。"李贞丽质问杨龙友："杨老爷从来疼俺母子，为何下这毒手？"杨却为自己辩白，说是不干自己的事，是马士英动怒所为，而自己只是怕贞丽受气，才赶来保护她。他还与李贞丽一起强行为香君梳头穿衣，逼得香君以头抢地，血溅诗扇。

令人感到意外的是，杨龙友此时似乎并没有因为李香君让自己下不来台而大动肝火，而是在李贞丽乔装香君代为上轿后，又留在楼中照顾了香君一整天，直到公务繁忙时才离开。对于李氏母女的分离，他也为之伤心，但对自己的所作所为给对方造成的麻烦，他却毫无悔意。或者说，他根本就没有意识到他给对方造成了麻烦，他只是想讨好所有人，按照自己的价值观来将他认为好的东西赋予对方。在媚香楼经历了哭哭啼啼一场大乱之后，杨龙友感到了前所未有的舒心和成就感，他颇为得意地说："贞丽从良，香君守节，雪了阮兄之恨，全了马舅之威！将李代桃，一举四得，倒也是个妙计。"

当看到香君那把被鲜血污染了的诗扇时，杨龙友并没有多少愧疚，反而像个旁观者一样，说："几点血痕，红艳非常，不免添些枝叶，替她点缀起来。"在扇上画完后，他还大笑着说："真乃桃花扇也。"但此时，杨龙友开始真正体会到香君的坚贞，也心生敬佩，认为香君的这番苦节是世间少有。所以等到香君再有麻烦时，他开始尽自己之力助其过关。

113

离合兴亡
文人情怀
《桃花扇》

WEN

HUA

ZHONG

GUO

杨龙友画作

等到李香君以李贞丽的名义去佐宴唱曲时，杨龙友为其百般遮掩。当香君不斟酒唱曲而要控诉时，杨龙友想马上制止她，说："今日老爷们在此行乐，不必只是诉冤了。"在香君继续怒骂，惹怒马士英后，杨又插话道："看她年纪甚小，未必是那个李贞丽。"但香君当时骂得正痛快，根本不理会杨龙友的苦心，继续怒骂，结果触怒马士英，有了性命之虞。杨龙友又打圆场说："丞相之尊，娼女之贱，天地悬绝，何足介意。"他在最紧要的关头保住了香君的性命。可以说，侯、李二人的相聚与分离，李香君的得意与失落，差不多都由杨龙友一手促成。正像《媚座》一出总批所说的那样："香君一生，谁合之？谁离之？谁救之？作好作坏者皆龙友也。……龙友多事，殊不可解。"

虽然曾经同为复社中人，但杨龙友与侯方域对爱情的态度迥然不同。在杨龙友那里，对现实功利的考虑要远远大过信守爱情的誓言。虽然侯方域说杨龙友"此老多情"，但其实龙友一点也不多情，甚至有些绝情。他推荐香君琵琶别抱当然有讨好田仰的目的，但是亮出的借口却是对香君的关心。他曾问香君："你有这柄桃花扇，少不得个顾曲周郎，难道青春守寡，竟做个入月嫦娥不成？"等到侯方域历经千辛万苦回到媚香楼，李香君已被选入宫，侯要在此等候时，杨龙友却劝他："此处无可留恋，倒是别寻佳丽罢。"

此时，侯方域对杨龙友已心生不满，他借给蓝瑛桃源图题诗的机会作诗相讽："原是看花洞里人，重来哪得便迷津。渔郎诳指空山路，留取桃源自避秦。"表面上看，这首诗是针对陶渊明《桃花源记》的内容而来，质疑发现桃花源的渔人不肯告诉世人这一世外桃源的位置，为的是将此胜地留给自己，其实暗指杨龙友没有告诉自己香君真正的去向，目的是对香君另有所图。

按道理讲，香君经历的这么多波折都直接和间接与杨龙友有关系，侯方域完全有理由怀疑这一点。所以，杨龙友也看出来侯的真正用意，

说道："似有微怪小弟之意。"而侯只冷冷地回了一句："岂敢!"杨龙友赶紧解释："世兄不要埋怨，而今马、阮当道，专以报仇雪恨为事；俺虽至亲好友，不敢谏言。"又说在香君骂筵惹怒马士英之后，"恰好亏了小弟在旁，十分劝解，仅仅推入雪中，吃了一惊。幸而选入内庭，暂保性命。"杨龙友这几句话说的倒是实情，也道出了自己的苦衷，但在最关键的问题上他却打了个马虎眼，只说"恰好人日设席，唤香君供唱"，却没有说那是他自己的提议，而且是明明知道香君的脾性和她对马、阮的态度之后出的一个馊到了极点的主意。尽管受到侯方域的微讽，杨龙友却没有动怒，他还是劝侯出于安全考虑，不可在媚香楼久留。

115

离合兴亡
文人情怀
《桃花扇》

WEN

HUA

ZHONG

GUO

杨龙友书法

至此，杨龙友作为一位骑墙的"热心人"的形象被塑造完成。毫无疑问，杨龙友的身上背负着孔尚任的批评和鄙夷；同时，在字里行间，作者又试图让我们看见杨龙友身处环境的独特和他在某种程度上的身不由己。但不管怎样，杨龙友的文学形象还是与历史上真实的杨龙友有了相当大的差距，于是有许多人尤其是杨龙友的故乡人开始为他鸣不平，批评《桃花扇》不尊重历史事实。

其实，《桃花扇》没有将杨龙友塑造成一个坏人，在剧中，孔尚任只是描摹杨龙友善变的性格，这只能说是个人性格上的缺陷，却很难称得上是人品的瑕疵。孔尚任在《桃花扇》中并无一语涉及杨龙友的政治立场，虽然他看不惯杨与马、阮走得过近，但其字里行间却没有给读者留下杨龙友与马、阮狼狈为奸一起倒行逆施的印象。而且，对作为才子的杨龙友，《桃花扇》在若干细节之处还突出了他的文艺才能。在《逃难》出，当清兵乘虚渡过淮河，扬州告急，百官逃难之时，马士英的家私是"一队娇娆，十车细软"的"薄薄宦囊"，阮大铖也"积得些金帛，娶了些娇艾"，而地位并不算低的杨龙友却只有寄存在媚香楼的书画古玩，收拾财物往家乡逃亡时也只是"整琴书襁被"，其为人之清廉亦可知，其人生的旨趣也与喜爱"会文"的复社诸君子有着更多的相通之处。所以，说杨龙友是位骑墙的"热心人"，也不能完全算是贬义吧。

二、阴险的词客

人们对那些靠才艺谋生并成名成家之人的最高评价莫过于"德艺双馨"，或者说，这代表了人们的一种美好愿望，希望那些在艺术上带给人美好享受的艺术家们在品行上也能正直、善良、立身谨慎，能成为大众的道德楷模。如果不能做到这一点，最起码也不能品德恶劣，让人们面对他们的作品时感到情何以堪。但造化弄人，人的才分和品德并不是绝对成正比，纵览中国的文艺史，才学与德行相分离的情况不在少数。

唐代的著名诗人沈佺期、宋之问，是律诗体制定型的代表性诗人，他们在诗体上的创新对开启有唐一代律诗大盛的局面做出了重大贡献。但二人都人品低劣，他们谄事武则天的宠臣张易之，深为士人所不齿。

尤其是宋之问，相传有一次他看见自己的外甥刘希夷所作《代悲白头翁》中"年年岁岁花相似，岁岁年年人不同"两句甚妙，就想据为己有。刘希夷不从，宋之问恼羞成怒，竟然以袋装土将其压死。宋代的蔡京诗、词、文俱佳，书法更是与苏东坡、黄庭坚、米芾齐名，但他却是助宋徽宗为"花石纲"之虐的权臣，被太学生陈东称为"六贼之首"。

还有那位成为帅哥代名词的潘安——潘岳（字安仁）。潘岳是西晋时期第一流的文学家，才分极高，其《闲居赋》、《秋兴赋》、《悼亡诗》等作品名重一时，被《晋书》称为"潘才如江"。但潘岳却自甘卑下，谄事权臣贾谧，每当贾谧乘车外出，潘安都望尘而拜。金代大诗人元好问在《论诗绝句三十首》中曾感慨潘岳文章与人品之不相符："心画心声总失真，文章宁复见为人。高情千古闲居赋，争信安仁拜路尘。"如果我们要在明末清初找一个文才与品行相分离的代表的话，恐怕阮大铖是比较有资格入选的。

阮大铖（1587～1646），字集之，号圆海、石巢、百子山樵，安徽怀宁人。常以号行，被称为"阮圆海"，又以籍贯被称为"阮怀宁"或"怀宁"。因为长有络腮胡子，又被称为"阮髯"、"阮胡子"。阮大铖于万历四十四年（1616）中进士，天启年初居忧还乡。他曾经加入东林党，为东林党领袖高攀龙的弟子，因为与东林党在宪司的领袖人物左光斗是同乡，所以二人也关系密切。

阮大铖像

入籍东林党期间，阮大铖很是活跃，是党中的骨干分子。天启四年（1624）春，吏科都给事中出缺，左光斗通知阮大铖来京递补，但因为此时左光斗正与赵南星、高攀龙、杨涟不和，赵南星等人认为

117
离合兴亡
文人情怀
《桃花扇》
WEN
HUA
ZHONG
GUO

"以察典近，大铖不可用"，而代之以高攀龙的另一名弟子魏大中，让阮递补排名靠后的工科。阮大铖对此不满，结果在魏忠贤的帮助下，他得偿所愿，但也因此与东林党人士结怨，上任未满一月，就迫于压力弃官归乡。后来他依附魏忠贤，与东林党决裂后，任太常少卿。他害怕冰山易消，魏党不足久恃，任职数月便请辞回乡。崇祯二年（1629），魏忠贤事败，阮大铖名列逆案而被罢官。

据说阮大铖在缘附阉党时，隐约感到魏忠贤有事败的一天，所以他多了个心眼。每次拜见完魏忠贤，他都要重金贿赂门卫，把自己的名刺悄悄地取回。所以，在魏忠贤倒台后，人人皆知阮大铖是魏党中的一员，但却"无片字可据"，定罪时只给他定了个第七等的"结交近侍又次等"，让他逃过了大劫。

阮大铖知道，在东林党势力大盛的崇祯朝，自己作为东林党的叛徒，不论是政治前途还是社会声誉都将陷入很低落的境地，便主动想与东林人士讲和，对于复社领袖张溥的政治活动也倾囊相助，希望能重归东林。但他始终没有得到东林人士的谅解，终崇祯一朝没能出仕。崇祯八年（1635），李自成农民军进入安徽，阮大铖避居南京。他不肯深居简出，而是广交勇士，力图为自己翻案，引起了复社人士的极大反感，顾杲、杨廷枢、黄宗羲等人撰《留都防乱公揭》，声讨其罪，其中有云："其恶愈甚，其焰愈张，歌儿舞女充溢后庭，广厦高轩照耀街衢，日与南北在案诸逆交通不绝，恐吓多端。"

在明朝灭亡，弘光小朝廷成立后，有赖于马士英的举荐，阮大铖担任兵部右侍郎，不久又升为兵部尚书。大权在握后，阮大铖对东林党进行了疯狂的报复。魏忠贤得势时，魏党党羽王绍徽曾仿照《水浒传》星宿排行榜的形式，于天启五年（1625）编撰了一部《东林点将录》，将东林党的重要人物一一列出，如天魁星及时雨大学士叶向高、天罡星玉麒麟吏部尚书赵南星等，以供魏忠贤排斥打击。阮大铖也学习了这种形式，编了一部《蝗蝻录》，随后又陆续编写了《续蝗蝻录》和《蝇蚋录》。这是三部黑名单，其中直接将东林党和复社人士称为害虫"蝗蝻"和"蝇蚋"。《蝗蝻录》、《续蝗蝻录》共收录了143人，《蝇蚋录》又追加了953人，这三部书所收录的人数远远超过了《东林点将录》。针对收在书中的人物，阮大铖"照得东林老奸，如蝗蔽日；复社小丑，似蝻出田。蝗为现在之灾，捕之欲尽；蝻为将来之患，灭之勿迟"（《桃花扇》第三十出《归山》）。他大兴牢狱，对东林党和复社加以迫害。清军占领南京后，阮大铖降清，主动请缨随清军出征，后来暴毙在随清军攻打仙霞关的路上。阮大铖在《明史》中被列入《奸臣传》。

阮大铖是明末最有才华的文人之一。他30岁就中了进士，但终其一生，做官的时间也不过2年而已，大部分时间是归田乡居，或是与文友诗酒唱和，或是谋求重返仕途。他的诗歌文采斐然，章太炎曾经评价说："大铖五言古诗，以王孟意趣，而兼谢客之精练。律诗微不逮，七言又次之。然榷论明代诗人，如大铖者少矣。潘岳、宋之问险诈不后于大铖，其诗至今犹存。君子不以人废言也。"陈寅恪在《柳如是别传》中也对阮氏的诗歌作了高度评价："圆海人品，史有定评，不待多论。往岁读咏怀堂集，颇喜之，以为可与严惟中之钤山，王修微之樾馆两集，同是有明一代诗什之佼佼者。"

阮大铖最大的成就还是在戏剧创作上。他所作的传奇戏曲有《春灯谜》、《燕子笺》、《双金榜》、《牟尼合》、《忠孝环》、《桃花笑》、《井中盟》、《狮子赚》、《赐恩环》、《老门生》10种，在其投降清朝后，因其恶劣的人品，其作品受到拉杂摧烧，仅存前4种，合称《石巢传奇四种》。其中《燕子笺》在当时影响巨大。弘光皇帝非常喜欢《燕子笺》，《桃花扇》就生动记载了这位昏君在大敌当前，不忧国事而忧《燕子笺》没有排演好的可笑情形。《燕子笺》在民间也盛极一

《燕子笺》的两位女主角——华行云、郦飞云

时，清人吴翌凤《灯窗丛录》记载："南都新立，……时阮集之填《燕子笺传奇》，盛行白门，是日，句队末有演此者，故北若诗云：'柳岸花溪澹泞天，恣携红袖放灯船。梨园弟子觇人意，队队停歌燕子笺。'"《燕子笺》的轰动程度可见一斑。

曾经在阮大铖家中看过戏的明末著名散文家张岱专门写了一篇《阮圆海戏》，对阮大铖的剧作予以了高度评价。文章不长，引录如下：

阮圆海家优，讲关目，讲情理，讲筋节，与他班孟浪不同。然其所打院本，又皆主人自制，笔笔勾勒，苦心尽出，与他班卤莽者又不同。故所搬演，本本出色，脚脚出色，出出出色，句句出色，字字出色。余在其家看《十错认》、《摩尼珠》、《燕子笺》三剧，其串架斗笋、插科打诨、意色眼目，主人细细与之讲明。知其义味，知其指归，故咬嚼吞吐，寻味不尽。至于《十错认》之龙灯、之紫姑，《摩尼珠》之走解、之猴戏，《燕子笺》之飞燕、之舞象、之波斯进宝，纸札装束，无不尽情刻画，故其出色也愈甚。阮圆海大有才华，恨居心勿静，其所编诸剧，骂世十七，解嘲十三，多诋毁东林，辩宥魏党，为士君子所唾弃，故其传奇不之著焉。如就戏论，则亦镞镞能新，不落窠臼者也。

张岱对于阮大铖戏剧五个"出色"的评价可谓高到无以复加的地步。阮大铖常细细地与观众讲明剧中的精妙之处，使人"知其义味，知其指归"，可见他对戏剧理解深刻。

吴梅村的《冒辟疆寿序》和清人焦循的《剧说》曾记载复社诸君子激赏阮氏戏剧后又痛骂其为人的一段故事：

往者天下多故，江左尚晏然，一时高门子弟，才地自静者，相遇于南中，列坛坫、立名氏，阳羡陈定生，归德侯朝宗，与辟疆为三人，皆贵公子……有皖人，故阉党也，流寓南中，通宾客、畜声伎，欲以气力倾东南，知诸君子唾弃之也；乞好谒以输平生，未有间。会三人者，置酒鸡鸣埭，

张岱画像

欲召其家善讴歌者，歌主所制新词，则大喜曰："此诸君子欲善我也。"既而侦客云何？见诸君箕踞而嬉，听其曲，时亦称善；夜将半，酒酣，辄众中大骂曰："若珰儿媪子，乃欲以词家自赎乎？"引满浮白，拊掌狂笑，达旦不休。（吴梅村《冒辟疆寿序》）

（复社文人）置酒高会，趣征阮伶。大铖心窃喜，立遣伶往，而使他奴诇之。方度曲，四座称善。奴走告，大铖心益喜。已而抗声论天下事，箕踞叫呶，语稍及大铖，遂戟手骂詈不绝口。大铖闻之，乃大怒，而恨三人者尤刺骨。（焦循《剧说》卷六）

在《桃花扇》中，阮大铖作为最重要的反面人物，贯穿了全剧的始终。孔尚任将他描写成侯李爱情的最大破坏者，也是故事发展的重要推手。作为历史人物的阮大铖本身也有很大的复杂性。他是个才子，其文艺天分得到了包括东林、复社人士在内的全社会的认可，但他朝三暮四、叛东林投魏党的行径又深为世人所不齿。在十几年的时间里，他不断地为自己辩白，可在一朝得势后，他把压在心底的最恶毒的念头释放了出来，对东林党和复社疯狂报复。对于这样一个复杂的人物，

121
离合兴亡
文人情怀
《桃花扇》

WEN

HUA

ZHONG

GUO

被孔尚任笼于笔端时也是复杂的。

《桃花扇》尊重史实，明确地将阮大铖的文艺才能和个人品行区分开来。《侦戏》出，陈定生、方以智、冒襄三人向阮大铖借戏《燕子笺》，边欣赏边评价。他们"点头听，击节赏，停杯看"，认为大铖是"真才子，笔不凡"，"论文采，天仙吏，谪人间。好教执牛耳，主骚坛"。但为什么偏偏"投崔魏，自摧残"，其人"呼亲父，称干子，忝羞颜，也不过仗人势，狗一般"。

在《草檄》出，苏昆生在军营外等候左良玉时，唱起了《琵琶记·中秋玩月》中的〔念奴娇序〕："长空万里，见婵娟可爱，全无一点纤凝。十二阑干满处，凉浸珠箔银屏。偏称，身在瑶台，笑斟玉斝，人生几见此佳景。惟愿取年年此夜，人月双清。"这首曲子表现的是蔡伯喈、牛氏在牛府赏月的情形，词句轻灵，情感深挚，是《琵琶记》中的一段名曲。苏昆生唱罢感慨道："这样好曲子，除了阮圆海却也没人赏鉴。"他认为只有阮大铖才能写出和欣赏得了这样高水平的曲子。但他又认为，以阮人品之差，又实在是玷污如此美曲了："罢了罢了！宁可埋之浮尘，不可投诸匪类。"

阮大铖在名列"逆党"遭到罢黜的十几年中，通过戏剧创作委婉地为自己的行径辩白。《春灯谜》中有一段《十错认》平话，为自己攀附魏党感到忏悔。清代黄文旸《曲海总目提要》卷十一评《春灯谜》说："按大铖当崇祯时作此记，其意欲东林持清议者，怜而恕之，言己是误上人船，非有大罪。"孔尚任的好朋友顾彩在《桃花扇序》中也说过，自己曾经很疑惑阮大铖写的《春灯谜》、《燕子笺》、《双金榜》、《狮子赚》四种传奇，都更名易姓，不愿以阮大铖真面目示人。而且《春灯谜》中还有一段《十错认》平话，大概是因为阮大铖心中有所歉疚，所以在作品中就体现了出来。因此，我们知道此公未尝不知道自己生平中所犯下的错误，准备改头换面以示悔过，但是复社的清流诸君子，"持之过急，绝之过严，使之流芳路塞，遗臭心甘"，不给他一个重新做人的机会，使他只能自甘堕落，为了给自己出口气，哪怕国家因此灭亡了也在所不顾。

著名的抗清小英雄夏完淳《续幸存录》在评价阮大铖时，也指出了这一点："阮圆海之意，十七年闲居草野，只欲一官，其自署门曰：无子一身轻，有官万事足。当事或以贵抚或豫抚任之，其愿大足矣。圆海原有小人之才，且阿珰亦无实指，持论太苛，

阮大铖《春灯谜记》明崇祯六年（1633）刻本

酿成奇祸，不可谓非君子之过。"夏完淳说阮大铖"有小人之才"，真是知人之论。以阮氏之才之德，如能许他忏悔来归，其人当能助复社一臂之力；如果将其拒之门外，他将是一个倍加凶残的敌人。

在《桃花扇》中，孔尚任较为详细地描写了阮大铖心怀惭愧，希望东林党、复社能够原谅自己，结果遭到了复社诸君子的嘲讽和坚决的攻击，没能得到任何自赎的机会。《却奁》出，当侯方域对阮大铖资助妆奁感到迷惑不解时，杨龙友代为分剖阮氏的"苦衷"，说他"后来结交魏党，只为救护东林，不料魏党一败，东林反与之水火"。在《哄丁》出，阮大铖本人也自我辩解道：

> 诸兄不谅苦衷，横加辱骂，哪知俺阮圆海原是赵忠毅先生的门人。魏党横暴之时，我丁艰未起，何曾伤害一人，这些话都从何处说起。

> ［前腔］飞霜冤，不比黑盆冤，一件件风影敷衍。初识忠贤，初识忠贤，救周魏，把好身名，甘心贬。前辈康对山，为救李空

123

离合兴亡
文人情怀
《桃花扇》

WEN

HUA

ZHONG

GUO

同，曾入刘瑾之门。我前日屈节，也只为着东林诸君子，怎么倒责起我来。春灯谜谁不见，十错认无人辩，个个将咱谴。

阮大铖将自己依附魏党之事比之如当年康海所受的冤屈。康海是明代著名文学家，弘治十五年（1502）状元，任翰林院修撰，与李梦阳、何景明、徐祯卿、边贡、王九思、王廷相并称为"前七子"。明武宗正德年间，太监刘瑾专权，李梦阳因为代尚书韩文草拟弹劾刘瑾的奏章，被捕入狱。李梦阳求救于康海，为了救李，康海硬着头皮去拜见自己的同乡刘瑾，终于使李梦阳获救。正德五年（1510），刘瑾事败被处死，康海因与刘瑾有所来往，被列为同党，遭到罢官。此时已经复官的李梦阳面对恩人受难，却不肯出来为他分辩。康海根据马中锡的寓言体小说《中山狼传》，作有《中山狼》杂剧，写中山狼受到赵简子的追杀，幸遇东郭先生。中山狼脱险后，恩将仇报，要吃掉东郭先生。东郭先生在杖藜老人的帮助下，将狼骗进书囊杀死。这部杂剧被时人认为是讽刺李梦阳之作。阮大铖的被罢黜肯定不能与康海相提并论，但他确是在无数个场合表达过自己的忏悔之心。

在《哄丁》出，吴次尾、杨维斗、刘伯宗、沈昆铜、沈眉生复社五秀才于仲春日在文庙丁祭孔子，阮大铖也想参与祭祀，他登场后的两句唱词就是："洗净含羞面，混入几筵边。"诸人祭祀时，他在一旁掩面旁观。众人发现阮大铖也在场时，极为愤怒，喝令阮快快出去。吴次尾痛骂道："魏家干，又是客家干，一处处儿子难免。同气崔田，同气崔田，热兄弟粪争尝，痛同吮。东林里丢飞箭，西厂里牵长线，怎掩旁人眼。"阮大铖进行了辩解，临了愤愤地骂了几位秀才两句："恨轻薄新进，也放屁狂言！"这一下子激起了众怒，众人齐声呵斥道："你这等人，敢在文庙之中公然骂人，真是反了。"于是大家一齐冲上去对阮掌嘴扯须，一阵好骂："阉儿玙子，哪许你拜文宣。辱人贱行，玷庠序，愧班联。急将吾党鸣鼓传，攻之必远；屏荒服不与同州县，投豺虎只当闲猪犬。"

《闹榭》一出中，端午之夜，秦淮河上大小灯船鳞次栉比，尽情欢歌。而阮大铖却因为害怕遇上复社诸人，只敢在半夜出来。正所谓怕什么偏遇见什么，正巧陈定生、吴次尾、侯方域、李香君、苏昆生、柳敬亭等人在秦淮河灯船上饮酒赋诗，阮大铖一见吓得连喊"了不得"，让"快歇笙歌，快灭灯火"，落荒而逃。众人发现是阮大铖后，陈定生大怒道："好大胆奴才，这贡院之前，也许他来游耍么！"吴次尾的表现更为激烈："待我走去，采掉他胡子。"侯方域将他拦住，劝道："罢，罢！他既回避，我们也不必为已甚之行。"陈定生却说："侯兄，不知我不已甚，他便已甚了。"

不但复社诸君子，就是一介红裙李香君对阮大铖的态度也是非常坚决。侯方域得到阮大铖资助的妆奁后，碍于杨龙友的说情，又加之拿了人家的手软，同意原宥阮大铖："俺看阮圆海情辞迫切，亦觉可怜。就便真是魏党，悔过来归，亦不可绝之太甚，况罪有可原乎。"但李香君站在东林诸君子的立场上，非常坚定地说："官人是何说话，阮大铖趋附权奸，廉耻丧尽；妇人女子，无不唾骂。他人攻之，官人救之，官人自处于何等也？"

125

离合兴亡

文人情怀
《桃花扇》

WEN

HUA

ZHONG

GUO

当众人享受着痛打落水狗的快感时，大明王朝已是日薄西山、气息奄奄了。在当时国事内忧外患的形势下，如果阮大铖诚心忏悔，复社也应该搞搞统一战线，捐弃前嫌原谅他，莫断了他向善的路。但在《桃花扇》看

阮大铖书法

来，阮大铖并非真心悔改，而是故作姿态，他借柳敬亭之口说阮氏是"春灯已错从头认，社党重钩无缝藏"，认为他写了《十错认》表达自己的忏悔之心，那只是在自己失势时央求人原谅的伎俩，其人的本性

是反复无常的。他内心希望东林党人能放他一马，他好死灰复燃，再逞威风。

《侦戏》出阮大铖登场自述心迹说："可恨身家念重，势利情多；偶投客魏之门，便入儿孙之列。那时权飞烈焰，用着他当道豺狼；今日势败寒灰，剩了俺枯木鸦鸟。人人唾骂，处处击攻。细想起来，俺阮大铖也是读破万卷之人，什么忠佞贤奸，不能辨别？彼时既无失心之疯，又非汗邪之病，怎的主意一错，竟做了一个魏党？（跌足介）才题旧事，愧悔交加。"这是他自家的表白，不是故意说给他人听的，应该是他的心里话。但随后他又"悄语介"，说："若是天道好还，死灰有复燃之日。我阮胡子呵！也顾不得名节，索性要倒行逆施了。"正让他说对了，对他来说，果然有"好还"之日，让他可以痛快地倒行逆施了。

因为向善的大门被堵上了，阮大铖对东林党和复社的仇恨到了无以复加的程度。据吴伟业《鹿樵纪闻》记载，阮大铖在降清后，以60岁的年纪随清军入闽，企图立下军功谋得高位。一天阮大铖的脸突然肿胀，众人让他留下养病时，他情绪激动地说："我有什么病？我虽然年已六十，但能骑劣马，挽强弓。我的仇人多，这肯定是那些东林党和复社的诸奸徒潜在此间，散布谣言，希望各位一定不要听信！"

在当时南明小朝廷已经灭亡，他和东林党的恩怨可以告一段落的时候，他还是对此念念不忘。可以说这已经成了他的一个心病，让他患上了狂想症和自虐症，遇到任何对自己不利的事，都要怀疑是东林党人在暗算他，可见他真是被东林党人吓破了胆，也对东林党人恨到了家。

在《桃花扇》中，闹榭之后，阮大铖开始了对东林党的报复，为了达到目的，污蔑、陷害，他无所不用其极。明明侯方域是受杨龙友之托，代父修书劝阻左良玉，但阮大铖却向马士英诬告侯方域私通左良玉，意欲借马士英之手捕杀侯方域。

阮大铖响应马士英将要迎立弘光时，想着弘光成为可居的奇货以及他自己即将到手的荣华，极其兴奋："拼余生寒灰已休，喜今朝涸海更流；金鳌上钩，金鳌上钩，好似太公一钓，享国千秋。牛马风尘，暂屈何忧，刀笔吏丞相根由；人笑骂，我不羞。"

《媚座》出，阮大铖与杨龙友在马士英家侍座饮酒，当马士英听说田仰用三百金娶李香君不成时勃然大怒，阮趁机火上浇油道："田漕台是老师相的乡亲，被她羞辱，所关不小。"马士英直接派人拿着衣服彩礼前去强娶，阮高兴地说："妙妙！这才燥脾。"当听到杨龙友说不可太难为李香君时，阮大铖新仇旧恨涌上心头："这还便益了她。想起前番，就处死这奴才，难泄我恨。"他对李香君的遭遇感到幸灾乐祸："当年旧恨重提起，便折花损柳心无悔。那侯朝宗空梳拢了一番。看今日琵琶抱向阿谁。"

阮大铖利用手中的权力，大肆搜捕东林党人。当听到他在蔡益所的书店中捕获的三人就是吴次尾、陈定生和侯方域时，顿时怒上心头："哦！原来就是你们三位！今日都来认认下官。"他一口气把自己所受到的屈辱全都抖搂了出来：

> 堂堂貌须长似帚，昂昂气胸高如斗。（向小生介）那丁祭之时，怎见的阮光禄难司笾和豆。（向末介）那借戏之时，为甚把燕子笺弄俺当场丑。（向生介）

《桃花扇·逮社》

127

离合兴亡
文人情怀
《桃花扇》

WEN

HUA

ZHONG

GUO

堪羞！妆奁代凑，倒惹你裙钗乱丢。

侯方域表现得还算清醒，说："你就是阮胡子，今日报仇来了。"但吴、陈二人还是延续了往日的霸气，全然不顾身为阮氏刀俎上的鱼肉，还大声地说："好，好，好！大家扯他到朝门外，讲讲他的素行去。"但今时不同往日，他们眼前的阮大铖已经不再是那个夹着尾巴任他们羞辱的落水狗了。于是复社诸君子就在阮大铖轻蔑的笑声中被拿下解到狱中，好好受了一番苦楚。

孔尚任把阮大铖当作复社最凶残的敌人来描写，但用笔却不刻板，而是常用戏剧化的情节和充满嘲讽、轻蔑的语调，刻画阮大铖的虚伪、满腹心机和厚颜无耻。《拜坛》一出中，马士英、杨龙友、史可法诸人于崇祯皇帝的祭日进行祭祀，礼毕，阮大铖素服大叫着冲上来开始了一段表演：

> （副净扮阮大铖素服大叫上）我的先帝呀，我的先帝呀！今日是你周年忌辰，俺旧臣阮大铖赶来哭临了。（拭眼问介）祭过不曾？（净）方才礼毕。（副净至坛前，急四拜，哭白介）先帝先帝！你国破身亡，总吃亏了一伙东林小人。如今都散了。剩下我们几个忠臣，今日还想着来哭你，你为何至死不悟呀！（又哭介）（净拉介）圆老，不必过哀，起来作揖罢。（副净拭眼，各见介）（外背介）可笑，可笑！……

《逃难》出，听闻清兵渡过淮河，扬州城岌岌可危后，弘光、马士英、阮大铖连夜鼠窜。阮大铖"恋防江美差，恋防江美差，杀来谁代，兵符掷向空江濑。今日可用着俺的跑了，但不知贵阳相公，还是跑，还是降？"发现马士英被乱民洗劫一空，打翻在地之后，阮大铖吓得说："晚生的家眷行囊，都在后面，不要也被抢去。受千人笑骂，受千人笑骂，积得些金帛，娶了些娇艾。"在这个关键的时候，阮大铖现出了他的猥琐和可耻，让我们不得不佩服起复社诸君子的先见之明来。

三、清客自有大担当

在说书艺术中，对于人物类型的设置模式，有所谓的"四梁八柱"之说。蒋敬生的《传奇大书艺术》认为："四梁是指一部书的书根、书领、书胆、书筋。八柱是支撑着四根书梁的配角，起到保梁的作用。""书根就是产生这部书的政治形势和生活根源，也可以说是这部书千变万化的根据"，"书领是根据书根而产生的能够制约全书命脉的统帅人物"，"书胆就是一部书的主角。他（她）的命运变化构成了全书的故事情节，或主要的情节"，"书筋是一部大书中必须具有的逸趣横生、寓庄于谐的人物，以奇取胜，以趣逗人，助书胆以建功，在困危处着力，解危排纷，别有诀窍"。① 在一部书中，书筋因为其独特的角色安排往往能给人留下非常深刻的印象。

其实，这种划分不仅仅适用于说书，在叙事性的俗文学作品中也同样适用。例如，在《水浒传》中，我们可以看到八百里水泊并不仅仅搬演宋江一个人的故事，围绕着宋江的配角也不能忽视。梁山上有领袖，有军师，有法师，有勇士，还有一群书法家、音乐家、兽医等具有专业技能的人士，对于梁山事业，他们每个人都承担起一部分责任，而对于精彩纷呈的水浒故事，每个人都具有角色功能，成为推动这场大戏发展的不可或缺的环节，少了谁都不行，否则故事就得改写，就会变味。

拿《桃花扇》来说，主人公是侯方域、李香君，毫无疑问他们就是全书的"书胆"。若要找一个"逸趣横生、寓庄于谐的人物，以奇取胜，以趣逗人，助书胆以建功，在困危处着力，解危排纷别有诀窍"

---

① 蒋敬生：《传奇大书艺术》，新疆人民出版社 1999 年版，第 55～60 页。

129

离合兴亡

文人情怀
《桃花扇》

WEN

HUA

ZHONG

GUO

柳敬亭像

的"书筋"的话，恐怕没有比柳敬亭和苏昆生更合适的人了。有趣的是，柳敬亭正好是一个说书人。

柳敬亭与苏昆生，历史上实有其人。他们是明清易代之际最著名的评书艺人和歌唱家，也是中国古代为数不多的身世、事迹可考的艺人。

中国的说书艺人在先秦时期就已出现，职业的唱曲艺人也出现得很早。但作为"优"之一种，其社会地位低得可怜。他们不但不在士、农、工、商四民之内，按照赵翼《陔余丛考》中"一官、二吏、三僧、四道、五医、六工、七猎、八民、九儒、十丐"的排列顺序，即使最末一等也没有给他们留位置。

对他们这一群体，还有一个严酷的规定：男性优伶及其子弟不得进学和参加科举考试，死后不得葬回祖坟。谁家出了一个优伶，举族视为奇耻大辱。即使他们凭借精湛的技艺而名扬海内，赚得盆满钵满，成为民众一日不见就茶不思饭不想的耀眼明星，他们在名义上还是至轻至贱的一族。史书上不可能留有他们的记录，他们又大多不能读书识字，不可能写部自传以传世，所以他们的名字和事迹也就大多湮没不彰了。有那么几个幸运的，他们的技艺实在惊人，或是因为偶然的原因赶上了风云际会，又遇上了对他们或是猎奇或是欣赏的文人，给他们赠诗词、写传记，其人其技也就有了雪泥指爪可寻，让我们在千百年后可以窥见斯人之范、斯艺之盛。柳敬亭、苏昆生就逢上了这种幸运。

柳敬亭，原姓曹，名永昌，字葵宇，祖籍南通余西场，明万历十五年（1587）生于泰州。柳敬亭15岁那年，犷悍无赖，犯了死罪，得泰州府尹李三才为其开脱而得以流落在外。他先后逃亡到泰兴、如皋、盱眙等地，为了生存，就学盱眙市上的说书人说书，并改姓柳，字逢春，号敬亭。柳敬亭身材魁梧、面色焦黑，脸上有很多麻点，世人戏称他为"柳麻子"。没想到他很有说书的天分，学了不长时间，他说的书就能在市上引起轰动。

据黄宗羲的《柳敬亭传》所言，柳敬亭渡江南下后，遇到了一位松江府的儒生莫后光。莫一见他就说，你这个人机智灵活，以后可以凭技艺扬名立万。他告诉柳敬亭："说书虽然只是低微的技艺，但是也必须琢磨人物性情，熟悉各地方的风土人情，要学会像楚国的优孟那样会摇头而歌加以讽谏，那样才能算是技艺圆满。"柳敬亭回去凝神定气，仔细揣摩。一个月后，他去见莫后光，莫说："你的表演能使人欢欣喜悦，大笑不止了。"又过了一个月，莫后光说："你的表演能使人慷慨悲叹，痛哭流涕了。"又过了一个月，莫后光一见柳敬亭就无比感慨地说："你还没开口说书，就已经表现出来欢乐和悲伤了，让面对着你的观众不能控制住自己的情绪，你的表演可以说已经达到精妙的地步了。"带着对技艺的自信，柳敬亭来到扬州、杭州、南京等大城市表演，正如莫后光所言，柳敬亭很快就名达缙绅之间。无论是大型宴会还是闲亭独坐，达官贵人们纷纷请柳敬亭去表演助兴，无不夸他技艺高超。

柳敬亭说的书好到了什么程度呢？与他同时期的著名作家张岱曾听过他说景阳冈武松打虎，作有一篇《柳敬亭说书》，从中我们可见一斑。张岱说，柳敬亭每天就说一回书，定价一两银子。请柳敬亭说书，需要提前十天送去请柬和定金，就这样他还常不得空。柳敬亭描摹刻画，细致入微，但又补充、删略得当，并不唠唠叨叨。他的吆喝声有如巨钟，说到关键地方常常大声呼喊，声音震得房屋像要崩塌一样。他说武松到酒店买酒，店内没有人，武松猛然一吼，店中空缸空坛都

WEN

HUA

ZHONG

GUO

嗡嗡作响。柳敬亭很注意说书的氛围，主人一定要不声不响地静静坐着，集中注意力听他说，他才开口；稍微看到奴仆附着耳朵小声讲话，听的人打呵欠伸懒腰、有疲倦的样子，他就不再说下去，所以要他说书不能勉强。每到半夜，主人抹干净桌子，剪好灯芯，静静地用白色杯子送茶给他，他就慢慢地说起来，"其疾徐轻重，吞吐抑扬，入情入理，入筋入骨"。张岱夸张地说，集中世上其他说书人的耳朵，使他们仔细听柳敬亭说书，恐怕都要惭愧得咬舌自尽了。

安徽提督杜宏域为了结欢于左良玉，就介绍柳敬亭去左良玉幕府说书。结果左良玉对柳敬亭是相见恨晚，每天晚上都要张灯高坐，听柳敬亭演说隋唐遗事。左良玉没读过书，不喜欢部下文人为他援古证今精心写成的公文，而是喜欢柳敬亭那些从僻陋里巷听来的俗语常谈。左良玉对柳敬亭非常信任，一刻不让他离开身边，还让他参赞军务，军中也不敢拿说书艺人来看待柳敬亭。

柳敬亭曾作为左良玉的使者到南京公干，南明小朝廷群臣因为忌惮左良玉的军力，对他派来的人自然是优待有加。宰相以下的官员都把他让到南面的尊位上，称呼他为"柳将军"。柳敬亭则安然受之。那些以前与柳敬亭称兄道弟的市井之徒，都在路旁羡慕地耳语道："这个人以前是和我们一块说书的，想不到现在如此富贵了。"

左良玉身死，南明覆灭后，柳敬亭失去了依靠，资财也花费殆尽，只能重操旧业，在扬州、南京、清江浦、常熟等地说了十年书。他曾追随苏松常镇提督马逢知和漕运总督蔡士英等人。晚年寓居南京，死后葬于苏州。柳敬亭说书60年，足迹遍及大半个中国，又结交名流权贵，名重一时。当时的名流黄宗羲、张岱、吴伟业、阎尔梅、龚鼎孳、曹贞吉、汪懋麟等为他写有传记或以诗文相赠。

历史上的柳敬亭是一个扶危济困、急人所难的热心人，夏荃就认为柳敬亭"侠骨热肠，求之士大夫中不可多得"。龚鼎孳曾著文赞扬他

"生平重然诺，敦行义，解纷排难，缓急客倚伏，有古贤豪侠烈之风"。钱谦益在柳敬亭死后特地写了一篇《为柳敬亭募葬疏》："柳生敬亭，今之优孟也。长身疏髯，谈笑风生，舌齿牙，树颐颊，奋袂以登王侯卿相之座，往往于刀山血路、骨撑肉薄之时，一言导窾，片语解颐，为人排难解纷，生死肉骨。……优孟之后，更无优孟；敬亭之后，宁有敬亭？此吾所以深为天下士大夫愧。"杜濬写过 24 首《今年贫口号》，其第 22 首回忆了柳敬亭在中秋之夜为自己送酒送钱的往事："中秋无食户双扃，叩户为谁柳敬亭。亟送酒钱仍送酒，真教明夜也休醒。"在诗后，杜濬注道："中秋日一粥，闭门睡矣。忽闻呼门声，乃柳叟敬亭走力送酒并青蚨一千，想外格外，感而有纪。"而且柳敬亭担心杜濬给来人赏钱，给他造成负担，就与杜濬相约："来人受赏，我就天诛。"可见他帮助人是出于至诚的。

苏昆生（1600～1679），原名周如松，河南固始人，明末清初著名歌唱家，人称"当今南曲第一"。与他同时代的著名画家王时敏曾断言"魏良辅遗响当在苏生"，认为苏昆生在昆曲上的造诣可以上追有"昆曲之祖"称号的魏良辅。吴伟业亦称其歌唱为"阴阳抗坠，分刊比度，如昆刀之切玉，叩之粟然，非时世所为工也"。因为善歌，苏昆生经常出入公卿府邸和青楼妓院，曾为名妓李香君教授"玉茗堂四梦"等曲。施闰章曾作《秦淮水亭集郭汾又杨商贤吴野人汪周次听苏生度曲》："坐中绝调有苏生，含商激羽倾公卿。当筵按拍丝筦乱，一字沉吟更漏换。空阶玉佩翩珊珊，重崖乳瀑寒潺潺。忽闻巨石堕千仞，惊猿骇鹤啼秋山。可怜此曲真可惜，会须一饮尽十石。"高度赞扬了苏昆生的歌唱技艺。

左良玉镇守武昌时，苏昆生入其幕下献技，恰好与柳敬亭为伍，深得左良玉的器重。吴伟业为他和柳敬亭合并立传，作《楚两生行》诗，记述二人在左良玉幕下的情形，诗中评价苏昆生道："一生嚼徵与

133

离合兴亡
文人情怀
《桃花扇》

WEN

HUA

ZHONG

GUO

含商，笑杀江南古调亡。洗出元音倾老辈，迭成妍唱待君王。一丝萦曳珠盘转，半黍分明玉尺量。最是大堤西去曲，累人肠断杜当阳。忆昔将军正全盛，江楼高会夸名胜。生来索酒便长歌，中天明月军声静。"但好景不长，正如吴伟业所说："将军已没时世换，绝调空随流水声。"左良玉死后，苏昆生失去靠山，也失去了知音，境遇颇为惨淡。词人吴绮的《南中吕·尾犯序》曾对他无所依附的境遇发出感慨："那些个五侯池馆争相迓，只落得六代莺花莽不收。抛红豆，叹知音冷落，向齐廷弹瑟好谁投？"

苏昆生曾于九华山削发为僧。顺治七年（1650），他随皖南名士汪如谦去杭州。在顺治十二年（1655）汪如谦去世后，入吴中以歌唱谋生。康熙二年（1663），受王时敏之聘，为其家班授曲。康熙六年（1667），又由吴伟业介绍，到如皋为冒襄家班教曲。康熙十八年（1679）夏病逝于无锡惠山僧舍。苏昆生与复社侯方域等交往甚密，吴绮、陈维崧等均有诗曲相赠，对他高度称赞。

柳敬亭和苏昆生作为艺人，身处社会底层，但他们却接触到社会各阶层的人士，了解他们的生活状况和他们身当明清易代、天翻地覆的爱和怕。更重要的是，他们曾入左良玉幕下，对左良玉其人以及南明的许多史实都非常了解，可以说，他们就是了解南明遗事的活化石，历史的兴亡之感借助他们的评书和歌唱尤其能打动人。众多名流士大夫愿意和柳、苏二人接触，除了佩服其精湛的技艺之外，也把他们看作了代表兴亡之感的符号，是浇自己胸中块垒的酒杯：

咄汝青衫叟，阅浮生，繁华萧索，白衣苍狗。六代风流归抵掌，舌下涛飞山走。似易水歌声听久。试问于今真姓字，但回头笑指芜城柳，休暂住，谈天口。

当年处仲东来后。断江流，楼船铁索，落星如斗。七十九年尘土梦，才向青门沽酒。更谁是，嘉荣旧友？天宝琵琶宫监在，

诉江潭，憔悴人知否？今昔恨，一搔首。（曹贞吉《贺新凉·再赠柳敬亭》）

何物吴陵叟，尽生平诙谐游戏，英雄屠狗。寒夜萧条闻击筑，败叶满庭飞走。令四座，唏嘘良久。说到后庭商女曲，怅白门寂寂乌啼柳，天付与，县河口。

可怜漂泊宁南后。记强侯接天樯橹，横江刁斗。亡国岂知逢叔宝，世事尽销醇酒。叹满目，烂羊僚友。心识怀光原未反，但恩仇将相谁知否？少平勃，黄金寿。（汪懋麟《百尺梧桐阁集·赠柳敬亭和升六韵》）

楼船诸将碧油幢，一片降旗出九江。独有龟年卧吹笛，暗潮打枕泣蓬窗。（吴伟业《口占赠苏昆生四首》其二）

虽然文人们反复提及柳、苏二人在左良玉幕府的史实，但历史上的柳敬亭和苏昆生并没有参与什么政治活动，文献中也没有他们曾为阮大铖门客，和见到《留都防乱公揭》后毅然离开，以及为侯方域千里传书的记载。但是，当他们作为"书筋"被孔尚任放到《桃花扇》中"为我所用"以后，情形就大不一样了。

孔尚任的朋友顾彩在《桃花扇序》中说："扼腕时艰者，徒属之席帽青鞋之士，时露热血者，或反在优伶口技之中。"的确，在《桃花扇》中，从一开篇我们就发现明王朝大厦之将倾，但能掌握这座大厦命运的人却没能负起他们的责任，他们或是有心杀敌而屡遭掣肘，或是贪于享乐，溺于宴安。正所谓"礼失而求诸野"、"知屋漏者在宇下，知政失者在草野"，在这种危险的时刻，勇敢站出来匡扶正义、抗争强权的却是那些根本不懂得政治为何事的妓女和优伶。《余韵》一出中有一条总结性的眉批，认为南明王朝有骨气、有责任感、有担当的人士只有七个："南朝作者七人：一武弁、一书贾、一画士、一妓女、一串客、一说书人、一唱曲人，全不见一士大夫。表此七人者，愧天下之

135

离合兴亡

文人情怀
《桃花扇》

WEN

HUA

ZHONG

GUO

士大夫也。"这一评价相当到位。

《桃花扇·逢舟》

在《桃花扇》中，柳敬亭、苏昆生虽为身份低下的艺人，却颇有骨气。他二人曾为阮大铖的门客，在看到吴应箕写的《留都防乱公揭》后，对阮大铖之为人甚为不齿，不待曲终，就抚衣散去，受到复社诸君子的敬佩，引为复社的朋友。

苏昆生在离开阮大铖后，投到媚香楼，做了教授李香君唱曲的师傅，对香君的技艺倾心相授，严格要求。作为李香君的师傅，苏昆生对香君十分关心和照顾，极力促成和维护侯、李的姻缘。他和杨龙友一同为侯方域做媒，当马士英、阮大铖意图抓捕侯方域时，他自告奋勇送侯前往史可法处避难。当香君拒嫁田仰，以头抢地，受伤独守空房时，苏昆生放心不下，常去看望。他又不畏艰险为香君寻访侯方域，捎去经杨龙友妙笔点染过的桃花扇。当他被逃兵推下黄河，横流没肩，性命岌岌可危之时，他高举着桃花扇，宁愿送掉性命，也要把扇子完整地交到侯方域的手中。在舟中巧逢侯方域后，他又陪同侯到南京寻找李香君。直到剧终，柳、苏二人陪同侯方域和李香君隐入深山，一为樵夫，一为渔父。可以说，在侯、李二人相识、定缘、劫波和重逢的整个过程中，始终贯穿着柳敬亭和苏昆生二人无私的帮助，正所谓"巧苏柳往来牵密线"。侯方域和李香君对此甚为感念，《入道》出，李香君在栖霞山道观中与侯方域破镜重圆，互诉衷肠，曾极为感慨地说："这柳、苏二位，不避患难，终始相依，更为可感。"

柳敬亭、苏昆生与侯方域等复社文人关系密切，但应该承认，他

们的交往并不平等，侯方域等都是有地位、有文名的世家公子，柳、苏只是艺人，他们对公子们的追随有些帮闲的性质。《闹榭》出，复社文人雅会联韵，李香君及柳敬亭、苏昆生与会。苏昆生向柳敬亭提议："我两个一边唱曲，陈、吴二位相公一边劝酒，让他名士、美人，另做一个风流佳会如何？"柳答道："使得，这是我们帮闲本等也。"帮闲，又叫"清客"，意为达官贵人豢养的食客，多有一技之长，陪着主人消遣娱乐，逗主人开心。文学作品中最有名的清客莫过于《水浒传》中陪在宋徽宗身边的高俅和《金瓶梅》中围绕着西门庆的所谓"十兄弟"。与他们相比，若说柳、苏二人是帮闲的话，那他们也是择对象而帮的帮闲，是正直、热心、明辨是非、有正义感的帮闲。

在中国古代，艺人与政治沾上边，对国家大事形成正面影响的事例不在少数，其途径多是凭借技艺获得统治者的宠幸，再以讽谏的方式，让钻入牛角尖而听不进逆耳之言的统治者幡然醒悟。最典型的例子就是司马迁《史记·滑稽列传》中记载的那些优人。例如秦代的优旃，当秦始皇计议要扩大射猎的区域，东到函谷关，西到雍县和陈仓，严重干扰了人民的生活时，优旃却说："好。多养些禽兽在里面，敌人从东面来侵犯，让麋鹿用角去抵触他们就足以应付了。"秦始皇听了这话，就停止了扩大猎场的计划。秦二世即位，又想用漆涂饰城墙。优旃说："好。皇上即使不讲，我本来也要请您这样做的。漆城墙虽然给百姓带来愁苦和耗费，可是很美呀！城墙漆得漂漂亮亮的，敌人来了也爬不上来。要想成就这件事，涂漆倒是容易的，但是难办的是要找一所大房子，把漆过的城墙搁进去，使它阴干。"于是秦二世取消了这个计划。

同为优人，柳敬亭和苏昆生则与前代的那些优人不同，他们直接投身到政治中，对国事有担当，积极协助复社党人挽救时艰。在《桃花扇》中，柳敬亭曾颇为自负地说自己不是一个吃闲饭的庸碌之辈，自己"虽则为弹词之辈，却不是饮食之人"，"虽则身长九尺，却不肯

离合兴亡
文人情怀
《桃花扇》

WEN

HUA

ZHONG

GUO

食粟而已。那些随机应变的口头，左冲右挡的膂力，都还有些儿"。在他那里，说书并不仅仅用来谋生，更是他眼见世上种种不平之事后发泄胸中的愤懑，表达政治态度的一种途径。就像他自己所说的那样："鼓板轻敲，便有风雷雨露；舌唇才动，也成月旦春秋。这些含冤的孝子忠臣，少不得还他个扬眉吐气；那班得意的奸雄邪党，免不了加他些人祸天诛；此乃补救之微权，亦是褒讥之妙用。"

当左良玉试图领兵东下就食南京时，朝廷震惊。杨龙友受兵部尚书熊明遇的请托，请侯方域代父修书一封阻止左良玉，正苦于无人可以千里迢迢前往递送时，柳敬亭毛遂自荐，勇敢地站了出来。他性格豪爽利落，当杨龙友说左良玉处"山人游客，一概不容擅入"时，他说："相公又来激俺了，这是俺说书的熟套子。我老汉要去就行，不去就止，哪在乎一激之力。"他的一段唱词更是表达了他的自信和豪侠："你那里笔下诌文，我这里胸中画策。舌战群雄，让俺不才；柳毅传书，何妨下海。丢却俺的痴呆，用着俺的诙谐，悄去明来，万人喝彩。"杨龙友感慨道："竟不知柳敬亭是个有用之才。"侯方域也说："常夸他是我辈中人，说书乃其余技耳。"

柳敬亭将他说书的机智和诙谐用在了讽谏左良玉上。在武昌面见左良玉后，柳敬亭当面对他责以大义，说他"这恶名怎逃，这恶名怎逃。说不起三军权柄帅难操。"柳敬亭把茶盅摔到了地上，左良玉发怒质问他："顺手摔去，难道你的心做不得主吗？"柳敬亭妙答道："心若能做得主啊，也不叫手下乱动了。"他又连呼自己饿得厉害，要进左良玉内帷，左良玉怒道："饿得急了，就许你进内里吗？"柳敬亭回答："饿得急了，也不许进内里，元帅竟也晓得哩。"几句简单的讽谏旁嘲，让左良玉恍然大悟，打消了东下的念头。

当侯方域同陈定生、吴次尾一起被阮大铖公报私仇罗织罪名加以逮捕后，苏昆生冒着重重危险去武汉求助于左良玉。作为半衰之翁，

苏昆生明辨是非大义，他说："你说
那两位嗣厂公，有天没日，要把正人
君子捕灭尽绝。"他来到左良玉的军
营后，冒死大声唱歌以引起左的注意。
左良玉听闻事情来由后发出了衷心的
赞叹："竟不知唱曲之人，倒是一个
义士。"听闻弘光皇帝及马、阮等人
的恶政后，左良玉与袁继贤、黄澍起
草了檄文，要发兵进讨。在众人为找
不到一个合适的传递之人时，柳敬亭
又毛遂自荐接下了这个九死一生的危
险差事，惊得袁继贤、黄澍说："这位

《桃花扇·寄扇》

柳先生，竟是荆轲之流，我辈当以白衣冠送之。"左良玉也佩服道：
"有这等忠义之人，俺左昆山要下拜了。"

　　苏昆生则在黄得功领兵截江，左兵遇阻的困难情形下，毅然担起
了前往游说黄得功的任务。在左良玉身死，身边诸人散尽时，他选择
留下来为左良玉守灵哭奠。而柳敬亭对于左良玉于他的知遇之恩也牢
记不忘。他托蓝瑛画了一幅左良玉的画像，又求钱谦益题赞了几句，
逢时遇节，都要展开祭拜。可以说，柳敬亭、苏昆生都是因帮助复社
朋友而不自觉地投入到政治活动中的，但当他们真正投入此中时，我
们便不再感觉他们仅仅是戏子优伶，而是义薄云天的勇士。他们在这
场保国图存大戏中所扮演的角色的重要性，何逊于那些处庙堂之高的
"肉食者"？他们身份低下，年龄也近乎老迈，手下没有一兵一卒，胸
中没有文韬武略，但却有着强烈而淳朴的正义感。他们为朋友两肋插
刀、为国事不顾生死的气概却是塞乎天地之间的，正如左良玉和袁、
黄二人所称赞的那样："义士，义士"，"壮哉，壮哉"。

离合兴亡
文人情怀
《桃花扇》

WEN

HUA

ZHONG

GUO

历史上的柳敬亭和苏昆生在左良玉身死后重操旧业，凭借自己的一技之长漂泊谋生。但孔尚任在《桃花扇》中却改变了他们的结局，对他们的形象进行了最后的拔高，让柳、苏二人与侯、李诸人一起都隐入栖霞山，做了不食清粟、逍遥自在的渔翁和樵夫。他们一个"在这龙潭江畔，捕鱼三载，把些兴亡旧事，付之风月闲谈"，一个是"樵夫剩得命如丝，满肚南朝野史"。

（明）陈洪绶作《屈子行吟图》

文学作品中的渔翁和樵夫大多是洞明世事而又有所超脱的。屈原《渔父》中的那位"渔父"，面对屈原"举世皆浊我独清，众人皆醉我独醒"的倔强，以及"宁赴湘流，葬于江鱼之腹中"，也不肯"以身之察察，受物之汶汶"的对理想信念的坚守，莞尔一笑，唱着"沧浪之水清兮，可以濯吾缨。沧浪之水浊兮，可以濯吾足"，然后划着船悠然而去，不再同屈原对话。对待"沧浪之水"的态度表达了"渔父"随波浮沉、和光同尘的超脱。渔翁和樵夫又是性情闲散，无牵无挂，与天地相往来的。但柳敬亭和苏昆生却不能做到这一点，他二人深陷入政治失败、国破家亡的忧伤氛围中，每每聚首酣饮，都要长歌当哭，痛快淋漓地把对故国的哀思发之喉头舌尖，一个唱起了［秣陵秋］，表达自己"六代兴亡，几点清弹千古慨"；一个唱起了［哀江南］，惹得人"酒也不忍入唇了"。柳敬亭和苏昆生也像侯、李二人割断了情根一样，毅然决然地斩断了与现实的藕断丝连，用洁身自好和归隐山林为故国守节。优伶对故国尚且有如此情感，实在是羞煞了那些食了多年明粟，一朝忽然改节的故明官员了。

第四章

纵使元人多院本，勾栏争唱孔洪词

离合兴亡

文人情怀
《桃花扇》

WEN

HUA

ZHONG

GUO

　　《桃花扇》是与《长生殿》齐名的清初最著名和最重要的传奇戏剧，两部传奇的作者——孔尚任和洪升并称为"南洪北孔"，名重一时。两部剧作甫一脱稿，就成为剧场的宠儿，连以前大受欢迎的元人杂剧也被它们压了下去。而且这两部作品都曾受到康熙皇帝的重视，康熙曾亲自阅读，这对剧作家来说，算是个值得夸耀的荣誉。洪升和孔尚任共同的好朋友金埴在其笔记《巾箱说》中对此描述道："两家乐府盛康熙，进御均叨天子知。纵使元人多院本，勾栏争唱孔洪词。"曾追随侯方域讲习诗文，名列"雪苑六子"的著名文人宋荦，或许是出于自己的偏爱，他认为《桃花扇》的成就不低于《长生殿》。在《桃花扇题辞》中，他对《桃花扇》的评价是："新词不让《长生殿》，幽韵全分玉茗堂。泉下故人呼欲出，旗亭樽酒一沾裳。"《桃花扇》与《长生殿》的成就孰高孰低姑且不论，仅就《桃花扇》的艺术成就来说，这个评价是基本贴切的。

《桃花扇》在故事结构、人物设置、语言运用上都达到了很高的水平。它继承了前代剧作家已经用过的借男女爱情写家国兴亡的成功经验，并且加以创新，将"借离合之情，写兴亡之感"的技巧发挥到了极致，使得剧中两条线索互相推进、相辅相成，出色地烘托出了主题。在语言上，《桃花扇》以典雅为主，文辞华丽却不晦涩，庄重中流露出清新之气。在每一折曲数的取舍以及说白的设置上，也都体现出作者的深思熟虑。正因为有如此高超的艺术成就，《桃花扇》在清代就享有盛名，它赚得了无数读者和观众的眼泪和叹息，也引得不计其数的文人去品题唱和。在现代，尤其是在特定的历史阶段，《桃花扇》的特殊意义一次次被凸显出来，使它不断地被阅读、被改编，体现出不朽的生命活力。

一、借离合之情，写兴亡之感

《桃花扇》结构上的最大特点和最成功之处就是"借离合之情，写兴亡之感"。所谓"离合之情"，指的是男女主人公侯方域、李香君在动荡政局中发生的悲欢离合的爱情故事；所谓"兴亡之感"，指的是南明弘光小朝廷的覆灭给人带来的伤感、忧思以及对家国兴亡的深深凭吊。"借离合之情，写兴亡之感"，也就是通过对侯、李二人爱情悲欢的追踪，反映出当时南明王朝的政治面相，揭示出它由成立到覆灭的全过程，总结其中的历史教训，抒发作者的家国情怀和历史之思。

在《桃花扇》中，离合之情与兴亡之感是紧密糅合在一起的，爱情和政治这两条线索，每一条线索的进展都牵动着另一条。《桃花扇》故事的展开是从描写侯、李二人的爱情开始的。复社成员侯方域科举下第，百无聊赖，前往秦淮旧院寻访佳丽，在杨龙友等人的撮合下，与名妓李香君定情。剧作在对二人爱情进展的描摹中，穿插了当时东林、复社人士与阉党余孽阮大铖的斗争。这是以爱情线索去触动政治线索。在才子佳人定情之后，故事转到了对时势政局的描写上。通过写马士英、阮大铖对侯方域的迫害，引出侯方域被迫逃走，留下李香君苦志守节，侯、李的美好姻缘被暂时拆散。这是用政治线索去触动爱情线索。

当二人天各一方时，《桃花扇》正式开始"花开两朵，各表一枝"，由侯方域和李香君各自的活动，鲜活地呈现出弘光小朝廷的政治生态。通过侯方域的活动轨迹，我们可以看到弘光小朝廷是在什么样的局势下建立起来的，马、阮等奸党是怎样倒行逆施、排斥异己的，史可法等忠臣是怎样兢兢业业、顾全大局的，四镇将领是怎样拥兵自重、争权夺利的。通过李香君的遭遇，我们看到了弘光君臣的荒淫腐败、歌舞升平，也看到了在肉食者不思国难、享乐宴安时，李香君、苏昆生、柳敬亭等"下贱"的草民保持着气节，为了国事而东奔西走。这一系列令人扼腕的事实都系于侯方域和李香君的爱情悲欢。在剧作的结尾，"离合之情"和"兴亡之感"合于一处。此时，南明王朝已经败亡，在一片悲凉的气氛中，侯、李二人相逢于栖霞山，以相逢却不能再续前缘，代之以双双入道的方式，为爱情和他们心有所属的明王朝唱响了一曲悲壮的挽歌。

孔尚任为剧作的每一出都作有"总批"，其中流露出自己在情节结构安排、艺术表现、史实取舍上所蕴含的深意，为读者理解剧作提供了方便。在这些"总批"中，孔尚任明确点出了自己在创作中是如何"借离合之情，写兴亡之感"的。如《闹榭》出的总批指出："以上八折，皆离合之情。"这是指男女主人公侯方域和李香君的恋情由合而离，是在《听稗》、《传歌》、《哄丁》、《侦戏》、《访翠》、《眠香》、《却奁》、《闹榭》等开头八出戏中展开的。而《抚兵》出总批说："兴亡之感，从此折发端。"《移防》出的总批指出："侯生移，而香君守

143

离合兴亡

文人情怀
《桃花扇》

WEN

HUA

ZHONG

GUO

矣。男女之离合，与国家兴亡相关。"《媚座》出的总批指出："上半之末，皆写草创争斗之状；下半之首，皆写偷安宴乐之情。争斗则朝宗分其忧，宴游则香君罹其苦。一生一旦为全本纲领，而南朝之治乱系焉。"《选优》出的总批指出："此折写香君入宫，与侯郎隔绝，所谓离合之情也。"最后侯、李恋情因国破家亡以悲剧结束，《入道》出的总批说："离合之情，兴亡之感，融洽一处，细细归结。"

　　"借离合之情，写兴亡之感"的故事结构模式是《桃花扇》取得巨大成功的一个重要因素，但在传奇戏剧中"离合之情" ＋ "兴亡之感"的这种搭配模式并不是《桃花扇》的首创，在它之前就已经被许多剧作家用到过，也产生了许多成功的作品。

西施

　　明代嘉靖年间梁辰鱼所作的《浣纱记》是最早融会了"离合之情"和"兴亡之感"的著名传奇。《浣纱记》以西施和范蠡爱情的悲欢离合为线索，铺陈了春秋末年吴越争霸的历史。《浣纱记》是在史书记载的基础上铺陈敷衍的，其故事也有所本，并非全然出自梁辰鱼的独立创造。吴越两国的争霸战争，在正史如《左传》、《国语》、《史记》中都有所记载，稗官野史《吴越春秋》、《越绝书》对此的记载更为详细。一些戏剧作品也敷衍过西施和范蠡在这场战争中所起到的作用，如关汉卿的《姑苏台范蠡进西施》、赵明道的《陶朱公范蠡归湖》等。但是，《浣纱记》的问世，开创了一种崭新的戏剧结构模式，那就是离合之情加兴亡之感，借男女主人公的爱情悲欢牵引出历史，表达作者的价值观和历史沧桑感。

《浣纱记》的中心人物是西施,她与范蠡溪纱一缕定情。后来范蠡被拘于吴国,在范蠡的劝说下,西施入吴,成为吴王夫差的宠妃,大吹枕边风,使夫差去贤进佞,最终国败身死。在大功告成之后,西施与范蠡功成身退,泛游五湖,逍遥退隐。

《浣纱记》不再将个人的爱情与军国大事视为泾渭,而是认为二者存在着"皮之不存,毛将焉附"的依附关系。剧作赞扬了西施、范蠡国家利益至上,为了国家的利益而牺牲个人幸福的高尚品格。如范蠡劝西施入吴时就说:"若能飘然一往,则国既可存,我身亦可保,后会有期,未可知也。若执而不行,则国将遂灭,我身亦旋亡;那时节虽结姻亲,小娘子,我和你必同作沟渠之鬼,又何暇求百年之欢乎?"另一方面,剧作又为政治戕害人性,西施沦落为政治的工具和牺牲品而大为感慨,流露出对西施遭遇的不平与同情。

在故事结局上,《浣纱记》采取了"大团圆"的形式,让男女主人公历劫重逢,常相厮守。但它的处理已有相当大的创新,它打破了以往世俗的充满金玉满堂富贵气的团圆,而是让西施和范蠡飘然归隐,在爱情完成对政治的依附后,重新获得完全的自由和解脱。

总体来看,《浣纱记》中爱情和政治两条线索的结合还并不紧密,西施与范蠡的悲欢离合对政治斗争的推进并不明显。离开了这一爱情的线索,另一条线索的进展并不会受到太大的影响。而且,《浣纱记》描绘的是一个距离作者梁辰鱼生活年代两千年的故事,故事的主人公西施更多是一个出于虚构的人物。梁辰鱼在第一出《家门》〔红林擒近〕中说:

> 佳客难重遇,胜游不再逢。夜月映台馆,春风叩帘栊。何暇谈名说利,漫自倚翠偎红。请看换羽移宫,兴废酒杯中。
>
> 骥足悲伏枥,鸿翼困樊笼。试寻往古,伤心全寄词锋。问何

离合兴亡
文人情怀
《桃花扇》

WEN

HUA

ZHONG

GUO

人作此？平生慷慨，负薪吴市梁伯龙。

这清楚地表达了他的创作意图，是因为"骥足悲伏枥，鸿翼困樊笼"，也就是功名失意而不得志，所以才"试寻往古"，通过对历史故事的描摹，抒发自己的一片"伤心"之情。《浣纱记》描写一个如此久远的时代，作者的笔触再怎么深入，也不免给人一种隔着一层的感觉。

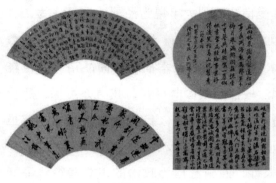

吴伟业书法

在《浣纱记》之后，明末清初著名文人吴伟业的《秣陵春》也将儿女之情和家国兴亡熔于一炉。《秣陵春》假托南唐学士徐铉之子徐适与临淮将军黄济之女黄展娘的爱情故事，来抒发作者对南明亡国的感慨。作者在全剧卷末的收场诗中写道："门前不改旧山河，惆怅兴亡系绮罗。百岁婚姻天上合，宫槐摇落夕阳多。"诗中"绮罗"即是爱情之喻，"兴亡系绮罗"即是家国兴亡系于儿女情长之意。这对《桃花扇》以"借离合之情，写兴亡之感"应该是个启发。全剧末出的〔集贤宾〕曲以伤感的笔触写尽了对前朝的怀念，与《桃花扇》中苏昆生所唱《哀江南》曲有异曲同工之妙：

〔集贤宾〕走来到寺门前，记得起初敕造，只见赭黄罗帕御床高。这壁厢摆列着官员舆造，那壁厢布设些法鼓钟铙。半空中一片祥云，簇拥着香烟飘渺。如今呵，新朝改换了旧朝，把御碑额尽除年号。只落得江声围古寺，塔影挂寒潮。

在《桃花扇》之前，还有一部著名的融会爱情和政治的戏剧，那就是与孔尚任并称"南洪北孔"的洪升所作的《长生殿》。《长生殿》前半部分写李隆基和杨玉环的卿卿我我，中间部分揭露了这对帝与妃的骄奢淫逸给国家和他们个人所带来的严重后果。李隆基因为沉溺于爱情而旷工怠政，引发了安史之乱，致使杨玉环身死，鸳鸯两分抛。虽然故事的最终结局是李、杨在仙界重逢，永为夫妇，但因为这段爱情导致的严重战乱对国家造成了巨大的破坏。就像洪升在《长生殿自序》中表白的那样："然而乐极哀来，垂戒来世，意即寓焉。且古今来逞侈心而穷人欲，祸败随之，未有不悔者也。"在对这场巨大动乱的描写中，剧作对那些历劫而气节不改的忠臣良将予以了高度赞扬，对屈膝事敌的官员给予了无情的鞭挞，从中我们能够看出作者有指涉和讽刺现实的影子。

虽然《长生殿》中也有对历史兴亡的感慨，如第三十八出《弹词》中李龟年的这段唱词："［转调货郎儿］唱不尽兴亡梦幻，弹不尽悲伤感叹，大古里凄凉满眼对江山。我只待拨繁弦传幽怨，翻别调写愁烦，慢慢地把天宝当年遗事弹。"但《长生殿》的立意不在写政治兴废、家国兴亡，而是要歌颂"至情"，天宝年间的遗事只是洪升赖以表达"至情"理想的工具而已，就像是他在《长生殿自序》中申明的那样："借天宝遗事，缀成此剧。"而且，即使是描写忠臣，也离不开全剧的主题——歌颂"至情"，

杨贵妃

147

离合兴亡
文人情怀
《桃花扇》

WEN

HUA

ZHONG

GUO

认为臣子的忠心，也是至情的表现。在第一出《传概》中，作者就写道："看臣忠子孝，总由情至。"

在全剧的后半部分，洪升笔锋一转，从关注政治又回到了李、杨

的身上，写他们天上人间无绝期的绵绵思念，经过忏悔后同升天宫，永为夫妇。在第五十出《重圆》中，众天女奏响鼓乐，歌唱道："神仙本是多情种，蓬山远，有情通。情恨历劫无生死，看到底终相共。尘缘倥偬，忉利有天情更永。"洪升如此不遗余力地歌颂李隆基和杨玉环的爱情，难怪有人开玩笑说洪升是"唐帝功臣"、"玉环说客"了。

与《长生殿》相比，《桃花扇》也有爱情、政治两条线索；不同的是，《长生殿》描写爱情的戏远远多于反映政治的戏，而《桃花扇》恰好相反，反映政治的戏远远多于描写爱情的戏。《长生殿》和《桃花扇》两剧情节线索的主从也恰好相反，《长生殿》借安史之乱、国倾而复平来写李、杨生死不渝的钗盒情缘，重在写情；《桃花扇》借侯、李离合之情，写一代兴亡之感，重在写政。

《桃花扇》对侯方域和李香君缠绵流连、哀怨凄恻的爱情的精心刻画虽然也让作者煞费苦心，但这并非它描写的重点，扑面而来的是兴亡之感和伤心之叹。孔尚任在《桃花扇小引》中声明了自己的创作目的："桃花扇一剧，皆南朝新事，父老犹有存者。场上歌舞，局外指点，知三百年之基业，隳于何人？败于何事？消于何年？歇于何地？不独观者感慨涕零，亦可惩创人心，为末世之一救矣。"几句话说得再明白不过，《桃花扇》是要借助于场上的歌舞，为读者和观众呈现一部南明小朝廷的兴亡史，来总结明朝三百年的基业因何而亡，其中有何可以借鉴的教训，以此来惩创人心，完成心灵的救赎。其中连一个"情"字都没有出现，可见描写爱情并非《桃花扇》的创作主旨和目的。剧中几段最精彩和感人的唱词均与政治有关。写李香君的骂筵，虽然衬托出李香君深明大义、决绝不屈的性格，但内容指向还是政治褒贬的。其他如祭祀崇祯和史可法死后众人所唱之曲等更是对前朝充满深情的呼唤。

我们可以借用计量分析的方法，把《桃花扇》原著中侯、李的爱情戏和南明兴亡的政治戏所占的比重做一个比较。连试一出《先声》、闰二十出《闲话》、加二十一出《孤吟》和续四十出《余韵》在内，《桃花扇》全剧44出，其中写侯与李爱情的只有《听稗》、《传歌》、《访翠》、《眠香》、《却奁》、《闹榭》、《辞院》、《拒媒》、《守楼》、《寄扇》、《骂筵》、《逢舟》、《题画》、《栖真》、《入道》这15出戏，而且其中还穿插了当时的政治斗争，以侯、李爱情的发展推动了政治斗争的演进。其余29出戏基本都是写南明的政治纠葛、军事斗争，清晰地呈现出了南明从建立到灭亡的全过程。值得注意的是，《桃花扇》所描写的政治事件距离作者孔尚任生活的时代很近，虽然他自己没有亲历过，但"父老犹有存者"，可算得上是时事剧。这一点也可明显看出明代传奇《鸣凤记》对它的影响。

　　几百年来，有许多研究者对《桃花扇》借才子佳人的爱情悲欢，实则偏重家国兴亡的写法再三申明。如清代学者、书法家包世臣在《艺舟双楫》中说："近世传奇，以《桃花扇》为最。浅者谓为佳人才子之章句，而赏其文辞清丽，结构奇纵；深者则为其旨在明季兴亡，侯李乃是点染。"著名学者王国维发表于1904年的《红楼梦评论》指出了《桃花扇》的政治性色彩，并且拿它与《红楼梦》相比较，得出结论说："且《桃花扇》之作者，借侯、李之事，以写故国之戚，而非以描写人生为事。故《桃花扇》政治的也，国民的也，历史的也。《红楼梦》哲学的也，宇宙的也，文学的也。"①

　　虽然《桃花扇》重点写的是政治兴亡，儿女之情只是借以表达兴亡之感的工具，但在剧中，我们丝毫感觉不到二者的游离。《桃花扇》非常富于技巧地将这两者糅合在一起，让两者相互生发、相互推进。爱情有开端，有高潮，有低谷，有结局，南明的短暂历史也是这样，

---

　　① 王国维：《红楼梦评论》，上海古籍出版社2005年版，第13页。

这种以小见大的手法实在是历史剧创作的绝佳技巧。可以说,《桃花扇》将"借离合之情,写兴亡之感"这种结构模式发挥到了炉火纯青的地步。

　　孔尚任在《桃花扇小识》中分析了他是怎样让爱情和政治完美地熔于一炉的。他说,传奇戏剧,就是要写奇人奇事,事不奇就不能传。《桃花扇》中那把主要的道具桃花扇好像没有什么奇特的地方。一把妓女的扇子,上面有情人的题赠和文士的绘画,这些都是鄙屑之事。女子为悦己者容,甘心劈面来表达自己的坚贞志向,这些也都是琐碎之事。但桃花扇不奇而奇的地方就在于,桃花扇上有一幅桃花图,这幅桃花是用美人的血痕画成的。这些血痕,是美人坚贞守节,宁肯身死也绝不被权奸所辱而留下的惨痛印记。权奸,是魏忠贤阉党的余孽;阉党余孽,是进声色、罗货利、结党复仇、毁坏明王朝三百年基业的罪魁祸首。等到国家覆亡,帝基不存,权奸也就随之消亡了,唯有美人的血痕和扇面的桃花,仍然喷喷在口,历历在目,为后人所欣赏、赞叹。

　　孔尚任用一把沾着李香君血痕的桃花扇作为道具,把整部剧贯穿了起来,也把爱情和政治关联了起来。就像《桃花扇凡例》所说的那样:"剧名《桃花扇》,则桃花扇譬则珠也,作《桃花扇》之笔譬则龙也。穿云入雾,或正或侧,而龙睛龙爪,总不离乎珠。"桃花扇是侯、李爱情的象征,扇子分为两面,桃花扇面是缠绵悱恻的爱情,而历史的诡谲兴亡则系之于桃花扇扇底,正如《桃花扇》第四十出《入道》的下场诗所说:"白骨青灰长艾箫,桃花扇底送南朝。不因重做兴亡梦,儿女浓情何处消。"扇子挥动翻飞间,就上演出一场动人心弦的爱情和政治大戏,这不能不说是孔尚任天才的设计。

　　为了能更好地抒发兴亡之感,《桃花扇》对"离合之情"的描写也是煞费苦心,在剧作男女主人公的选择上是极有创新性的。与

《浣纱记》和《长生殿》不同，《桃花扇》的男女主人公侯方域、李香君爱情的起承转合虽然伴随着南明王朝的始末，他们也是这段历史的亲历者和有发言权的见证者，侯方域还是一系列重要政治事件的参与者，但是他们并非关系国家兴亡的有崇高地位的人物，如帝王、重臣或是受宠的后妃，他们也并没有深陷政治斗争的旋涡中不能自拔。说到底，他们只能算是普通人，在巨大的社会动荡中，与政治的奇谲诡异相比，他们可谓微小到尘埃里，尤其是有着妓女身份的女主人公李香君。

妓女与多情公子的爱情，是一个古今中外都流行和多有佳作产生的文学题材，外国有《茶花女》、《羊脂球》等，中国有《李娃传》、《杜十娘怒沉百宝箱》等。在中国古代此类题材的文学作品中，妓女与公子际会的过程和结局虽各有不同，但其性格大多有一个共同点：多是虽然出身低贱，却坚强善良，充满自尊，在内心深处憧憬向往着不为人知的美好爱情；等到缘分来临，会努力争取，坚贞相守。

李 娃

在遇到政治大节和家国兴亡时，有些妓女表现得比从小就熟读圣贤之书的士大夫还要明大义、守大节。

宋代传奇小说《李师师外传》就是这方面的代表。名妓李师师受到化名前往寻欢的宋徽宗的宠幸。在金人入侵时，她毁家纾难，把宋徽宗赏赐给她的财物捐给官府作为抗金的军饷。降金的奸臣张邦昌为了讨好主子，要把李师师献给金主，李师师坚决不从，在痛斥张后，决绝地吞金而死。这些妓女的美好品格和英雄事迹，在某些人身

WEN

HUA

ZHONG

GUO

上，在某些特殊情境之中或许实有，但更多的时候只是文人的一种想象，代表了文人对现实的不满，是他们在受挫时悲观情绪的一种别样流露。

李香君和侯方域的爱情也是如此。他们的爱情故事成为抒发兴亡之感的底色，仓皇动荡的政局、家国兴亡的感慨，也升华了他们本来可能平淡无奇的爱情，使他们起初有些庸俗的爱情变得纯洁高尚，变得打动人心。从这个意义上说，家国兴亡的历史变动成为成就他们传奇爱情的背景和工具，让我们在几百年后读到《桃花扇》时还为之感慨，为之唏嘘。正如傅谨所说：

> 假如没有这样的大背景，李香君即使同样倾心于一介书生侯方域而拒绝攀附权贵，即使可以把主人公写成、演成一位很感人的青楼名妓，《桃花扇》也只不过是另一个版本的《占花魁》。但是因为有了大明王朝在外敌与内讧的双重摧残下，一座华夏文明的参天大厦顷刻倒塌这一家国的创痛作为背景，李香君为侯方域守节的坚贞，就有了更浓厚的依托。因为她的行为不止于个人私情，而获得了在时代变迁的特殊境遇中为更高尚的目标而坚守某种价值的象征意义。①

可以说，《桃花扇》呈现给我们的，既有炫目的爱情光芒，也有一步步袭向爱情之光的政治阴影和一颗颗滴在阴影上的思念故国的眼泪。故国长相忆，侯方域、李香君那决绝离去的背影和那戛然而止的青春也让我们念之泫然。这就是《桃花扇》"借离合之情，写兴亡之感"带给我们的魅力吧！

---

① 傅谨：《儿女情长与家国情怀——戏情与戏理之九》，《剧本》2009 年第 12 期。

二、新词不让《长生殿》，幽韵全分玉茗堂

作为清初与《长生殿》齐名，稿成即获纸贵之誉的伟大戏剧，《桃花扇》取得了很高的文学成就。梁启超曾评价《桃花扇》说："……但以结构之精严，文藻之壮丽，寄托之遥深论之，窃谓孔云亭《桃花扇》冠绝千古矣!"① "冠绝千古"的《桃花扇》，其成就是多方面的。它既传达给我们深沉真挚、寄托遥深的兴亡之感，也在人物形象塑造、文采辞藻运用、故事结构安排和演出效果的筹划等方面达到了很高的造诣。在人物形象的塑造方面，清人梁廷楠有过评价，其《曲话》卷三评价说："《桃花扇》笔意疏爽，写南朝人物，字字绘影绘声。"《桃花扇》中塑造的人物形象，前文已经论及，此处不再赘言，只谈谈剧作的结构和语言。

1. 结构

明末清初著名戏剧理论家李渔认为，在戏剧中结构是最重要的。其《闲情偶寄·词曲部·结构第一》中说："填词首重音律，而予独先结构者，以音律有书可考，其理彰明较著……至于结构二字，

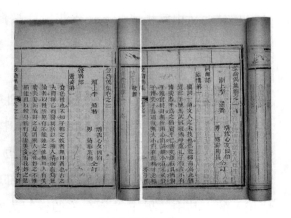

《闲情偶寄》书影

153

离合兴亡

文人情怀
《桃花扇》

WEN

HUA

ZHONG

GUO

---

① 任讷:《曲海扬波》，中华书局 1940 年版，第 187 页。

则在引商刻羽之先，拈韵抽毫之始。"在李渔看来，音律是有书可考、有本可据的，相较于音律等因素，结构是最为宏观的东西，是一部戏剧的骨架，在剧作家协音调律、修饰文藻之前，就应该有一个成熟的适合剧本故事的结构。《桃花扇》能够完美地表达出作者的构思和想法，无论置之案头，还是歌于场上，都能感人至深，这与其故事结构的严谨巧妙有着很大的关系。

《桃花扇》在结构上最大的创新就是把男女爱情与忠奸斗争糅合在一起，借儿女离合之情，写家国兴亡之感。虽然类似的结构方法在前人的作品中已有应用，但从没有一部戏剧作品像《桃花扇》那样将这一技巧应用得如此炉火纯青。前文已经论及，此处不再赘述。

《桃花扇》在剧中人物的设置上，也做了很大的创新。《桃花扇》涉及的人物众多，且大多数是真实的历史人物，怎么来驱遣他们，上演自己心中的悲欢离合，是个需要首先解决的问题。它的选择是借鉴《周易》中阴阳对立的模式来设置人物角色。《周易·系辞上》说"一阴一阳之谓道"，认为事物都有阴阳两个方面、两种力量，这两种力量是相互对立又相反相成的。《桃花扇》按照"一阴一阳之谓道"的原则，将剧中人物分为截然对立的两类：一类是善的、忠的、君子，一类是恶的、奸的、小人。

在《桃花扇纲领》中，孔尚任详细列举了他为"借离合之情，写兴亡之感"的创作主旨服务而划定的人物类型。他将剧中人物分为"色"和"气"两类。"色者，离合之象也。男有其俦，女有其伍，以左右别之，而两部之锱铢不爽。""色"部的人物，都是与剧中离合之情相关的，其中与男主人公有关的被归为左，与女主人公有关的被归为右。根据功能的不同，分为正、间、合、润四色。正色，是剧中的主人公，左有侯方域，右有李香君。间色，是使男女主人公分离，构成离合之情的人物，左有侯方域的复社社友陈定生、吴次尾，右有李香君的养母李贞丽及贞丽的旧相好杨龙友。合色，是使离合之情复合的人物，左有帮助侯方域和李香君重逢的柳敬亭、丁继之、蔡益所，右有帮助李香君与侯方域重逢的苏昆生、卞玉京、蓝瑛。润色，是为男女主人公的爱情增色的人物，左有清客沈公宪、张燕筑，右有名妓寇白门、郑妥娘。"色部"左右两部共16人。

赵宏本连环画《桃花扇》

"气者，兴亡之数也。君子为朋，小人为党，以奇偶计之，而两部之毫发无差。"气，是指与兴亡之感相关的人员。分为奇偶两部，这两部又各分为中、戾、余、煞四气。中气，谐音"忠气"，是忠于明王朝之人，奇部有以死殉国的史可法，偶部有左良玉、黄得功。戾，意为罪，指明王朝灭亡的罪人，奇部有荒淫无道的短命皇帝弘光，偶部有祸国大臣马士英、阮大铖。余气，意为尸居余气，指兴亡动荡中的渣滓败类，奇部有高杰，偶部有兵败逃窜的袁临侯、黄仲霖。煞，意为煞尾、煞气，意为结束明王朝之人，奇部有助擒弘光的黄得功部将田雄，偶部有劫持弘光降清的刘泽清、刘良佐。气部奇偶两部共12人。

除此之外，《桃花扇》以兴亡之感为全剧的经线，用方外之人张道士来总结兴亡之案，称为经星；以儿女之情为纬线，用无名氏之老赞礼来"细参离合之场"，称为纬星。全剧共30人，人人有其功用，可供作者驱遣。在结构安排上，"明如鉴，平如衡"，人物性格鲜明，彼此之间形成鲜明的对立，给故事的展开提供了很大方便。

在戏剧的体制上《桃花扇》也有较大创新，这就是在全剧正文的

155

离合兴亡
文人情怀
《桃花扇》

WEN

HUA

ZHONG

GUO

40出之外又另加了4出。分别是：上本开头，即全剧开篇第一出之前加了试一出《先声》，下本开头多了个加二十一出《孤吟》，这两出都用身为副末的老赞礼出场，来介绍《桃花扇》的演出情况，起着"副末开场"的作用。上本的末尾多了个闰二十出《闲话》，写张薇、蓝瑛、蔡益所等人围坐闲话，悼念明王朝的灭亡。下本末尾即全剧的剧终处加了续四十出《余韵》，写柳敬亭、苏昆生等人歌一回哭一回，悼念南明王朝的覆灭。这两出都起着"收煞"的作用。《余韵》出的尾批就说："水外有水，山外有山，《桃花扇》曲完矣，《桃花扇》意不尽也。"孔尚任本人对于自己的这个创新也很得意，他在《桃花扇凡例》中说："全本四十出，其上本首试一出，末闰一出，下本首加一出，末续一出，又全本四十出之始终条理也。有始有终，气足神完，脱去离合悲欢之熟径，为之戏文，不亦可乎？"在为《先声》一出作的总评中他更是显示出唯我独能的自负来："首一折《先声》，与末一折《余韵》相配，从古传奇有如此开场否？然可一，不可再也。古今妙语，皆被俗口说坏；古今奇文，皆被庸笔学坏。慎勿轻示俗子也！"

　　如孔尚任所说，增加的这四出，凸显了全剧的层次感和条理性，使人有了对历史兴亡哀悼和对历史教训反思的机会，是个极大的亮点。正像是任讷《曲海扬波》卷一所评论的那样："《桃花扇》卷首之《先声》一出，卷末之《余韵》一出，皆云亭所创格，前此所未有，亦后人所不能学也。一部极凄惨极哀艳极忙乱之书，而以极太平起，以极闲静极空旷结，真有华严镜影之观。"

　　与增加的这四出相关联的是，《桃花扇》创造性地选择用一个人物来贯穿全剧，这个人就是老赞礼。这位老赞礼既是剧中的人物，是《桃花扇》故事的经历者和见证者；又游离在故事之外，当剧中描写的故事结束40年之后，他已97岁，仍然健在。他用一种"白头宫女在，闲坐说玄宗"的语调来讲述故国遗事，这很像是好莱坞大片中开篇有位老人用夹杂着叹息的低沉嗓音来回忆久远的往事，不用听内容，光是这种形式本身就很有历史感了。而老赞礼的时隐时现，则带给我们一种亦真亦幻的审美享受。

在试一出《先声》中，《桃花扇》延续了当时传奇通用的"副末登场"、"家门终始"，由老赞礼以"昨在太平园中，看一本新出传奇，名为《桃花扇》"，来介绍全剧剧情以及作者的创作缘起和创作主旨。老赞礼又以剧中人物的身份出现在了第三出《哄丁》、第三十二出《拜坛》、第三十八出《沉江》、第三十九出《栖真》、第四十出《入道》和续四十出《余韵》中。在剧中，他于癸未年（1643）主持了南京文庙的丁祭，于乙酉年（1645）三月主持了崇祯一周年祭日的祭祀，于乙酉年五月见证了史可法兵败投江，于乙酉年六月带领着侯方域和柳敬亭来到栖霞山，于乙酉年七月中元节打醮超度故明的亡魂，于戊子年（1648）与柳敬亭、苏昆生一起把酒共话沧桑。可以说老赞礼的所作所为大多是与他赞礼的身份相联系的，并不对当时的政局造成什么影响，但他从头到尾参与了这些让人感到哀伤的活动，这就让他在以观众身份对剧作做评点时显得更加权威可信，也更有资格代表作者来发言。在加二十一出《孤吟》中，他唱道："难寻吴宫旧舞茵，问开元遗事，白头人尽。云亭词客，阁笔几度酸辛；声传皓齿曲未终，泪滴红盘蜡已寸。袍笏样，墨粉痕，一番妆点一番新。文章假，功业诨，逢场只合酒沾唇。"这段唱词其实是作者孔尚任写作时内心的真实写照，但却不着痕迹地经由老赞礼唱出，的确高明。

明代王骥德的《曲律》中说："毋令一人无着落，毋令一折不照应。"《桃花扇》凡例也说："每出脉络联贯，不可更移，不可减少。"《桃花扇》关于前后照应的本领可谓是登峰造极，这从两个细节可以体现出来。一个是对蔡益所、张瑶星等人的描写。第八出《闹榭》的总批说，左部的八人中，蔡益所还没有出场，他的名字就已经在第一出

157

离合兴亡
文人情怀
《桃花扇》

WEN

HUA

ZHONG

GUO

中出现了。右部的八人中，蓝瑛还没有出场，他的名字就已经在第二出中做了铺垫。总部的两个人，张瑶星还没有出场，他的名字就已经在开篇被提及了，直到上本末尾的闰二十出《闲话》，他才出场，并成为全剧后半部分的关键人物。后本的二十八、二十九、三十出，蓝瑛、蔡益所、张瑶星才依次出场，自述脚色。但他们的出场因为有着前面的铺垫，读者和观众不但不觉得突兀，甚至还有些期待。

另一个细节是对徐青君的描写。在《桃花扇》中，有一个人物出现了两次，其中仅仅正式出场一次，另一次仅一笔带过。他不但算不上主角，而且在《桃花扇纲领》所列的各部角色中也没有他的名字。但他的两次出场，一次是在全剧的第一出《听稗》，一次是在最后一出《余韵》，这看似无心，却是作者的精心安排。

在《听稗》出，复社文友陈定生、吴次尾与侯方域相约去冶城道院同看梅花，却被家童告知他们来迟了，因为"魏府徐公子要请客看花，一座大大道院，早已占满了"。众人只得另往他处。这位魏府徐公子是何许人，因为一个人请客，能将这一座大大的道院占满了呢？此处"魏"不是指姓氏，而是指"魏国公"，也就是明代初年被封为魏国公、死后被追封为中山王的明代第一开国功臣徐达。徐达协助朱元璋南征北讨，建立了大明王朝，朱元璋许其子孙袭受魏国公的爵位，累世繁华，世代罔替。这位请客看花的魏府徐公子就是徐达的后代，时任魏国公徐鸿基之子徐青君。

徐青君是晚明最舍得花钱和敢于摆谱的贵公子之一。据余怀《板桥杂记》记载，徐青君"家赀巨万，性华侈，自奉甚丰，广蓄姬妾。造园大功坊侧，树石亭台，拟于平泉、金谷。每当夏月，置宴河房，日选名妓四五人，邀宾侑酒。木瓜、佛手，堆积如山；茉莉、珠兰，芳香似雪。夜以继日，恒酒酣歌。纶巾鹤氅，真神仙中人也"。平泉，即平泉庄，是唐代大臣李德裕的别墅；金谷，即金谷园，是西晋首富石崇的别墅。平泉、金谷都极为富丽豪奢，它们成为中国古代豪宅的代名词。徐青君仿照这两处别墅来营造自己的庄园，其财力可见一斑；每当夏月，就置宴选妓，其悠闲可见一斑。而《桃花扇》《听稗》出徐青君没有露面，只是借家童之口说出来，只提到是"魏府徐公子"，而不提徐青君的名讳，一方面是因为徐青君当时名声之大大概是无人不知；另一方面，孔尚任故意强调其贵公子的身份，与他后面出场时自报家门形成鲜明的对比。

徐达像

在《桃花扇》的最后一出《余韵》中，徐青君正式出场了，他此时的身份是个身穿清朝服装的上元县皂隶。他登场后自述道："朝陪天子辇，暮把县官门；皂隶原无种，通侯岂有根？自家魏国公嫡亲公子徐青君的便是，生来富贵，享尽繁华。不料国破家亡，剩了区区一口。"亡国丧家的他只能当了一名皂隶，奉上司之命，访拿山林隐逸。彼时是穷奢极欲的通侯贵公子，此时是留着狗尾的落魄小衙役，其落差之大可谓天壤。

其实孔尚任仅把他写成个拿人的皂隶，还算给他留了面子。真实的历史是，徐青君在国变之后，田产被籍没，身无立锥之地，姬妾都散尽了，自己孑然一身，与佣人和乞丐为伍，甚至沦落到了连乞丐都不如的替犯法者领受刑杖的地步。难怪吴伟业在《遇南厢园叟感赋八十韵》说："吁嗟中山孙，志气胡勿昂。生世局如此，不如死道旁。惜哉裸体辱，仍在功臣坊。"认为徐青君在有生之年受此大辱，还不如一死了之。正应了《红楼梦》中甄士隐解《好了歌》所说的："金满箱，银满箱，转眼乞丐人皆谤。"后来徐青君的家被当作了兵道衙门，有一次他在其中受杖时伤心地大声呼号。有赖一位林姓官员的可怜，徐青君

159
离合兴亡
文人情怀
《桃花扇》

WEN

HUA

ZHONG

GUO

被发还了不属于明朝帝王赏赐的花园，他终于可以"卖花石、货柱础以自活"。

清代诗人袁枚写过一首《马嵬》："莫唱当年长恨歌，人间亦自有银河。石壕村里夫妻别，泪比长生殿上多。"他认为在乱世，普通老百姓所遭受的苦难要比帝王将相、公子王孙多得多，这话的确不假。古时"兴，百姓苦；亡，百姓苦"，天下芸芸众生，治时似刍狗，乱时如蝼蚁。祸乱一起，填沟壑者何可胜数？但在文学作品中，作家还是喜欢描写那些曾经高高在上的人群从天上跌落到人间，甚至地狱。唯其反差巨大，才更能显出祸乱之烈。徐青君其实只是乱世的一个典型案例而已。朝代鼎革，玉石俱焚，先朝的铁书丹券此时算得了什么呢？

2. 语言

《桃花扇》的语言雅俗兼备，又以雅为主。《桃花扇凡例》中说，全剧"说白则抑扬铿锵，语句整练，设科打诨，俱有别趣。宁不通俗，不肯伤雅，颇得风人之旨"。《桃花扇》这种对雅的强调，是与作者孔尚任对传奇戏剧这种文体的理解分不开的。在《桃花扇小引》中，他强调传奇是一种兼备众体的艺术形式："传奇虽小道，凡诗赋、词曲、四六、小说家，无体不备。至于摹写须眉，点染景物，乃兼画苑矣。其旨趣实本《三百篇》，而义则《春秋》，用笔行文又《左》、《国》、太史公也。"因为无体不备，所以，诗赋、词曲、骈文都可以进入到戏剧中，而用笔行文吸取《左传》、《国语》、《史记》等经典的精华，又可以大大提升戏剧语言的典雅程度。

《桃花扇》语言的雅致又与故事的题材有着密切的关系。《桃花扇》以才子佳人的爱情故事为背景，呈现出的是悲壮的家国兴亡之感，表现的是严肃深沉的话题，而不是诙谐调笑的市井喜剧。剧中人物大多实有其人，而且身份地位和文化修养都颇高。其中，侯方域、陈贞慧等复社诸君子都是名震一时的才子；史可法、马士英、阮大铖都是进士出身；杨龙友是举人出身，是当时名望很高的书画家；柳敬亭、苏昆生虽身处下僚，但都是通今博古的伶界名家；即使身居闺阁的李香君，也精谙"玉茗堂四梦"和《琵琶记》、《鸣凤记》等戏曲，谈吐也不凡。这一点，从两位人物的自报家门就可以看出来。第一出《听稗》，剧中侯方域在唱［恋芳春］、念［鹧鸪天］词之后，又念定场白道：

> 小生姓侯，名方域，表字朝宗，中州归德人也。夷门谱牒，梁苑冠裳。先祖太常，家父司徒，久树东林之帜；选诗云间，征文白下，新登复社之坛。早岁清词，吐出班香宋艳；中年浩气，流成苏海韩潮。人邻耀华之宫，偏宜赋酒；家近洛阳之县，不愿栽花。自去年壬午南闱下第，便寓这莫愁湖畔。烽烟未靖，家信难通，不觉又是仲春时候。你看碧草粘天，谁是还乡之伴；黄尘匝地，独为避乱之人。……

用的是标准的四六骈文，典雅到有些文绉绉的地步。

第四出《侦戏》，阮大铖上场后自报家门："下官阮大铖，别号圆海。词章才子，科第名家。正做着光禄吟诗，恰合着步兵爱酒。黄金肝胆，指顾中原；白雪声名，驱驰上国。可恨身家念重，势利情多；偶投客魏之门，便入儿孙之列。那时权飞烈焰，用着他当道豺狼；今日势败寒灰，剩了俺枯林鸮鸟。……"用语也是非常典雅整齐。

因为诗赋、词曲皆可以入戏，而优秀的诗赋、词曲在语言上都是高度凝练的，所以，《桃花扇》在唱词中也会经常用典故来传达内涵极为丰富的人与事。《桃花扇》所用的典故不堆砌、不生僻，而是极为鲜活传神。《桃花扇凡例》说："此种所用典故，信手拈来，不露饾饤堆砌之痕。化腐为新，易板为活。点鬼垛尸，必不取也。"在第三出《哄丁》中，吴次尾痛骂阮大铖的唱词中就连用了几个典故："［千秋岁］

161

离合兴亡
文人情怀
《桃花扇》

WEN

HUA

ZHONG

GUO

魏家干，又是客家干，一处处儿字难免。同气崔田，同气崔田，热兄弟粪争尝，痈同吮。东林里丢飞箭，西厂里牵长线，怎掩旁人眼。笑冰山消化，铁柱翻掀。"其中用到的典故有勾践尝粪、邓通吮痈和杨国忠熏天的气焰只是冰山，这些典故对于在场的读书人来说，都是再熟悉不过的，也很符合他们读书人的身份。

第三十出《归山》，张薇的唱词是："〔前腔〕俺正要省约法，画狱牢；哪知他铸刑书，加炮烙。莫不是清流欲向浊流抛，莫不是党碑又刻元祐号。这法网，人怎逃；这威令，谁敢拗。……"接连用到了两个前代党争中得势党人对对手残酷迫害的经典事例，非常适合当时的情境。

在语言上，《桃花扇》有着极其严格的标准。《桃花扇凡例》云："制曲必有旨趣，一首成一首之文章，一句成一句之文章。列之案头，歌之场上，可感可兴，令人击节叹赏，所谓歌而善也。若勉强敷衍，全无意味，则唱者听者，皆苦事矣。"《桃花扇》也确实做到了这一点。第二十四出《骂筵》，李香君对着马士英和阮大铖等，大义凛然，慷慨激昂，当筵大骂。其所唱之曲皆一气呵成，酣畅淋漓：

　　〔五供养〕堂堂列公，半边南朝，望你峥嵘。出身希贵宠，创业选声容，后庭花又添几种。把俺胡撮弄，对寒风雪海冰山，苦陪觞咏。

　　〔玉交枝〕东林伯仲，俺青楼皆知敬重。干儿义子从新用，绝不了魏家种。冰肌雪肠原自同，铁心石腹何愁冻。吐不尽鹃血满胸，吐不尽鹃血满胸。

第三十八出《沉江》，史可法投江自杀后，侯方域诸人设上史可法衣冠，哭拜祭奠，其唱词极为悲壮感人："〔古轮台〕走江边，满腔愤恨向谁言。老泪风吹面，孤城一片，望救目穿。使尽残兵血战，跳出重围，故国苦恋，谁知歌罢剩空筵。长江一线，吴头楚尾路三千。尽

归别姓，雨翻云变。寒涛东卷，万事付空烟。精魂显，大招声逐海天远。"

续四十出《余韵》，苏昆生以一套北曲弋阳腔〔哀江南〕为南明王朝的覆灭做了最后的哀悼：

〔北新水令〕山松野草带花挑，猛抬头秣陵重到。残军留废垒，瘦马卧空壕。村郭萧条，城对着夕阳道。

〔驻马听〕野火频烧，护墓长楸多半焦。山羊群跑，守陵阿监几时逃。鸽翎蝠粪满堂抛，枯枝败叶当阶罩。谁祭扫，牧儿打碎龙碑帽。

〔沉醉东风〕横白玉八根柱倒，堕红泥半堵墙高，碎琉璃瓦片多，烂翡翠窗棂少，舞丹墀燕雀常朝。直入宫门一路蒿，住几个乞儿饿殍。

〔折桂令〕问秦淮旧日窗寮，破纸迎风，坏槛当潮，目断魂消。当年粉黛，何处笙箫。罢灯船端阳不闹，收酒旗重九无聊。白鸟飘飘，绿水滔滔，嫩黄花有些蝶飞，新红叶无个人瞧。

〔沽美酒〕你记得跨青溪半里桥，旧红板没一条，秋水长天人过少。冷清清的落照，剩一树柳弯腰。

〔太平令〕行到那旧院门，何用轻敲，也不怕小犬哰哰。无非是枯井颓巢，不过些砖苔砌草。手种的花条柳梢，尽意儿采樵，这黑灰是谁家厨灶？

〔离亭宴带歇指煞〕俺曾见金陵玉殿莺啼晓，秦淮水榭花开早，谁知道容易冰消。眼看他起朱楼，眼看他宴宾客，眼看他楼塌了。这青苔碧瓦堆，俺曾睡风流觉，将五十年兴亡看饱。那乌衣巷不姓王，莫愁湖鬼夜哭，凤凰台栖枭鸟。残山梦最真，旧境丢难掉，不信这舆图换稿。诌一套《哀江南》，放悲声唱到老。

163

离合兴亡

文人情怀
《桃花扇》

WEN

HUA

ZHONG

GUO

昆曲《桃花扇》

秦淮旧院原为追欢买笑之所，鼎革之乱后，往昔之欢场变成了今日之丘墟，这种巨大的对比怎能不让人唏嘘？由明入清，曾亲历秦淮河长板桥繁华的余怀在《板桥杂记》的"序"中写道："十年旧梦，依约扬州；一片欢场，鞠为茂草。红牙碧串，妙舞轻歌，不可得而闻也；洞房绮疏，湘帘绣幕，不可得而见也；名花瑶草，锦瑟犀毗，不可得而赏也。间亦过之，蒿藜满眼，楼馆劫灰，美人尘土。盛衰感慨，岂复有过此者乎！"《桃花扇》的这套曲子可谓达到了与余怀的高度契合。

《桃花扇》在戏剧语言上精雕细琢，还体现在它对上场诗（又称定场诗）和下场诗（又称落场诗）的精心设计打造上。在戏剧中，人物上场，都要念一首上场诗，以表明剧中人物的身份、境遇等；下场诗则是对全出戏的总结，并预告下一出戏的发展。上场诗和下场诗是一出戏的开篇和尾声，对于这一出故事的发展也具有很重要的作用。如果上下场诗用得恰到好处，全出会为之生色；如果草草地用一些旧句和俗句敷衍塞责，那全出就要失色了。在许多戏剧家那里，上下场诗没能得到足够的重视，与《桃花扇》同时的许多戏剧，其上下场诗往往浅显通俗、缺乏韵味。有些戏剧的上下场诗集唐人的现成诗句，称为"集唐"，比较有代表性的如《长生殿》。但大部分剧作"集唐"的水平远远达不到《长生殿》的水准，所集的上下场诗又过于轻率，时间一长就成了滥套。

与"集唐"不同，《桃花扇》的上下场诗全是作者的独立创作，而且颇费心思，"起则有端，收则有绪，著往饰归之义，仿佛可追也"，很好地起到了补充正文的作用。例如，《听稗》出的上场诗："孙楚楼边，莫愁湖上，又添几树垂杨。偏是江山胜处，酒卖斜阳，勾引游人醉赏，学金粉南朝模样。暗思想，那些莺颠燕狂，关甚兴亡。"点出了当时文人们忙于嬉戏游赏而不知国变将至，将当时的政治形势与溺于宴安的金粉南朝联系了起来，也引出侯方域提议到秦淮河一访佳丽的下文。

又如《入道》出的下场诗："白骨青灰长艾萧，桃花扇底送南朝。不因重做兴亡梦，儿女浓情何处消。"还有《余韵》出的下场诗："渔樵同话旧繁华，短梦寥寥记不差。曾恨红笺衔燕子，偏怜素扇染桃花。笙歌西第留何客？烟雨南朝换几家？传得伤心临去语，年年寒食哭天涯。"它们都生动地总结了本出的故事大概，精确传达出笼罩全剧的那种玉石俱焚、亡国丧家的浓重的悲剧意味。

而且，《桃花扇》有时为了突出剧情、渲染气氛，在一出的结尾还有意不用下场诗。第三十七出《劫宝》，写弘光逃到黄得功处请求庇护。结果刘良佐和刘泽清追至，要把弘光献于清廷。黄得功与之厮杀的过程中，被部将田雄射中。黄伤心内疚，愤而自杀，临死之前，拔剑大叫："大小三军，都来看断头将军呀！"然后一刎而死。在没有下场诗的情况下，一出戏戛然而止。没有下场诗，当然是因为出场人物黄得功已死，没有别人来念的缘故，但更深层的原因，却是剧作的有意安排。一出戏在一位忠臣死前的哀呼中落幕，那是何等的悲壮感人，实在没有必要安排他人来多此一举了。就像本出"总批"所说的那样："此折独无下场诗。将军已死，谁发呜咽之歌耶？"

《桃花扇》不但情感真挚、故事感人、文辞华美，而且还能注意到实际演出效果，在创作的过程中就有意识地为舞台和演员着想而在曲词安排上做了一些调整。

165

离合兴亡

文人情怀
《桃花扇》

WEN

HUA

ZHONG

GUO

在清初的剧坛上，戏班艺人在演出过程中根据自己的需要随意改动剧作是一个较为普遍的现象。如果剧作篇幅过长，演出的时间较长，则很容易受到艺人的节改。以《长生殿》为例，全剧长达 50 出，在舞台演出时常常被艺人删改，搞得作者洪升苦不堪言。他感慨地说："今《长生殿》行世，伶人苦于繁长难演，竟为伧辈妄加节改，关目都废。"幸亏他的朋友吴舒凫帮他将全剧改为 30 折，让艺人演出时以此为准，别再随意删改，把戏剧关目搞得七零八落了。

《桃花扇》第四十出加上《先声》、《余韵》等 4 出，共 44 出，并不算短，但由于孔尚任在创作时就充分设想到了演出的实际效果，因此他不必像洪升那样对艺人的删改既恨且怕。在《桃花扇凡例》中，孔尚任对此进行了详细说明："各本填词，每一长折例用 10 曲，短折例用 8 曲。优人删繁就简，只歌五六曲，往往会去留弗当，辜作者之苦心。今于长折，止填八曲，短折或六或四，不令再删故也。"按传奇戏剧填词的惯例，每一长折要用 10 支曲子，短折用 8 支。在实际演出时，演员为了自己的方便，往往删繁就简，只唱其中的五六支。但具体要选哪五六支，演员又没有高明的判断力，往往去留不当，辜负了作者创作时的一片苦心。所以，《桃花扇》的长折只用 8 支曲子，短折只用 6 支或 4 支，这样就可以直接让演员按本而歌，剧中的精华唱段就不会有被删掉的危险了。

在说白方面，《桃花扇》做了大量的增加。《桃花扇凡例》说，以往的戏剧往往说白较少，演员在演出中常常擅自增添，三分变作七分，"俗态恶谑，往往点金成铁，为文笔之累"。所以《桃花扇》的说白详备，不容演员再添一字。如此一来，每一折的篇幅都增长了，但却保证了原作的原汁原味。周贻白《中国戏剧史长编》认为："孔氏能看到这一点，足见其篝灯制曲时，已作上演于舞台的通盘筹算，虽非有心振兴'昆腔'，实欲弥补其以往的缺憾，而间接予以提携。"① 这是很中肯的评价。

三、桃花香飘远

《桃花扇》甫一脱稿，就在京城引起巨大的轰动。孔尚任在《桃花扇本末》中说："《桃花扇》本成，王公缙绅，莫不借抄，时有纸贵之誉。"己卯年（1699）的一个秋夜，康熙皇帝听说《桃花扇》脱稿，便派人前来索读，而且要得很急。当时孔尚任手中的缮本不知流传到哪里去了，东找西找，总算在张平州中丞家找到一本，连夜就被送进了皇宫。吴梅《顾曲尘谈·谈曲》中有云，康熙"内廷宴集，非此曲不奏……每至《设朝》、《选优》诸折，辄蹙眉顿足曰：'弘光弘光，虽欲不亡，其可得乎！'往往为之罢酒也"。康熙显然是有意将前朝的腐败情形展现在臣僚的面前，以示清朝取而代之的正当性，同时也有从中自警的意味。

据孔尚任所说，在北京城搬演《桃花扇》，岁无虚日，而尤以位于北京下斜街的寄园的演出最为繁盛。寄园是已故宰相李霨的别墅，现在的主人是李霨的孙子，此人诗酒风流，是当今的王谢子弟。因为喜爱戏剧，所以他不惜物力，力求场面奢华。每逢《桃花扇》上演的时候，名公巨卿、墨客骚人济济一堂，以至于座不容膝。园中布置得锦天绣地、珠海珍山。主人把演员分成两部分，长得秀气些的演正生、正旦等主要角色，长得差些的演次要的杂色。所需道具，应有尽有。演员们感激主人的赏赐之厚，就极力描摹，演得声情俱妙。在一片笙歌靡丽之中，有一些人掩袖独坐，那是些故臣遗老，台上搬演的戏剧

---

① 周贻白：《中国戏剧史长编》，上海书店出版社 2004 年版，第 396 页。

WEN

HUA

ZHONG

GUO

戏　台

触动了他们的心事和对故国的复杂感情。等到灯尽酒阑，众人莫不伤心叹息，唏嘘而散。

《桃花扇》的巨大成功，给孔尚任带来了空前的荣誉，使他备受观众的尊敬。在康熙三十九年（1700），孔尚任刚刚罢官还未离开京城时，户部侍郎李楠请他观看《桃花扇》。当时各部大臣齐集李府，而独独让孔尚任居于上座，让诸位演员轮番敬酒，请他品题评点。座中观众对台上演出手指目顾，啧啧赞叹，让孔尚任心生得意，飘飘然有凌云之气。据民国初年王梨生《梨园佳话》所说，清初一扬州盐商筹演《桃花扇》，竟然花去 16 万两银子置办服装道具。盐商们对《桃花扇》如此舍得投入，可见这部戏当时红到了什么程度。

康熙四十五年（1706），孔尚任前往真定借书和购书，拜访了正担任真定府知府的老朋友刘雨峰，正赶上刘府举行宴会，搬演《桃花扇》。当刘雨峰的同僚们听说来客就是《桃花扇》的作者时，纷纷向前敬酒表达对孔尚任的敬意。

《桃花扇》的影响并不仅限于北京这样的大都市，在孔尚任的时代，《桃花扇》就已经传到了距离京城千里远的僻乡郊县。楚地的容美，也就是今天的湖北鹤峰县，在万山之中，与外界相阻绝，就像是传说中的世外圣地桃花源。容美宣抚司宣抚使田舜年，酷爱诗书，广交文人，藏书颇丰。孔尚任的朋友顾彩游历此地时，特地拜访了他。田舜年对顾彩极为热情，请他住了数月，待以崇礼。每次宴请顾彩，田舜年都要让家姬演奏《桃花扇》，虽不如京城的排场大，倒也旖旎可赏。孔尚任感慨道："盖不知何人传入，或有鸡林之贾耶？"意思是：不知是何人把这部戏传过去的，难道也像唐代鸡林的商人收集白居易的诗卖给本国的相国一样吗？这让孔尚任感到很纳闷，言语中也透出自豪。

在《桃花扇》问世之前，当时最为流行的时人所作的传奇戏剧是洪升的《长生殿》。《长生殿》问世于康熙二十七年（1688），早于《桃花扇》11年，问世后也在当时产生了轰动效应，也曾引起康熙皇帝的注意。《桃花扇》的横空出世，又继《长生殿》之后形成了洛阳纸贵的局面。孔尚任本人也异军突起，获得了比肩洪升的地位，被人并称为"南洪北孔"。曾和孔尚任有过交往的金埴在其笔记《巾箱说》中对《桃花扇》作了评价：

> 索观《桃花扇》本，至香君'寄扇'一折，借血点作桃花红雨，着于便面，真千古新奇之事。所谓全秉巧心，独抒妙手，关、马能不下拜耶！予一读一击节，东塘亦自读自击节。当是时也，不觉秋爽侵人，坠叶响于庭阶矣！忆洪君昉思谱《长生殿》成，以本示予，与余每醉辄歌之。今两家并盛行矣。因题二截句于《桃花扇》后，云：

169

离合兴亡
文人情怀
《桃花扇》

WEN

HUA

ZHONG

GUO

潭水深深柳乍垂，香君楼上好风吹。

不知京兆当年笔，曾染桃花向画眉。

两家乐府盛康熙，进御均叨天子知。

纵使元人多院本，勾栏争唱孔洪词。

《长生殿》插图　卢延光画

除了金埴外，也有人将孔、洪二人并称。陈栋在《北泾草堂曲话》中说："国初人才蔚生，即词曲名家，亦林林焉指不胜屈，必欲于中求出类拔萃，则高莫若东塘，大莫若稗畦，靡旌靡垒，殊难为鼎足之人。"他认为孔尚任和洪升可并列为清初词曲最为出类拔萃者，想找个与他们鼎足而立的人都找不到。杨恩寿《词余丛话》卷二《原文》也说："康熙时，《桃花扇》、《长生殿》先后脱稿，时有'南洪北孔'之称。其词气味深厚，浑含包孕处蕴藉风流，绝无纤亵轻佻之病。"

《桃花扇》以其杰出的文学艺术成就和浓郁的家国兴亡情感，感染着几百年来的读者与观众。从问世以来，《桃花扇》就一直成为文人学士关注的对象，人们阅读它，赞赏它，也评论它，以他们自己的历史观和文学观与《桃花扇》做着互动。孔尚任在《桃花扇本末》中说，读《桃花扇》的文人，有题辞，有跋语；又有批评，有诗歌。为《桃花扇》所作的投诗赠歌，"充盈箧笥"，美不胜收。

有清一代，宋荦、田雯、金埴、吴陈琰、王特选、孔传铦、张问陶、舒位、文廷式等著名文人都有诗作题咏《桃花扇》，如宋荦、田雯和王特选都有《题桃花扇》6首，吴陈琰有《题桃花扇》20首，孔尚任的同宗孔传铦作有《题桃花扇歌》，张问陶有《读桃花扇传奇偶题十

绝句》，舒位有《书〈桃花扇〉乐府后》等。诗人罗天闿竟然作了116
首《桃花扇题辞》，从方方面面表达了他对《桃花扇》的读后感，光
从数量上看，也着实让人吃惊了。这些题咏都是作者在受到《桃花扇》
震撼之后的有感而发，他们深深认同《桃花扇》的情感和价值取向，
又结合自己的故事和对历史的理解做了发挥。《桃花扇》也成为历代咏
剧诗歌最集中的箭垛之一。

离合兴亡

文人情怀
《桃花扇》

WEN

HUA

ZHONG

GUO

以上诗作有激赏《桃花扇》高超的艺术技巧的，如："一声檀板当
悲歌，笔墨工于阅历多。几点桃花儿女泪，洒来红遍旧山河"（张问
陶），赞扬了《桃花扇》用戏剧的形式来长歌当哭，用剧中的血点桃花
和儿女之泪，写出了怀念故国山河的民族意识。又如："阙里文孙正乐
年，新声古调总清妍"（吴陈琰），赞美《桃花扇》的清新奇瑰。"新
词不让《长生殿》，幽韵全分玉茗堂。泉下故人呼欲出，旗亭樽酒一沾
裳"（宋荦），认为《桃花扇》的成就不亚于《长生殿》，其韵致可比
肩前辈汤显祖，其中描写的人物呼之欲出，非常感人。有评价《桃花
扇》浓郁的伤感和悲剧意识的，如："悲欢聚散寻常事，话到沧桑发深
喟。三寸苏张舌辩锋，一腔信国忧时泪。"（孔传铦）这些诗作指出
《桃花扇》写易代之际的悲欢聚散，令人备感沧桑而发出感慨，剧中杰
出的语言表达，传递的是作者爱国忧时的热泪。

有咏《桃花扇》故事，歌颂侯、李爱情的，如："粉墨南朝史，丹
铅北曲伶。重来非旧院，相对有新亭。构党干戈接，填词笔砚灵。匆
匆不能唱，肠断柳条青。""氉氉秋来客，娉婷夜度娘。文章知遇少，
脂粉小名香。不解鸾乘雾，真成燕处堂。秦淮呜咽水，忍与叶宫商。"
（舒位）又有称许侯方域与李香君之为人的，如："中原公子说侯生，
文笔曾高复社名。今日梨园谱遗事，何妨儿女有深情。"（宋荦）"气
压宁南惟倜傥，书投光禄杂诙谐。凭空撰出《桃花扇》，一段风流也自
佳。"（宋荦）"代费缠头用意深，奄儿强欲附东林。绝交书别金陵去，

肯负香君一片心。"（吴陈琰）"南渡真成傀儡场，一时党祸剧披猖。翩翩高致堪摹写，侥幸千秋是李香。"（宋荦）"何限男儿绕指柔，斯人却是纯刚者。"（孔传铄）这些诗作对侯方域的翩翩才情与李香君的坚贞明理做了很高的评价。

有歌颂史可法之忠贞为国的，如："板荡维持见几人，只身阁部泣江滨。却教世俗思忠毅，曾许他年社稷臣。"（王特选）在大厦将倾、独木难支的危难关头，史可法以他的忠贞力图为故国保存一线生机，不愧于当年左光斗赞许他为社稷之臣。有赞颂柳敬亭的侠义之风的，如："陈吴名士镇周旋，狎客追欢向酒边。何意尘扬东海日，江南留得李龟年。"（宋荦）"鼍鼓冬冬夕照微，耳剽旧事演新机。仲连去后谁排难，长倚军门柳布衣。"（王特选）这两首诗分别将柳敬亭比作唐代安史之乱后的李龟年和战国时期排难解忧的鲁仲连，赞扬他身为布衣却深忧国事的高尚品质。

有嘲讽弘光小朝廷骄奢淫逸的，如："江潮无赖弄潺湲，一载春风化杜鹃。却怪齐梁痴帝子，莫愁湖上住年年"（田雯），将弘光比作南朝齐、梁时期的齐东昏侯等皇帝，感慨南明王朝一载而亡。又如："丁字帘前奏管弦，薰风殿里聚婵娟。秀才复社君听曲，如此乾坤绝可怜。""布衣天子哭荒陵，选舞征歌好中兴。不到《无愁》家不破，干戈影里唱《春灯》。"（张问陶）这两首诗嘲讽在大敌当前的形势下，弘光不勤于朝政，而是寻欢作乐，忙着选舞征歌，在厮杀声中、干戈影里还大唱《春灯谜》，待到舞停歌罢，唯有引颈受戮而已。

这些诗作里，更多的是对《桃花扇》表现出的改朝换代的历史沧桑感的深深共鸣。如："一例降旗出石头，乌啼枫落秣陵秋。南朝剩有伤心泪，更向胭脂井畔流。"（田雯）南明也和前代定都南京的多个朝代，如东吴、陈朝、南唐等一样，在石头城升起了降旗，令人伤感。再如："商丘公子多情甚，水调歌头吊六朝。眼底忽成千载恨，酒钩歌扇总无聊。"（田雯）商丘公子指侯方域，他曾写过《过江秋咏八首》，凭吊六朝的繁华如梦，如今他亲身经历了南明兴亡之感，才感觉所有的诗句都是那么的苍白。又如吴陈琰《题桃花扇》："侯生仙去宋公存，同是梁园社里人。使院每闻歌一阕，红颜白发暗伤神。"通过写侯方域已故而宋荦犹存，写出了白发遗民内心的深深伤痛，这同孔尚任在寄园观演《桃花扇》时，那些在座的故臣遗老们的唏嘘长叹是一致的。

　　除了诗歌，还有以词的形式来评论《桃花扇》的，如厉鹗的《满江红·题〈桃花扇〉传奇》："千古南朝，剩满眼钟山废绿。问谁记，渡江五马，玉楼金屋。复社尚兴风影祸，教坊偏占烟花福。笑无愁帝子莫愁湖，欢娱速。醉舞散，灰绯烛；宫骑走，降幡矗。看湘东已了，枯棋残局。桃叶渡边飞燕语，桃花扇底铜仙苦，算付将此曲雪儿歌，难终曲。"全词表达了对千古南朝兴亡变幻的感慨。"笑无愁帝子莫愁湖，欢娱速"，写出了弘光小朝廷的逸豫亡身；而"桃花扇底铜仙苦"之句，又充满了深深的悲悯意味。

　　晚清时期，因为在政局上与《桃花扇》所描绘的晚明有着相似之处，所以，《桃花扇》很能激起人们的同感，文人名士对它的评论也很多。如 1910 年 12 月 5 日《民立报》刊登了索然的《迈坡（陂）塘·题桃花扇》，其中写道："把荆棘铜驼旧憾，班班谱。狐威假虎，詈卖国奸奴，殃民贼孽，狼狗比肝腑。"这显然是以晚明的政局来比拟现实。1916 年 8 月 17 日《申报》《自由谈》栏目发表了杨珥珊的《新桃花扇传奇》。该传奇以"著者曰"的形式表白，仿照《桃花扇》第三出《哄丁》，改为《闹会》："非仅刺帝制议员，斯其忏悔，实警非帝制议员，需从大处落墨，勿过为捣乱之举。同心协力，以保吾民，以治吾国。"他从明末复社诸君子出于意气，坚持党争，不给阮大铖一个忏悔的机会，导致内耗加剧，终于亡国的历史事实出发，说明要以国事为重，对于持异见者要宽容。

WEN

HUA

ZHONG

GUO

康熙原刊本《桃花扇》
中国艺术研究院藏

《桃花扇》在成书后的很长一段时间里，只有抄本在流传，时间一长，抄本便漫漶不清，几乎不能辨识。最好的办法就是刊刻出版，但出版需要一大笔钱，孔尚任居官清廉，书成不久又罢官归乡，这笔巨资是他所承担不了的。康熙四十七年（1708），天津诗人佟蘅游历曲阜时去拜访孔尚任，索取了《桃花扇》的抄本读，才读了数行，就击节叫绝。佟蘅决定资助孔尚任刊刻此书。他倾其游囊，共50两银子，交给刻书的木工。等到全部刊刻完毕，发现佟蘅的资助仅是全部费用的一半而已。孔尚任感慨地说，要刊刻出版一本书，真是不容易啊！

在《桃花扇》完稿的7年之后，即康熙四十五年（1706），孔尚任的朋友顾彩将《桃花扇》改编为《南桃花扇》。顾彩是个不折不扣的才子，被人称为"顾氏仙才，填词雅秀"（镜庵居士《小忽雷传奇序》）。顾彩曾和孔尚任合作完成了戏剧《小忽雷》。他给《桃花扇》作序，给予了高度的评价。但他认为侯方域有复出应试之举，不足以当高蹈的美名，李香君却田仰之聘的故事也仅见于侯方域的《答田中丞书》，文学不必全部为历史的实录，所以他按照自己对侯、李爱情故事的理解写作了《南桃花扇》。

《南桃花扇》写得很有文采，"词华精警，追步临川"，跟《牡丹亭》都有的一拼。两者的主要情节都相同，故事的发展脉络也都一样。两者的不同之处在于，《南桃花扇》为了"快观者之目"，将故事的结局改成了"生旦当场团圆"（孔尚任《桃花扇本末》）。这种故事结局的改变，并不仅仅是一个情节的不同而已，它反映出的是两种不同的历史观和创作指导思想。《桃花扇》中，侯方域和李香君历经千难万险和九死一生，终于机缘巧合地重逢在栖霞山张道士的白云庵中。二人兴奋之余，筹划着要夫妻双双把家还，却遭到了张道士的当头棒喝："呵呸！两个痴虫，你看国在哪里，家在哪里，君在哪里，父在哪里，偏是这点花月情根，割它不断么？""怎知道姻缘簿久已勾销；翅愣愣鸳鸯梦醒好开交，碎纷纷团圆宝镜不坚牢。"说得二人"冷汗淋漓，如梦忽醒"，最终同入道门修真学道，一个向南山之南，一个向北山之北，彻底忘了过去的相思情缘，"两分襟，不把临去秋波掉"。

而《南桃花扇》的结局却是与"入道"无关——侯方域寻着苏昆生，知道了李香君的下落，偕同香君返归故里，永偕伉俪。如此写法，虽然满足了观众喜欢大团圆的心理期待，却堕入了才子佳人惯用的俗套。在鼎革易代、神州如沸的乱局中，在苍凉和悲壮笼盖四野的悲剧氛围里，大团圆的喜剧结局显得那么的不伦不类不协调，为表达"兴亡之感"而作的种种铺垫都被这喜剧的结局给冲淡了。梁廷楠《曲话》卷三就评论说："《桃花扇》以《余韵》折作结，曲终人杳，江上峰青，留有余不尽之意于烟波缥缈间，脱尽团圆俗套。乃顾天石改作《南桃花扇》，使生旦单场团圆。虽其排场可快一时之耳目，然较之原作，孰劣孰优，识者自能辨之。"所以，孔尚任虽然赞扬《南桃花扇》"虽补予之不逮，未免形予伧父，予敢不避席乎"，但在《桃花扇》《入道》出的尾评中说："离合之情，兴亡之感，融洽一处，细细归结，最散，最整，最幻，最实，最曲迂，最直截。此灵山一会，是人天大道场。而观者必使生旦同堂拜舞，乃为团圆，何其小家子样也。"在孔尚任看来，并非只有大团圆才是故事的结局，他不愿用这样小家子的写法。

在康熙朝之后，《桃花扇》的场上演出呈现出式微的状态，与《牡

175

离合兴亡

文人情怀
《桃花扇》

WEN

HUA

ZHONG

GUO

丹亭》几百年来火爆歌台舞榭相比，作为场上之曲的《桃花扇》有些相形见绌。这一方面与其唱曲有关。吴梅《中国戏曲概论》卷下《清人传奇》中说，《桃花扇》"通本乏耐唱之曲"，"细唱曲不过一二支，亦太简矣"。置之场上，戏剧能够唱得出来并唱得好是最重要的，《桃花扇》缺乏耐唱的曲子，这就影响了它作为场上之曲的流行。成书于乾隆五十七年（1792）的戏曲曲谱《纳书楹曲谱》，收录了乾隆时期舞台上流行的昆曲等 360 余出，其中仅选了《桃花扇》的《访翠》、《寄扇》和《题画》3 出。而著名的戏曲剧本选集《缀白裘》，选取昆曲剧目 80 余个 400 多出，《琵琶记》入选了 26 出，而《桃花扇》竟然没有一出入选。

另一方面也与作品的题材有关系。《牡丹亭》是个纯粹的爱情戏，它的主题是写爱情，而爱情是文学的两大主题之一，天然具有持久的打动人心的力量。杜丽娘和柳梦梅梦中相逢，情愫顿生，从此生生死死不相弃，正所谓"情不知所起，一往而深，生者可以死，死可以生。生不可与死，死而不可复生者，皆非情之至也"。这种超越生死的爱情，死了都要爱的勇气，让读者禁不住发出了"岂独伤心是小青"的感叹。近年来白先勇力倡的"青春版"《牡丹亭》叫好又叫座，极大地提高了社会对昆曲的关注度，除了包装精良、策划到位之外，也说明了《牡丹亭》的主题是非常能够引发人的兴趣的。

而《桃花扇》在本质上则算得上是政治戏，它着力描写的主题是家国的兴亡之感，爱情只是衬托兴亡之感的工具。为了抒发怀念故国的情怀，有情人要丢掉儿女情长，悲剧式的入道才是最好的途径。因此，在去国变未远之时，搬演场上，自然能令遗老故臣唏嘘泣涕，但承平日久后，没有家国兴亡体验的观众固然可以从《桃花扇》中获得感动，但若要寻找那种震撼人心的心灵共鸣就有些困难了。《牡丹亭》"家传户诵，几令《西厢》减价"的影响力是涵盖了社会各个层面的，

《桃花扇》的接受面则更集中于文人群体。毫无疑问，《桃花扇》的艺术生命力是不必依托任何凭借物而永恒的，但它在现实舞台上的生命力却要部分地依赖于时代。将《桃花扇》置之于适合它的时代，它的影响力就如罗天闿《桃花扇题辞·序》中所说的那样了："彼传奇者，守删诗正乐之家法，睹凄凉板荡之前朝，欲哭不可，欲笑不能，不得已借儿女私情，写兴亡大案……岂临川四梦笠翁十种所能仿佛其万一哉？"

清代以后，《桃花扇》又被广泛地改编成多种艺术形式。这其中有戏剧形式的，例如1937年改编的京剧《桃花扇》、1939年改编的桂剧《桃花扇》和1946年改编的话剧《桃花扇》。有小说形式的，如1947年谷斯范改写的历史小说《新桃花扇》。也有电影形式的，如

电影《桃花扇》剧照

1940年周贻白编剧、吴村导演的《李香君》；香港邵氏电影公司出品、周诗禄导演的《桃花扇》；1962年西安电影制片厂拍摄，梅阡、孙敬导演的《桃花扇》；1990年楚原导演，著名粤剧表演艺术家红线女主演的粤剧电影《李香君》；以及2004年苏舟导演的《桃花扇》等。

1937年是中国全面抗战的第一年，欧阳予倩编剧的京剧《李香君》继承了孔尚任《桃花扇》的民族意识，适应了当时全民抗战、同仇敌忾的形势，通过热情地歌颂懂民族大义的李香君，批判投敌卖国的汉奸行为。剧中写李香君读《岳飞传》，读到岳飞在风波亭被害死的情节时大哭不已，把岳飞的名字用红圈圈起来，把秦桧的名字用香火烧掉了。苏昆生也心有戚戚地说："像岳飞那样的忠臣，人人应当敬

177

离合兴亡
文人情怀
《桃花扇》

WEN

HUA

ZHONG

GUO

重。秦桧那样的卖国贼，人人得而诛之。"当李香君听说妆奁乃阮大铖所资助时，坚决不接受，杨龙友见状笑了一声，香君说："你笑我烟花女是下品，我笑那些读书人，有的也是骨头轻。"等李香君九死一生地为侯方域守节，终于盼来了侯方域时，却发现要来接她回家的侯方域身着清装，原来他科举中了副榜。李香君对这位自己曾经朝思暮想的恋人发出了怒斥："保气节哪怕是牺牲性命，你说要嫉恶如仇、临难不苟，方显得爱恨分明。想不到国破家亡你不仅心灰意冷，反面来你低头忍辱去求取功名。你不能起义兴师，救国家于危亡之境，难道说就不甘隐姓埋名？"她拒不接受侯方域，并倒地而亡。

谷斯范的历史小说《新桃花扇》也是借咏古来讽今，用他自己的话说就是："写 300 年前的南明腐败统治集团，通过对人物的描绘，以此来'借古讽今'，反映现实生活。"作者借写南明，凝聚了对当时民族和国家前途的深重忧思。

电影《桃花扇》首演报道

改编自《桃花扇》的电影，可以分为三种类型：一是从戏剧改编成的电影，其内容来自于戏剧，保留了戏剧的成分，代表作品是周贻白编剧、吴村导演的《李香君》和梅阡、孙敬导演的《桃花扇》；二是以戏曲表演为主要内容的戏曲电影，代表作品是粤剧电影《李香君》；三是由戏剧改编而成的电影故事片，代表作品是苏舟导演的《桃花扇》。① 这些作品用现代化的艺术手

---

① 参见单永军《"桃花扇"故事的电影传播》，《北京电影学院学报》2011 年第 6 期。

段，扩大了《桃花扇》的知名度，提升了《桃花扇》的艺术和美学效果，而这些作品的涌现，本身也说明了《桃花扇》的影响力之大。

《桃花扇》于20世纪20年代先后被日本学者盐谷温、山口刚、今东光等译为日文。在70年代，美国和英国都出版了《桃花扇》的英文全译本。

《桃花扇》的版本，最早的是康熙四十七年（1708）天津诗人佟铉资助刊刻的戊子初刻本，即介安堂原刻本。除此以外，还有康熙西园刻本、康熙沈氏刻本、光绪兰雪堂刻本，以及民国扫叶山房石印本、民国暖红室本、梁启超校注本、王季思等的校注本等等。在当代，又有多家出版社推出了附带校注、评点等特色的《桃花扇》版本。这些都充分说明了《桃花扇》经久不衰的生命力。

179

离合兴亡

文人情怀
《桃花扇》

WEN

HUA

ZHONG

GUO

第五章

大起大落的圣裔

　　钱钟书先生曾说过一句广为人知的名言："如果你吃了一个鸡蛋，觉得味道不错也就罢了，何必非要认识那只下蛋的母鸡呢?"这当然是钱先生深为声名所累和不胜崇拜者之扰后的玩笑话。但是，如果把文学作品比作鸡蛋，把作者比作母鸡的话，那么，在品尝鸡蛋的时候，还真有必要认识，最起码要了解那只下蛋的母鸡。因为，鸡蛋的味道与母鸡的生活环境、吃的何种食物、有无得过疾病等诸多因素都有着莫大的关系。孔尚任与《桃花扇》就是这样一种关系。

　　孔尚任是孔子之后，是圣裔，他的这个身份使他有条件接受良好的教育，打下良好的文学底子。但仅仅凭着这点底子和听来的几个故事、看到的几则稗史，是写不出一部让遗民们掩袖唏嘘的《桃花扇》的。这位多年科举不第、乡居蛰伏的圣裔，受衍圣公的推荐，荣幸地为前来祭孔的康熙皇帝御前讲经，得以鲤鱼脱鳞，跳过龙门。跟随大臣前往扬州治水的经历成就了孔尚任，水治得不顺利，却机缘巧合地让他有机会与明代遗民广泛接触，对南明遗迹作现场考察。几年的经历，让他补上了"行万里路"这一课，与已经完成的"读万卷书"相配合，怀胎十月的《桃花扇》也就可以一朝分娩了。

遗憾的是，孔尚任没有享受多久这种成功的喜悦感，就被敲了一记闷棍。清廷没有明确告知他罢官的原因，但毫无疑问《桃花扇》就是闯祸的根由。剧中那种对已死王朝的依依不舍的眷恋感伤，怎么能让新朝统治者无动于衷？官虽当不成了，但他的名字连同他的作品获得了不朽，孔尚任也不应该感到遗憾了。

一、一位书生的落寞与发迹

"与国咸休安富尊荣公府第，同天并老文章道德圣人家"，这是曲阜孔府门口的一副对联。其中，上联的"富"字没有最上边的那一点，寓意富贵无头；下联的"章"字中的一竖向上贯通，寓意文章通天。安富尊荣者，每朝每代总有那么几个钟鸣鼎食的世家大族；文章道德者，江山代有才人出，哲人学士代不乏人。但是同时拥有文章道德的声誉和安享安富尊

孔 子

荣的待遇并历时千年之久的家族，普天之下，除了作为万世师表的孔子嫡系后裔，恐怕就没有第二家了。

虽然孔子在生前从政为学孜孜以求，其创立的儒家思想也在春秋战国时期被尊为"显学"，但其生前周游列国，始终没能得到重用，甚至还被讥笑为"累累若丧家之狗"。直到汉代，孔子和儒家思想才真正

181

离合兴亡

文人情怀
《桃花扇》

WEN

HUA

ZHONG

GUO

孔府

时来运转。汉武帝采纳董仲舒的建议，"罢黜百家，独尊儒术"，从此以后，儒家思想成为 2000 年来王权社会的重要统治思想。而作为儒家思想主要创始人的孔子，也开始受到历代统治者一次又一次的追封。汉平帝封孔子为"褒成宣尼公"，元武宗封孔子为"大成至圣文宣王"，至清代，孔子就变成"生民未有"的"万世师表"了。

孔子的嫡系后裔，也随着乃祖地位的提高而不断获得新的荣光。在汉高祖时，孔子嫡系后裔被封为"奉祀君"。其后历代屡有变化，至宋仁宗至和二年（1055）改封为"衍圣公"，这也是最广为人知的一个称号。此后历经 800 余年，直到 1935 年民国政府才取消"衍圣公"，改称"大成至圣先师奉祀官"。

孔尚任不是"衍圣公"，他是孔子第六十四代后裔。他字聘之，号东塘，生于清顺治五年（1648），父亲是前明的举人孔贞璠。他是家中的第三子，大哥是孔尚慤，二哥是孔尚仔。孔尚任的家境虽远逊于孔府，但也有土地 16 顷，每年收获田租上千担，可谓丰衣足食，无忧无虑。

孔尚任自幼聪慧，深得父亲的疼爱，孔贞璠也对他寄寓了满满的期望，并取《论语》"士不可以不弘毅，任重而道远。仁以为己任，不亦重乎"之意，为儿子取名尚任，并赐字季重。同中国古代无数的神童一样，孔尚任在五六岁时，就可以针对长辈出的上联应声对出下联。

年龄稍长后，他已能"工诗赋，博典籍"。努力读书，以求科名，就成为他日后的人生奋斗目标。

13岁时，孔尚任来到专为孔、孟、颜、曾四氏子孙读书而设的四氏学宫。学宫的办学方针和培养目标有着鲜明的现实功利性，那就是"生员立志学为忠臣清官"，"养成贤才，以供朝廷之用"。为了实现这个目标，学宫对学生的管理也极其严格。规定三日一次背书，每次须读《大诰》100字，《本经》100字。不但要熟记文词，还要通晓义理。如果不能熟练背诵和讲解的话，就要"痛决"，也就是打板子。学生不得随意出入课堂，要出去大小便也要凭一块"出恭入敬牌"。就在这种环境中，孔尚任学习了7年，也被压抑了7年。

从20岁起，孔尚任就开始了他的应试之路，直到康熙十七年（1678）八月，他31岁时才第一次去济南参加乡试。遗憾的是，此次乡试以落选告终。在济南期间，他游览了泉城名胜大明湖，"湖上独行湖上眠，蒹葭满目乱寒烟"的诗句流露出的是深深的落寞之感。

183

离合兴亡

文人情怀
《桃花扇》

WEN

HUA

ZHONG

GUO

落第一个月后，正当孔尚任还沉浸在苦闷的情绪中时，有两位族弟来邀他同游石门山。石门山位于曲阜城东北约25公里处，因山口两山相对，有如石门，故名。石门山山峰峻秀，洞壑深幽，林木

石门山孔尚任纪念馆

葱茏，风光秀丽，有水雪洞、蟠龙洞等二十四景，孔尚任此行正值初秋，山中景色最是宜人。而石门山不仅自然风光秀丽，还是座文化名山，山上有孔子读《易》处和子路宿于石门处，"韦编三绝"和"知其不可为而为之"两个成语也都与石门山有着联系。相传孔子在石门

山读《易经》，其努力之极，以至于"韦编三绝"，使捆系竹简的熟牛皮条都断了三次。据《论语·宪问》记载，子路在石门山上借宿，掌管城门开闭的晨门吏问他："你从哪里来啊？"子路回答："从孔子那里来。"晨门吏说："就是那个知其不可为而为之的孔丘吗？"

石门山还与李白、杜甫两位大诗人发生过联系。李、杜二人曾结伴游齐鲁，并在石门山挥手告别。分别时，杜甫作有《赠李白》："秋来相顾尚飘蓬，未就丹砂愧葛洪。痛饮狂歌空度日，飞扬跋扈为谁雄？"李白则写下了《鲁郡东石门送杜二甫》："醉别复几日，登临遍池台。何时石门路，重有金樽开？秋波落泗水，海色明徂徕。飞蓬各自远，且尽手中杯。"

来到石门山后，孔尚任顿觉"山光悦鸟性，潭影空人心"，此次一游，便将落第的苦闷情绪丢到了九霄云外。而诸多前贤散淡自适的生活方式也让他向往不已，他开始恋恋于石门山的风光霁月而乐不思归，决定将其作为自己的隐居之所，以集中精力研读经史。他写下了一篇《游石门山记》，记述了他的这种发现新大陆般的喜悦之情：

> 鲜花异鸟，不足为其艳，其艳在胎；密树浓云，不足为其苍，其苍在气；红叶青泉，不足为其洁，其洁在骨；枯木苍石，不足为其冷，其冷在神。使人即之不能离，离之不能忘。如得一美人，言焉知心，事皆如意，安得不与之膏沐！如遇一佳士，高妙不俗，亲信可托，安得不与之砚席！

他甚至在文中表达了终老此山的愿望，用发誓赌咒的语气说："买子之山，受子之券，上下四旁，天人咸愿，诸渝约移，劫灰亿万。"（《买山券》）这种约定不仅是对这座山的忠诚，更是对自己将要选择的人生道路的坚守。

从发现石门山这块宝地到搬入山中隐居并营造书斋，孔尚任才用了短短几个月的时间，可见其心情之迫切。但是，孔尚任隐居深山并

非仅仅贪恋山中之乐，也不仅仅是把石门山当作备考的自习室，他还有充实自己的学问，获得独立思考机会的考虑在其中，尤其是他本来就对清政权怀有复杂矛盾的心情，而落第的苦闷和山中之乐恰恰激发起了他的这种情绪。

孔尚任的几位祖先曾做过明代的官吏。如孔克中曾任曲阜知县，孔克中之孙孔燮曾任曲阜知县、兖州通判，孔燮之孙孔公珪曾任曲阜世尹，他们都是曾被明廷高度赞赏过的"良吏"、"循臣"。孔尚任的父亲也是明朝的举人，食过明粟。因此，虽然孔尚任在明亡的第四年才出生，但明朝的灭亡，清朝作为异族政权以残酷的手段取得中国统治权的事实，肯定会对孔尚任幼年的心灵造成深深的触动，让他产生一种潜意识的不满和愤恨的情绪。

还有来自孔尚任好友颜光敏对他的巨大触动。颜光敏（1640～1686），字逊甫，别号乐圃，为复圣颜回的第六十七代孙。颜光敏与孔尚任两家相隔仅十余公里，二人是知己好友。颜光敏的祖父颜胤绍在明末曾任河间知府，据朱彝尊的《曝书亭集》记载，清兵入侵时，颜胤绍于城陷之时拒不降清，穿上明朝的朝衣朝冠自焚。颜光敏的父亲颜伯璟因为体态肥胖，跑不快，其弟伯玠比较瘦，行动灵活，就扶着哥哥一起跑。伯璟怕连累弟弟，就诳开弟弟，跳下城墙试图自杀，幸而未遂，只摔伤了左脚。伯玠见哥哥跳墙，俯墙痛哭，结果被流矢射死。颜光敏的母亲朱氏被清兵俘获后击断臂膀，又被杀伤，奄奄一息了4天，幸得生还。光敏的小叔叔颜伯珣年仅6岁，被仆人从火中救出，中途仆人中流矢而死，伯珣藏匿民间，幸免于难。

由于清兵的入侵，颜光敏全家遭此大难，可谓惨烈之极。《礼记》上说，父仇不共戴天，但颜光敏身负叔、祖亡，父母伤的家族血海深仇，却不但没有报仇雪恨，还食了清粟，中了清朝的举，做了清朝的官。他于康熙六年（1667）得中二甲第十三名进士，授官国史院中书

185

离合兴亡
文人情怀
《桃花扇》

WEN

HUA

ZHONG

GUO

舍人。康熙八年（1669）皇帝驾临太学，加恩于在京为官的四氏子孙，颜光敏被破格提升为礼部仪制司主事，次年被任命为会试同考官。后又被授予奉直大夫，调吏部稽勋清吏司主事，官级为文职从五品。

孔尚任手书《会心录》
曲阜市文管会藏

康熙十五年（1676），颜光敏的父亲颜伯璟去世，他回乡丁忧，在家服丧 3 年，又养病 3 年。这期间正赶上孔尚任科举失败，彷徨失意，二人必定有着密切的交往。因为颜光敏年长孔尚任 8 岁，少年时期也就读于曲阜的四氏学宫，算是孔尚任的师兄，所以他走过的道路对孔尚任肯定会有借鉴意义。孔尚任听闻颜光敏所遭受的国难家仇，又目睹他投入清政权的怀抱，积极入仕并步步高升，想想自己空怀满腹经纶却默默无闻，心里肯定会既羡慕又极度困惑。

孔尚任怀着既兴奋又复杂的心态在石门山居住了 4 年，时间是从康熙十七年（1678）年末至康熙二十一年（1682）秋季。在这 4 年里，孔尚任写了《石门山集》3 卷、《节俗同风录》12 卷、《会心录》4 卷。更重要的是，就是在此时，伴着山中凄冷的氛围，孔尚任开始构思那部充满着繁华旧梦又感染了沉郁哀痛的传奇巨著——《桃花扇》。

据孔尚任在《桃花扇本末》中说，他在还没有出仕时，就打算写作这样一部传奇作品，但由于担心"闻见未广"，对相关的故事背景了解得不多，写出来有悖于历史事实，所以，仅仅描摹出了故事的轮廓，而没有在文采上加以藻饰。而这时他所了解的有限的关于《桃花扇》的故事，还是从岳父秦光仪那里听来的。孔尚任有个族兄孔尚则，在崇祯年间曾任洛阳知县，又在南京的部司做官，熟知明末和南明小朝廷的腐败情形。秦光仪与孔尚则有亲戚关系，为了避乱曾在孔尚则的府中待过 3 年，对弘光一朝的历史了解得比较清楚，返回家乡后数次跟孔尚任提起此事，孔尚任就萌生了写作一部传奇以寄托自己情绪的想法。那为什么一定要用戏剧这种形式来表现侯、李爱情和一代兴亡呢？

孔尚任之所以选择戏剧，更多的是考虑到戏剧作为综合艺术所具有的巨大包容性和感染力。在电影和电视剧出现之前，戏剧算是最综合的艺术形式。一出出戏剧就像是电影场景的转换，非常直观可感。观众在台下，看到舞台上演员的表演，感觉自己就像是那个故事的旁观者和亲历者，很容易被情节所打动。与诗文更适合表达个人情感相比，戏剧更多的是把个人的情感传达给观众，让更多的人来感知。通过场上的歌舞表演来外化出作者心中蕴藏着的故事，当然是个不错的选择。

著名表演艺术家陈强的故事可谓最好的说明。陈强因为在歌剧《白毛女》中饰演恶霸地主黄世仁而知名。有一次，华北联大文工团赴前线慰问演出《白毛女》。当戏演至黄世仁逼迫杨白劳在卖掉喜儿的文书上按下手印，杨白劳悲愤服毒自尽，穆仁智强拉喜儿抵债时，因为陈强的表演太过惟妙惟肖，一下子点染了台下观众的怒火。台下顿时群情激愤，纷纷朝台上扔土块，造成陈强的左眼受伤。还有一次在冀中解放区河间县演出，喜儿在台上诉苦，使得台下观众把对女主人公的同情化作了对男主角陈强的仇恨。一名年轻的战士沉浸其中，全然忘记了自己是在看戏，竟然拿起枪来瞄准了陈强，幸亏枪及时被人夺了下来，不然就会酿成一出天大的悲剧。戏剧的感染力可谓大矣！

孔尚任自己也说："场上歌舞，局外指点，知三百年之基业，隳于何人？败于何事？消于何年？歇于何地？不独令观者感慨涕零，亦可惩创人心，为末世之一救。"他就是要通过戏剧的表演，来打动观众，启发他们的思考。

187

离合兴亡
文人情怀
《桃花扇》

WEN

HUA

ZHONG

GUO

孔尚任墨迹 济宁市文物局藏

从孔尚任自己的主观条件来说，他选择戏曲这种形式也有着必然性。"乐"本是孔子提倡的"六艺"之一，而且曲阜城内还有浓郁的学习音乐特别是古乐的氛围。就孔府来说，因为享有特殊的政治地位，又拥有极大的财力，出于祭祀大典和频繁接驾的需要，府内专门设有司乐厅，负责保管乐器舞具和训练演员。从元代起，孔府还设有司乐官，其级别为正七品，同国子监的司乐官平级。作为圣人的后裔，孔尚任对于音乐自然有所接触。更为有利的是，孔尚任的哥哥孔尚悊曾任孔府的礼乐执事，这就为孔尚任学习礼乐提供了方便。

同当时许多南方的豪门贵族一样，孔府长期办有昆班。早在明代天启、崇祯年间，第六十五代衍圣公孔荫植就从苏州聘来昆曲伶工，办了两个昆班，一个称为大戏房，是成人班；一个称为小戏房，是少年班（小昆班）。到了清代康熙、乾隆以后，孔府频繁接驾，昆班的规模也日益扩大，至孔子第七十三代孙孔庆镕做衍圣公时达到了顶峰。受此风气的影响，孔尚任选择戏剧，而且是昆曲这种形式，也就不足为奇了。

清幽的石门山，给孔尚任提供了读书和思考的良好条件。日后成书的《桃花扇》，结尾处众人逃器归隐栖霞山的情节，大概就受到他这段经历的影响。我们甚至可以大胆假设，在他构思《桃花扇》，仅仅有一个框架，具体细节还没有想好的时候，故事主人公的去处可能就已经确定下来了。

随着时间的推移，孔尚任并没有跳出名利的樊笼，求仕进的心反而更重了，此时他就像《红楼梦》中的贾雨村一样，要"玉在椟中求善价，钗于奁内待时飞"了。于是，在山居 3 年后，即康熙二十年（1681）的春天，孔尚任典卖了一些田地，捐了一个国子监生的身份。在获得成就感的同时，他也感到一些愧疚，生怕山中的神灵会嘲笑他。于是，他给最能理解他和倾听他的朋友颜光敏写信，称自己的行为是"倒行逆施"，是"不足为外人道"的，但他心中那种怀才不遇的郁闷却找不到人倾诉个痛快。

在孔尚任选择移居石门山的时候，他大概也没有想以山居作为自己可以受到统治阶层重视的终南捷径，因为他曾认为，石门山地理位置偏僻，豪杰人物罕至，被人赏识尤难。但"无心插柳柳成荫"，就在康熙二十一年（1682）的秋天，也就是孔尚任捐国子监生的第二年，就有人来邀请他出山了。此人就是当时的衍圣公、孔子第六十七代嫡孙孔毓圻。

孔毓圻，字钟在，又字翊宸，号兰堂。生于清顺治十四年（1657），康熙六年（1667）11 岁时袭封衍圣公，14 岁时授光禄大夫，20 岁时晋阶太子少师，成为一品大员。孔毓圻好诗文，工擘窠大字，善画墨兰，深得元人赵孟頫之旨，其画墨兰的笔法也深深影响了他后世的几位衍圣公。

孔毓圻邀请孔尚任为他已停枢 3 年的夫人主持治丧。孔毓圻论辈分比孔尚任小三辈，论年龄比孔尚任小 9 岁，但因为他有着崇高的地位，所以，他的聘书对孔尚任来说是极有分量的，更何况是"束帛加币"的高规格邀请。孔尚任痛快答应了，而且他也竭尽所学，将此事办得井井有条。孔毓圻对此很满意，就又请他做另一项重要的工作——修家谱和《阙里志》。

就像水有源、树有根一样，家谱昭示着一个家族的传承有序，能唤起整个家族的自我认同感和促进家族的团结。普通人家对此事都很

189

离合兴亡
文人情怀
《桃花扇》

WEN

HUA

ZHONG

GUO

重视，更何况是孔氏这种传承最久、枝叶广散且主张"礼莫大于尊祖，典莫大于修谱"的中国第一大家族了。能在这样一个大家族中主持如此重要的工作，是对主持人的组织能力和号召力的肯定，更是对主持人在一姓之中地位的高度认可。《阙里志》是纂述曲阜文物古迹和旧闻逸事之作，主持人必须拥有丰富的学识和文采，得属于当地最突出的"闻人"。孔尚任接手了这两个工作，并以极大的热情投入到工作中去，历时两年，圆满地完成了任务。

　　除了修谱纂志，孔尚任还受孔毓圻之请，发挥自己的专业特长，为孔府培训礼乐人才。为了祭孔和迎驾的需要，孔尚任在曲阜一带选了 700 位优秀的人才，教给他们祭礼和歌舞，圆满地完成了这一任务。孔尚任出山后做的这些事，极大地提高了自己在宗族中的地位和影响力，其获得的成就感也使自己那颗时隐时现的入仕上进之心在沉寂了 4 年之后又复萌了起来。他终于等到了时来运转的那一天。

　　康熙二十三年（1684）十一月，康熙帝结束南巡回京，要专程来曲阜祭孔，以示尊孔崇儒，用他自己的话说就是"特敷文教，鼓舞儒学"。除了烦琐的各项接驾事宜以外，康熙还要求孔毓圻在孔门中选两名儒生，为他讲解经书文义。因为有了前几次的铺垫，孔毓圻对孔尚任的才学和能力有了充分的信任，所以，他就推荐了孔尚任。另一位人选是孔尚任的同族兄弟，身为举人的孔尚铉。

　　接到任务后，孔尚任开始加班加点地工作，从指挥礼乐弟子排练仪式，到写作为皇帝和文武百官讲解的讲义，不敢有丝毫的懈怠。这对他来说既是个严峻的任务，又是个难得的机遇。机遇只会垂青那些有准备的人，而机会来到时如何抓住就更为重要。他那一天必须要好好表现，不能像唐代的孟浩然那样让机会从自己的身边溜走。

　　据欧阳修等编著的《新唐书·孟浩然传》和辛文房的《唐才子传·孟浩然》等书记载，唐代诗人孟浩然 40 岁时游长安，希望当权者

能赏识自己，好得个一官半职。他与王维交好，有一次王维偷偷邀请他去翰林院，与他切磋诗歌。他们刚聊了一会儿，突然唐玄宗来了，吓得孟浩然赶紧藏在床下。王维不敢隐瞒，只能据实汇报。唐玄宗听后不但没生气，反而还很欣喜，说自己知道孟浩然这个人，只是没见过面，怎么藏起来了？他命令孟浩然赶紧出来。玄宗问：你最近又作了什么诗啊？孟浩然就把他刚作的《岁暮归南山》读给皇帝听："北阙休上书，南山归敝庐。不才明主弃，多病故人疏。白发催年老，青阳逼岁除。永怀愁不寐，松月夜窗虚。"当他读到"不才明主弃，多病故人疏"时，皇帝打断了他，说：是你自己不求仕进，而不是我不肯任用你，你怎么怪到我的头上了呢？于是就把他放回终南山去了。千载难逢的好机会就这样因为自己言辞的不谨慎而化作乌有了，这不能不让孔尚任引以为戒啊！

十一月十八日，在隆重的仪式中，康熙皇帝亲率文武百官来到孔庙，向孔子献上了自己的至诚。在行礼和献祭结束后，他同百官一同听孔氏的后人讲解经义。孔尚任讲的是《大学》的首章，孔尚铉

孔庙大成殿

讲的是《易经·系辞》。孔尚任讲完后，康熙很满意，他对身边的侍从说，此人的水平比经筵讲官还要高。

拜祭完孔庙后，康熙皇帝又拜祭了孔子陵。在孔氏族人看来，皇帝的尊师重道之诚，简直到了无以复加的程度。在皇帝游览祭祀的过程中，孔尚任都全程陪同，借此机会，他向皇帝提出了一些改善"三孔"条件的请求，皇帝全都批准了，而且还豁免了曲阜县百姓的地丁

银两。

因为是近距离地接触，更因为此次在圣人的故里故意放低了姿态，所以，康熙显得很是平易近人。康熙曾三次问孔尚任的年龄和身份。当听到孔尚任没有功名，只是一名捐纳的监生时，康熙降下天恩，说对孔尚任等人不必根据任用的规定，可以特殊照顾。于是，转瞬之间，孔尚任就从不经保举不能为官的监生，成为了堂堂的国子监博士。

在十二月初一那天，清廷正式向孔尚任下达了吏部关于执行皇帝命令，任命他为国子监博士的公文。孔尚任对这从天而降的喜讯的反应是"垂沐焚香，拜告先祠，跪述老母膝前"，并见人就说皇帝的"温示优容之恩"。而他的老母亲对浩荡的皇恩也感激得泣下涕零。孔尚任感到，自己作为一介书生能有此机遇，其难得的程度对他来说都算是非分之想了。他下定决定要对康熙皇帝和朝廷尽犬马之劳，直到自己生命的终结。此时，那个在石门山中内心挣扎的孔尚任消失了，取而代之的是暂且把民族兴亡之恨放到一边、满怀大展宏图壮志的圣裔了。

二、笔墨工于阅历多

康熙二十四年（1685）元月十八日，孔尚任踏上了赴京任职的旅途。10天后，他正式就职。在38岁这个已不算年轻的年纪上，孔尚任正式开始了自己历时十几年的仕宦之路。他感觉到一扇光明的大门向自己敞开了，但令他自己没有想到，他的推荐人孔毓圻、提携人康熙皇帝更想不到的是，他湖海漂泊的入仕经历的最大意义，在于给他提供了一个接触历史和前朝隐逸的机会，促成了一部"借离合之情，写兴亡之感"的伟大作品的诞生。

孔尚任来到京城后的身份是国子监博士。国子监是国家的最高学府，国子监博士的主要任务是讲解经书，是个八品官员。讲解经书算是孔尚任的拿手戏了，又因为他是皇帝亲自批示安排的，所以，

国子监琉璃牌坊

国子监的祭酒翁叔元很快就安排他为学生们讲解经义。虽然孔尚任有过给皇帝及文武百官讲经的经历，但那只是偶然为之，面对八旗十五省的数百位满汉子弟崇拜的眼神，这位从曲阜小城来到国家最高学府的读书人感到了极大的成就感。他的讲解也得到了祭酒和学生们的好评，用孔尚任自己的话说就是"一时啧啧，称为盛事"。

在孔尚任讲经后不久，孔毓圻来京酬谢皇恩，受到康熙的接见。接见完毕，康熙又赐宴礼部。作为在康熙祭孔活动中扮演过重要角色并直接受皇帝隆恩的圣裔，孔尚任也参加了这次宴请。做东的是当今万岁爷，主宾孔毓圻是官居一品的衍圣公，作陪的是礼部尚书张士甄，而孔尚任只是个八品的国子监博士，能参加这种高规格的活动，对他来说实在是荣幸之极。从山中隐居到得睹天颜，从捐纳的监生到皇帝批示破格提拔的国子监博士，这其中实在是有着天壤之别，幸福来得太突然。究竟是什么力量让自己得到了这一切？孔尚任自己也说不清楚，他认为这就是他的"异数"吧。于是，他把自己出山以来经历的种种令人幸福的头晕目眩的"异数"写成了一篇散文——《出山异数记》。

这是一篇与《桃花扇》判若出于二手，也曾引起后人无数口水的文章。在文中，孔尚任怀着对清政权感恩戴德的心情，无比享受地沐

193

离合兴亡

文人情怀
《桃花扇》

WEN

HUA

ZHONG

GUO

浴在浩荡的皇恩中。他这时全然不在乎他得到的只是个既没钱又无权的闲差，甚至他还以国子监博士是个清闲誉美的职位而感到自豪。从他一首名为《乙丑闱中拨闷和王宪尹韵》的诗中，我们可以看到他这时的心情：

> 骑马过燕市，萧然世外情。殷勤劳帝简，仿佛记臣名。教胄官原美，分帘职又清。草茅逢胜事，归说有余荣。

在偌大的京城骑马而行，潇洒犹如世外。国子监的教书博士，有着美好的名声，又清雅闲淡。最令他感动不已的是，日理万机的皇帝竟然模模糊糊地还记着他这个八品闲官叫孔尚任，这怎能让他不见人就诉说自己所获得的荣耀呢？此时，令他得到极大满足的是自我价值的实现，至于名利倒还在其次了。或许，孔尚任觉得他在这个清水衙门只是暂时的，皇帝早晚会把他擢升到一个更加重要的位置上去的。但一年过去了，情形却没有丝毫的改变。他感觉自己像是一个失宠的妃嫔，昔日浓情犹历历在目，但与天子却咫尺天涯，只能独守空房，怅惘不已。他写了一组诗，名为《续古宫词》，以帝妃喻君臣，写出了自己的这种感受："昭阳殿里侍炉香，日对东窗白玉床。咫尺天颜哪可近，屏风一架似宫墙。"

孔尚任的这种失落感持续了没有多久，就迎来了职位上的第一次变动，那就是南下治河。康熙在南巡时，发现由于黄淮水利失修，高邮、宝应、兴化、泰州等地海口淤积，积水汪洋，民不聊生，应该尽快开浚下河，疏通海口。关于治河的具体操作方法，在朝堂上曾引起了巨大的争论，最终孙在丰的方案得到了康熙的认可。

康熙二十五年（1686）七月，康熙任命孙在丰为工部侍郎，命他督修黄淮下河海口。孙在丰是康熙九年（1670）的一甲第二名进士，也就是榜眼，曾任翰林院编修、《明史》总裁、礼部侍郎等职。他曾随康熙南巡、祭孔，并为孔尚任修改过御前所讲的《大学》讲义，对孔尚任留有良好的印象。此次南下，孙在丰就把孔尚任召入幕府，随他前往治水。

孔尚任一行于八月到达扬州河署。当时水患的情形比他想象中的还要糟糕，他要做的工作自然是忙碌又辛苦。他形容自己当时的生活是"鞍马何曾经柳影，枕衾大半近芦花"，大部分时间都处在野外，风餐露宿。同时，治水的经历又给了这位"分帘职又清"的读书人接触社会、开阔眼界、广交朋友的机会。

扬州在南明时是史可法的驻守之地，是对抗清军最激烈的所在，也是在城池失守后遭遇报复最为惨烈的地方。"扬州十日"给这座曾经繁华又有诗意的城市蒙上了悲壮的阴影。政已息，人已亡，父老尚在；城已颓，楼已塌，遗迹犹存。就这样，一项皇帝亲自布置的解民于倒悬的政治任务和民生工程，让孔尚任回到了历史现场，有了接触前明遗老的机会，也让他日后要写的《桃花扇》有了丰满其肌肉的最好契机。

这一时期，孔尚任结识了黄云、宗定九、闵义行、许承钦等前明遗老，他们诗酒往还，成为莫逆之交。遗老隐逸们毫无保留地把他们所身经和接触到的事迹讲给孔尚任听，给他讲明末的政治腐败和权奸当道，给他讲清军的残暴不仁和亡国的切肤之痛。例如许承钦，这位海内无多的"灵光硕果"（孔尚任语），就曾给孔尚任讲过许多明清更替的史实。孔尚任在诗中曾记述过一次他同邓孝威等人去许承钦家，许承钦对他们的谈话："所话朝皆换，其时我未生。追陪炎暑夜，一半冷浮名。"许承钦讲的是他出生前朝代更换的历史，这些历史事实让他追求浮名的心冷了一大半。可见这些都是有关清政权取代明朝过程中的种种劣迹，这在当时是极为敏感的，所以，诗后邓孝威作注说这些谈话"不堪为门外人道"。与这些遗老们的交往，让孔尚任在出山前就已构思的《桃花扇》的经络框架渐渐明晰起来，故事的主题也得到了确立。

在康熙二十六年（1687）的秋天，孔尚任暂时借住在昭阳（今泰州兴化）城南的李清枣园中。与前几位遗民稍有不同的是，李清是崇祯朝的进士，曾经在南明小朝廷做过大理寺左丞，对朝政之得失的了解更是确凿。秋高气爽的天气，闲静清幽的环境，给了孔尚任一个修改《桃花扇》的绝好条件。他不但伏案写作，而且每写成一出，还找人来试唱，以找出不足，推敲琢磨。

冒　襄

李清等人的讲述和史书的记载大概就已经能满足孔尚任描写"朝政之得失"的需要了，但这部书毕竟是虚实相生的文学创作，要以人物，特别是男女主人公的悲欢离合来做串场。这时，如果能有一位对侯方域、李香君等人有所了解，最好同他们有所交游的人娓娓道出文人之聚散，那这部书也就神龙毕现了。找谁合适呢？如果侯、李二人能出来讲述当然是最合适不过了，但侯方域已于30多年前的顺治十一年（1654）去世了。至于李香君，她的去向已是无人知晓。在与侯方域交游的几位公子中，陈贞慧晚于侯方域2年去世，方以智也于康熙十年（1671）去世。当时孔尚任对《桃花扇》的构思还没能到采访当事人的程度呢。于是，冒襄就成为不二的人选了。

冒襄是与侯方域、陈贞慧、方以智并称为"明末四公子"的著名文人，与剧中所要描写的侯方域、李香君、柳敬亭、苏昆生等人物都曾有过密切的来往，对他们的事迹了解得很清楚。听说孔尚任在写作

《桃花扇》，作为硕果仅存的过来人，他觉得有责任将自己所知道的那段历史和文人的逸事告诉孔尚任，让这部著作更加丰满和富有光辉，可以永久传世，使剧中的忠臣义士得以不朽。于是，他不顾自己77岁的年纪，从150公里外的如皋赶来与孔尚任促膝长谈。他在孔尚任这里一住就是一个多月，与孔"连夕达曙"地长谈，从侯、李等人的音容笑貌，到南明弘光、马、阮等人的丑恶行径，无不涉及。得到这些宝贵的资料，《桃花扇》的主要人物将更加鲜活了。

　　康熙二十八年（1689）的春天，康熙亲自来扬州视察治河情况。听说孔尚任在这里，他特地召见，"撤宴赐食，慰劳再四"，以示眷顾。孔尚任对此的反应比前两次受皇帝召见时极度夸张的兴奋明显有所减弱，他面对这极致的荣宠，"澹泊敛退，绝无矜张之容"。虽然他也写下了"最是光辉人队里，龙颜喜顾唤臣名"的诗句，但更像是自我安慰的应景之语。故国之思、兴亡之感已被撩拨起，《桃花扇》呼之欲出，已经不是吹过玉门关的浩荡春风所能剪断和阻隔的了。

　　在受到康熙接见几个月后，扬州河局就解散了。趁着回京前还有一段时间，孔尚任决定到南京——《桃花扇》故事的主要发生地——来实地考察一番。

　　龙盘虎踞的金陵关涉了太多的兴亡感慨。朱自清先生在《南京》一文中就感慨道："逛南京像逛古董铺子，到处都有些时代侵蚀的遗痕。你可以摩挲，可以凭吊，可以悠然遐想；想到六朝的兴废，王谢的风流，秦淮的艳迹。这些也许只是老调子，不过经过自家一番体贴，便不同了。"是的，对于孔尚任来说，且不说六朝金粉已成陈迹，晋代衣冠做了古丘，且不说"夜深还过女墙来"的"淮水东边旧时月"，和早已飞入寻常百姓家的王谢堂前的燕子，单是明朝开国的遗迹和40多年前弘光一朝的残留，就让这位圣裔"对此如何不泪垂"啊！"以我观物，故物皆着我之色彩"，在孔尚任的眼中，这座依旧繁华、遍地名

WEN

HUA

ZHONG

GUO

胜的城市却笼罩在一片阴郁和哀伤
的氛围中。带着这种感受，他将金
陵的名胜古迹一家家寻访来。

　　未来南京前，孔尚任也曾读过
描写金陵形胜的文字，但是纸上得
来的终觉浅薄，如隔靴搔痒。孔尚
任此次南京之行，正是一次触发心
灵之痒的旅程。他乘船渡过长江，
先来到秦淮河，宿于水西门。水西
门在明代被称为"三山门"，是当
时南京内城 13 个城门之一。置身
于此，他激动得不能自已，写下了
《泊石城水西门作》，抒发了无限感
叹：

《金陵图咏》　明天启三年（1623）刻本

　　　　莫以金汤固，南朝瞬息过。雄心滋墓树，盛事入樵歌。金粉
　　谁家剩，弓刀此地多。古来征战垒，都是锦山河。

　　　　满市青山色，乌衣少故家。清谈时已误，门户计全差。乐部
　　春开院，将军夜宴衔。伤心千古事，依旧后庭花。

　　　　钟阜巍然在，萧条王气无。有宫皆瓦础，何巷不屠沽。客泊
　　新秋水，城啼旧夜乌。中宵饶感慨，空对莫愁湖。

　　水西门内有冶城道院，所以孔尚任就把《桃花扇》第一出《听
稗》中侯方域约陈定生、吴次尾等人同看梅花的地点放在了此处。

　　离开水西门，孔尚任还游览了著名的鸡鸣寺。鸡鸣寺东侧有胭脂
井，相传陈后主与张丽华、孔贵妃曾投其中以避隋兵，后被俘获，因
此胭脂井又名辱井。孔尚任写有《鸡鸣寺》诗："一从殿阁秋生草，渐
许梧桐夜睡乌。院院僧雏头白尽，钟山气冷守浮屠。"兴亡之感，溢于

笔端。在《桃花扇》第四出《侦戏》中，陈定生、方以智、冒襄在鸡鸣埭吃酒，借阮大铖之《燕子笺》，先是欣赏阮之文采，后揭批其为人之无德无行。此鸡鸣埭即是鸡鸣寺。

孔尚任还游览了莫愁湖、明故宫、明孝陵和栖霞山等金陵名胜。明孝陵作为明代开国君主朱元璋的陵墓，本身就是一个符号，能让每一个凭吊者唤起对那个存在了近300年的王朝的追怀。在明孝陵前，孔尚任目睹了什么样的景象呢？这在他的两首《拜明孝陵》诗中有所反映：

> 夕阳红树间青苔，点染钟山土一堆。厚道群瞻今主拜，酸心稍有旧臣来。石麟碍路埋榛草，玉殿存炉化纸灰。赖有白头中使在，秋晴不放墓门开。

> 宋寝齐陵尽野莎，英雄有恨欲如何！宝城石坏狐巢大，龙座金消蝠粪多。瞻像犹惊神猛气，禁樵浑仗帝恩波。萧条异代微臣泪，无故秋风洒玉河。

一代开国之君的陵寝居然与"狐巢"、"蝠粪"联系到了一起，其破败之状可以想见。曾经辉煌威严的所在成为荒草一堆，这是多么令人不堪啊！"厚道群瞻今主拜"、"禁樵浑仗帝恩波"是为当今的最高统治者康熙皇帝唱的赞歌，说康熙能尊重孝陵，前往拜祭，并禁止在陵地樵牧，但这看似对前朝的尊重怎么能让那些"酸心旧臣"和"异代微臣"止住亡国之痛的热泪呢？我们不禁要想，孔尚任饱含深情地描写前朝老臣的热泪，是不是潜意识里也把并没有食过明粟的自己包含在内呢？如果是这样的话，他就可以感同身受地写下《桃花扇》中那套让人含着热泪才能读罢的《哀江南》曲了。

孔尚任还游览了栖霞山。环境清幽的栖霞山让孔尚任流连忘返。如果说石门山让孔尚任望峰息心的话，那栖霞山上的栖霞寺则让他有了入寺慕道之心。他在诗中写道："殿阁层层上，芒鞋已到天。但闻松

WEN

HUA

ZHONG

GUO

水沸，不辨市朝烟。红紫垂秋果，香灯坐老禅。到来消万虑，拟借一
床眠。"这样一个别有洞天的小天地不是正好适合人们逃避尘世的纷扰
吗？至此，《桃花扇》中侯、李等人的归宿就有着落了。

　　同扬州之行一样，孔尚任来金陵除了览胜吊古外，还要广交朋友。
他结识了著名画家龚贤。龚贤早年曾参加复社活动，入清后隐居不出，
为"金陵八家"之一。还有被顾炎武称为"关中声气之领袖"的王弘
撰。王弘撰在理学、史学、易学、书画金石鉴赏和诗古文词创作等方
面都取得了很高的成就，在明亡后曾到昌平祭奠崇祯。康熙十七年
（1678），被举博学鸿词，他坚辞不就。

明代锦衣卫印

　　孔尚任还拜访了张瑶星。张瑶星就是
《桃花扇》中那位一语惊醒侯、李二人的张
道士的原型，他原是明朝的锦衣卫千户，在
明亡后于栖霞山白云庵入道，曾戴孝祭奠崇
祯。孔尚任作有一首《白云庵访张瑶星道
士》，记录了他拜访张瑶星的情形："淙淙历
冷泉，乱石路频转。久之见白云，云中吠黄
犬。篱门呼始开，此时主人膳。我入拜其床，倒屣意颇善。著书充屋
梁，欲读从何展。数语发精微，所得已不浅。先生忧世肠，意不在经
典。埋名深山巅，穷饿极淹蹇。每夜哭风雷，神出龟为显。说向有心
人，涕泪胡能免。"张瑶星隐居山中，但笔耕不辍，以至于"著书充屋
梁"。所著为何书呢？孔尚任没有说，但我们也能想得到。因为他把自
己的心事说与孔尚任这样的"有心人"，能使人涕泪交加，这自然是有
关明清易代和遗民苦痛的内容了。孔尚任对张瑶星的评价很高，认为
他"数语发精微，所得已不浅"，所以在剧中他把张描写为在那个乱世
中秉持最高智慧的准圣人，借他的手来斩断了侯、李破镜重圆后萌发
出的那一点情根。

康熙二十九年（1690）的二月，孔尚任经过近4年的治水劳碌和富有收获的扬州、金陵之旅后，重新回到北京，继续当他的国子监博士。他的生活依然清贫清闲，不过好在他可以利用这个机会继续写作《桃花扇》。经历了这些年的南北漂泊，接触了那么多可以写入故事的人和事，这部构思已久的剧作已经比较成熟了。就在这个档儿，他找了个机会把自己要在《桃花扇》中运用的"借离合之情，写兴亡之感"的写作原则做了一番全面而彻底的操练，这就是写作戏剧《小忽雷传奇》。

康熙三十年（1691），孔尚任买到一把琵琶，上有"小忽雷"及"臣滉手制恭献建中辛酉春"的字样。证以文献，可知这把小忽雷出于唐代著名政治家、书画家韩滉之手。而据唐末段安节的《乐府杂录》记载，在唐文宗时，宫中有大小忽雷二琵琶，有宫人郑中丞擅长弹奏。一次郑中丞弹小忽雷时，琵琶出现了故障，就送出宫维修。后来她因为触犯了皇帝，皇帝命令宦官将其绞死，放在棺材中扔到河里。权德舆的一位老部下梁厚本在垂钓时，发现了这口棺材，将她救活。后二人结为连理。不久后又赶上宦官作乱，趁着大乱没有人知道，梁厚本贿赂乐匠将小忽雷赎了出来。由于小忽雷是宫中之物，而郑中丞又是戴罪的宫人，所以只有入夜后她才敢轻轻弹奏。有一次花下饮酒后，郑中丞弹起小忽雷，恰巧被一个出来放鹞子的太监听到，他听出这是郑中丞所弹，就报告了皇帝。文宗又是追悔又是惊喜，赦免了梁厚本的罪，并加以赏赐。

这把浓缩了无限历史密码的小忽雷让孔尚任感慨万千，可以说这一把琵琶折射出了唐末那个朝纲不振的混乱年代。这把琵琶与政治和爱情这两个元素紧紧联系在一起，一把琵琶可以窥见大时代中的小人物命运，而这又和他正在写作的《桃花扇》是多么的相似啊！这把琵琶激发出了孔尚任的灵感，他抑制不住创作的冲动，动笔写成了戏剧

201

离合兴亡
文人情怀
《桃花扇》

WEN

HUA

ZHONG

GUO

《小忽雷传奇》。

《小忽雷传奇》是孔尚任与他的好友顾彩合作完成的。顾彩是一位与曲阜孔氏关系极为密切的文人，他是无锡人，在诗文和音律方面有着很高的造诣，曾被衍圣公孔毓圻聘为家庭教师，教授他的两个儿子——未来的衍圣公孔传铎和二子孔传镳。顾彩在曲阜参与了孔传铎等人组织的诗社，并为传铎、传镳的诗文集作序，为他们的词集作点评。他与孔尚任也相识很早，并有着很深的交情，因此，二人的合作很愉快。因为有着构

小忽雷

思《桃花扇》的前期积累，所以《小忽雷传奇》一剧的剧本故事由孔尚任编写，而唱词则主要由顾彩完成，就像吴穆在《小忽雷传奇序》中所说："孔门星座，立传周详；顾氏仙才，填词雅秀。"

《小忽雷传奇》将男女主人公梁厚本和郑盈盈的爱情悲欢放到了唐末那个文人官僚与宦官激烈斗争的历史背景中，忠奸分明，正邪不两立。无论从时代背景、人物性格、故事推进等方面，《小忽雷传奇》都与《桃花扇》有着惊人的相似度。梁厚本、郑盈盈分别对应着侯方域、李香君，身为宦官头子的大反派仇士良对应着马士英、阮大铖，大臣裴度、李训分别对应着左良玉、史可法，这简直就是为《桃花扇》的最终出炉做的预演，难怪梁启超感慨说："这是他一家的作风，特长的技术。"

在回京继续做国子监博士的 5 年后，也就是康熙三十四年（1695）春天，孔尚任终于摆脱了那个曾让他短暂兴奋过的清水衙门。他的官级由八品提升到了正六品，官职是户部福建清吏司主事，这是个掌管民赋、海税、俸饷等财务事宜的实权单位，更何况他还兼任当时的铸

币机关宝泉局的监督。孔尚任地位发生了改变，却宠辱不惊，心态保持得不错。他给友人写信说："今年在铜臭中，不为所染，自觉潇洒。而长安僚友多不相信。"

这一时期他加快了写作修订《桃花扇》的速度，这也要得力于他的上司，也是他山东同乡的田雯的催促鞭策。另外，他结识了丁继之的朋友王寿熙。王寿熙有着丰富的昆曲演唱经验，他对孔尚任从音律、曲谱上给予了指导和纠正，使得孔尚任担心《桃花扇》写出后有佶屈聱牙之病而不适合演唱的顾虑被彻底打消了。于是，康熙三十八年（1699）的六月，在向朋友炫耀他正在酝酿剧作的 10 多年后，《桃花扇》正式问世了。

三、故乡的狂鼓吏

如前文所述，孔尚任写作《桃花扇》，有两段经历对他特别重要：一是他隐居家乡的石门山读书期间，听家族中的长辈讲南明王朝兴亡的故事，又结合历史记载，开始为以后的写作作了初步的构思；二是他出差淮扬期间，广交遗民，博采逸闻，取得了许多侯、李爱情故事的第一手资料，也加深了对南明王朝灭亡的历史伤痛感，使得整部传奇血肉丰满。

为这部伟大作品做出贡献的人，孔尚任在《桃花扇本末》中也提到了几位，他们或是提供了写作的素材，或是在曲律上做了匡正。孔尚任没有提到一位年长他几十岁的老者的名字，因为这位老者既与侯方域、李香君非亲非故，又与南明王朝毫无瓜葛，也没有对孔尚任的写作提供任何有借鉴意义的建议，甚至因为二人年龄的巨大差距，这位老者都不知道在自己的身后孔尚任会写作这样一部书。但就是这样一个人，却以自己的叛逆精神和惊世的作品感染了孔尚任，也让《桃

花扇》深深烙上了他的印记。这个人就是贾凫西。

贾凫西是孔尚任的曲阜同乡，名应宠，字思退，一字晋蕃，号凫西。他生于明万历十七年（1589），卒于清康熙十四年（1675）。在崇祯末年，贾凫西考中贡生，并于崇祯十一年（1638）出任河北固安县令，后任户部主事。明亡之后，他曾于顺治八年（1651）补官刑部郎中，但时间不长即辞官归乡。贾凫西有个绝活——说唱鼓词。鼓词是明、清两代非常兴盛的说唱艺术样式，与弹词是江南诸省的说唱文学一样，鼓词广泛流行于北方地区，在民众的生活中产生了重大的影响。与弹词不同的是，弹词以琵琶为伴奏乐器，而鼓词用鼓板和三弦伴奏。贾凫西自明代末年就开始了鼓词创作，其《历代史略鼓词》是现存最早命名为鼓词的作品。因为鼓又是用木和皮做成的，所以他又有了个别号，叫木皮散客。

民国精刊本《木皮鼓词》

贾凫西虽然生长在圣人之乡，性格却并不温柔敦厚。他天性豪放，性格偏执易怒，不喜走寻常路，却深有计谋。最明显的例子就是清顺治时，他已赋闲在乡，有县尉三番五次地去找他的麻烦，让他出来做清朝的官。对于那些想做官的人来说，这或许是个再谋富贵的好机会，也就顺水推舟了。对于想为明朝守节的遗民来说，这却是可杀不可辱的原则问题，是断断不可的。那么贾凫西是怎么做的呢？他很快就答应了县尉，仍然官补旧职。但他却假借公事回到家乡，把县尉抓起来狠狠揍了一顿。自己报完仇痛快至极，被揍的也有苦说不出。仇报完了自然就没必要做官了，他就去找上司称病请辞。上司不允，他就偷偷地对上司说："你为什么不弹劾我呢?"上司吃了一惊,说:"你没有罪,我弹劾你干什么?"贾凫西回答:"我整天忙着说唱鼓词,荒废了政务,这是多么大的罪过,还不够你弹劾啊?"果然,不久就下来了撤职的命令。贾凫西潇洒归去来,又恢复了自由身。

贾凫西为人不慕功名富贵而专一旷达放浪,他最好的朋友是诸城人丁耀亢。丁耀亢,字西生,号野鹤,自称紫阳道人,是当时的著名文人,作有《续金瓶梅》等书,是一位出了名的"雄心傲骨气铮"的人物。贾凫西喜欢与丁野鹤一起谈天说地作鼓词,然后在席间拍鼓高歌,他对于人生、对于政治的满腹牢骚就借着鼓词喷薄而出了。尤其是在明朝灭亡之后,作为遗民的伤痛感就更点燃了他胸中的怒火,加重了他的愤世之心。在那之

《贾凫西木皮词校注》书影

后,他的鼓词说得更勤了,他"说于诸生塾中,说于宰官堂上,说于郎曹之署,说于市井之肆。木皮随身,逢场作戏"(孔尚任《木皮散客传》)。他在鼓词中尽情嘲笑那些道貌岸然、违心欺世者,也就是孔子所谓的"乡愿",将木皮鼓词的嬉笑怒骂悉奉此辈,行年八十,仍然笑骂不倦。在贾凫西的眼中,他人是乡愿,是该骂的;而在他人眼中,他是个异端,是个怪物,也是该骂的。就这样,贾凫西不能为乡里所容,只能自曲阜移家至相邻的兖州,闭门著书数十卷,最终逝于兖州。

贾凫西(1589~1675)与孔尚任(1648~1718)年龄相差近60岁,相处的时间也不长,孔尚任却深受贾凫西的影响,这不但因为二人是曲阜同乡,而且贾凫西与孔尚任之父孔贞璠是好友。

205

离合兴亡
文人情怀
《桃花扇》

WEN

HUA

ZHONG

GUO

据《阙里文献考》卷九三本传记载：孔贞璠，字用璞，孔子第六十三代孙，崇祯六年（1633）举人。因为奉养双亲而没有出仕。他博学多才，崇尚气节，崇拜秦汉之际的游侠朱家和西汉的游侠郭解。明朝末年，兵荒渐多，孔贞璠组织地方力量抵御侵犯，保卫了曲阜城的安全。在贾凫西诗集《澹圃诗草》中，有一首《再游孔琢如长松亭》诗，诗云："载酒长松下，松花散晓风。还如前日会，更与故人同。沂水流墙外，绎山入座中。幽怀殊不倦，黄鸟哳深丛。"可见二人过从甚密，友谊笃切。

因为父亲与贾凫西有交往，所以孔尚任幼时便见过贾凫西。孔尚任在为贾所作的《木皮散客传》中回忆，那次会面，性格古怪的贾凫西对他还是非常友善的。当时，孔尚任还是个小孩子，他独自来到贾凫西的家中。贾凫西把他让到客人的座位上，给他鱼肉吃，告诉他说："我自己的生活都很简朴，却舍得把鱼肉给你吃，是因为你是个聪颖非凡的孩子。我已经老了，不中用了，以后还有用得着你的地方，也并不是因为你是我故人的孩子。"说完他指了指墙角一个正在除粪的人说："你看，那也是我故人之子，他自己不成器，我就把他当成了奴才使唤。"贾凫西又说："你家的客厅后面，绿竹很可爱，上面所挂的红嘴鹦鹉别来无恙吧？我可是经常连做梦都会梦到它。你父亲经常请我吃喝游玩，我却都忘了。"这几句话虽然没有人情味，却可以让孔尚任在汗出如浆的同时也受到莫大的激励，想必在以后的人生旅途中孔尚任会经常想起他幼年的这段小插曲。

孔尚任之所以会选用戏剧的形式来表现那一段天翻地覆的历史，也与贾凫西有着很大的关系。在《桃花扇小引》中，孔尚任认为传奇的写作有一定的难度，要求诗赋、词曲、四六、小说无体不备，而且"点染景物，乃兼画苑矣"，需要有刻画细节、穷形尽相的本事，是一种很难掌握的文体。既然难掌握，那他为什么又选用了这种文体呢？

他的解释是，因为传奇的"旨趣实本于三百篇，而义则春秋，用笔行文，又左、国、太史公也。于以警世易俗，赞圣道而辅王化，最近且切"。这其实是夸大了戏剧的功能。戏剧本身并不与"三百篇"（《诗经》的美刺）、《春秋》（微言大义）等有直接、必然的联系，有没有这种美刺全看作者如何表现。

其实，孔尚任选择用戏剧的形式写作是有多方面考虑的。一来如前文所说，戏剧是一种综合艺术形式，有着极强的感染力；二来戏剧是一种强调虚构的文学样式，将敏感的现实融入虚构之中，可以避开严密的文网；三来孔尚任有着很强的音乐才能。在客观上，如顾彩在《桃花扇序》中所说，孔尚任也有与擅长作曲的阮大铖一决高下的意思。除此之外，不能忽视的就是贾凫西鼓词对孔尚任的感染和影响。如果我们把贾凫西鼓词酣畅淋漓的嬉笑怒骂和《桃花扇》做一番对比之后，便可以得出结论：这简简单单的鼓词对孔尚任的诱惑实在是太大了。

这种诱惑体现在两个方面：一是鼓词强烈的批判性和幽默感，二是从鼓词中流露出的浓重的遗民伤痛感。贾凫西所作的鼓词在形式上其实不属于清代鼓词的主流。清代鼓词作品传世较多的是长篇鼓词，这些作品大多以一点史实为基础，努力附会人物、虚构故事，很能满足人们了解历史和欣赏故事的需要，但程式化极强，文学性并不怎么高。贾凫西的木皮词以短篇鼓词为主，现存的有《历代史略鼓词》、《太师挚适齐全章》、《孟子·齐人章》和《齐景公待孔子五章》等。有多个版本的《木皮散客鼓词》将《太师挚适齐全章》插入到《历代史略鼓词》的"开场"之后，其实这是不同的两篇，前者写历代兴亡变幻，后者则敷衍《论语·微子篇》"太师挚适齐"一节成篇。

贾凫西用说唱的形式来批点历史、褒贬人物，远可以追溯到宋代的讲史，近则取法于元、明的词话。在贾凫西之前，明代的杨慎已作有《历代史略十段锦词话》。虽然贾凫西的木皮词直接受到杨慎《历代

WEN

HUA

ZHONG

GUO

明万历刻本《历代史略词话》

史略十段锦词话》的影响，但由于作者的生活经历和创作出发点不同，贾凫西的木皮词表现出了迥异于《历代史略十段锦词话》的思想倾向。

杨慎以议礼获罪而被谪云南，其积极入世的理想受到重创，以至于心态发生了很大变化，影响到他文学创作的风格，其散曲也多有人生如梦而追求绝圣弃智的作品。《历代史略十段锦词话》自始至终弥漫的是感伤和空幻的人生如梦的情绪。如第一段"总说"，篇首［西江月］云："天上乌飞兔走，人间古往今来。沉吟屈指数英才，多少是非成败。富贵歌楼舞榭，凄凉废冢荒台。万般回首化尘埃，只有青山不改。"第三段"说秦汉"篇首［临江仙］云："滚滚长江东逝水，浪花淘尽英雄。是非成败转头空。青山依旧在，几度夕阳红。白发渔樵江渚上，惯看秋月春风。一壶浊酒喜相逢。古今多少事，都付笑谈中。"这两篇开场词都是这种情绪的表达。

"渔樵"是杨慎词话中反复出现的字眼，盖渔翁渔罢而大醉于舟中，樵夫樵毕而长歌于山道，这二者的悠闲恰与历史上厮杀争斗的惨烈形成了鲜明的对比。而渔樵相逢，饮唱问答，评尽千年沧桑，自然有一股苍凉的意味。

贾凫西的木皮词虽然也有类似的情绪，如"引子"中说："试看那汉陵唐寝'麒麟冢'，只落得野草闲花荒地边！倒不如淡饭粗茶茅屋下，和风冷露一蒲团。科头跣足剜野菜，醉翁狂歌号'酒仙'。正是那：'日出三竿眠未起，算来名利不如闲！'从古来争名夺利落了个不干净，叫俺这老子江湖白眼看！"但这种情绪在鼓词中终究不是主要的，他对历史的感叹更多的是对历史上种种丑恶现象的愤愤不平，他要揭露中国几千年来所谓神圣人物身上的种种丑恶，要"将盘古以来，中间如许年的故事，那皇的皇，帝的帝，王的王，霸的霸，圣的圣，贤的贤，奸的奸，佞的佞，一一替他捧出心肝，使天下后世的看官，看他个雪亮"。

在贾凫西的笔下，一切神圣的帝王将相所谓的神圣只不过是假象，在耀眼的光环背后，他们也懦弱、有私欲，甚至是凶残狠毒，而这才是他们享受荣华富贵的秘诀。譬如尧、舜，因为禅让而千古留名，被历代奉为"仁君"和学习的榜样，尧舜时代也成为太平盛世的代名词。贾凫西对尧舜禅让的说法却是新颖别致，虽纯属臆测，不见诸史籍，倒也合情入理。他写道：

> 你说尧为什么把天下让于舜呢？尧想：我这宝座原是我帝挚哥哥的，我把这个热腾腾的场儿，一气占了七八十年，于今发白齿落，却也快活够了！可惜我大儿子不争气，混理混账，立不得东宫。待要于八位皇子中，拣一个聪明伶俐的传以江山，又道是"天下爹娘向小儿"，未免惹得七争八吵。况且欢兜、三苗、崇伯、共工，这些利害行货，乘机动起刀兵，弄一个落花流水，我已闭眼去了，有力没得使，岂不悔之晚矣！寻思一个善全之策："舍得却是留得"，不如把这个天下，早早拥撮给别人，作一个不出钱的经纪。……目下又得了历山的好汉，吃辛受苦，孝行服人；可巧我有娥皇、女英两个女孩儿，便招赘他为驸马。我老之后，把天下交付在他手。闺女并班嫁了皇帝，九个儿子靠着姊妹度日，且后代已不是龙子龙孙，也免受刀下之惨。这是不得把天下给了儿，便把天下给了女，总是"席上掉了炕上"，差也差不多儿。所以么将天下传于舜。

209

离合兴亡

文人情怀
《桃花扇》

WEN

HUA

ZHONG

GUO

尧　帝

大舜和尧也差不多："舜想：我这天下是别人送我的，原不是世传祖业。"又想起自己儿子无能，而大禹却神通广大，怕他日后为父鲧报仇。于是他想："我于今一条舌根，已尝遍了苦辣酸甜；难道说四个眼珠还辨不出青黄白黑！常言说：'打倒不如就倒'，何不把这觊来的天下照旧让给他？结识了一个英雄，他也好恩怨两忘，我也好身名无累。所以么又将天下传给了禹。"

在贾凫西看来，尧和舜简直就是精打细算、工于心计的小人。作为万世楷模的仁君尚且如此，其他帝王就可想而知了。

正如贾凫西在"引子"中所说，他作鼓词并非是图名图利，也不是与那咬文嚼字的讲学问的先生斗口，"只因俺脚子好动，浪迹江湖，见些心中不平的事情，不免点头暗叹。又因俺身闲无事，吃碗闲饭，在那土炕绳床，随手拉过一本书，消遣这太平闲日。谁想检开书本，便生出许多古今兴亡的感慨、云烟过眼的悲凉！仔细想来，总是强梁的得手，软弱的吃亏"。"从来热闹场中，不知便宜了多少鳖羔贼种；那幽囚世界，不知埋没了多少孝子忠臣！""像俺这挑今翻古的一席话，不过是逢场作戏，发些狂歌。看他们争名夺利不肯休歇，一个个像神差鬼使中了魔：有几个没风作火生出事！有几个生枝接叶添上啰唆！有几个抖擞精神的能人心使碎！有几个讲道学的君子脚步也不敢挪！有几个持斋行善遭天火！有几个凶兜兜的恶棍抢些牛骡！总然是大老爷面前不容讲理，但仗着拳头大的是哥哥。"

孔尚任曾听过贾凫西说唱鼓词，这在他所作的《木皮散客传》中有所记载。孔尚任说："临别，讲《论语》数则，皆翻案语。""居恒取《论语》为稗词，端坐坊市，击鼓板说之。其大旨谓古今圣贤莫言非利，莫行非势，莫言利行势而违心欺世者，乡愿也。"大概是贾凫西的鼓词给他留下了深刻的印象，因此，孔尚任有意识地加以学习，并将许多木皮词的内容注入了《桃花扇》。

在《桃花扇》中，孔尚任极力彰显说书人柳敬亭任侠豪气的事迹，不再像黄宗羲的《柳敬亭传》那样认为"其人琐琐不足道"。第一出《听稗》，侯方域等人去拜访柳敬亭，央他说一回书，柳敬亭说："既蒙光降，老汉也不敢推辞；只怕演义盲词，难入尊耳。没奈何，且把相公们读的《论语》说一章罢！"于是他说唱相将，唱了五首鼓词，所唱即为贾凫西的《太师挚适齐全章》。说唱罢了，借陈贞慧之口说："妙极，妙极！如今应制讲义，哪能如此痛快，真绝技也！"对这段鼓词由衷赞叹。

《桃花扇·听稗》

《桃花扇》第十出《修札》一开场：

（丑扮柳敬亭上）老子江湖漫自夸，收今贩古是生涯。年来怕作朱门客，闲坐街坊吃冷茶。（笑介）在下柳敬亭，自幼无籍，流落江湖，虽则为谈词之辈，却不是饮食之人。（拱介）列位看我像个甚的，好像一位阎罗王，掌着这本大账簿，点了没数的鬼魂名姓；又像一尊弥勒佛，腆着这副大肚皮，装了无限的世态炎凉。鼓板轻敲，便有风雷雨露；舌唇才动，也成月旦春秋。这些含冤的孝子忠臣，少不得还他个扬眉吐气；那班得意的奸雄邪党，免不了加他些人祸天诛；此乃补救之微权，亦是褒讥之妙用。

柳敬亭手执鼓板，评点数千年江山人物，还孝子忠臣以扬眉吐气，

211

离合兴亡
文人情怀
《桃花扇》

WEN

HUA

ZHONG

GUO

给奸雄邪党以人祸天诛，这不就是贾凫西的形象吗？

《历代史略鼓词》的"尾声"有一套弋阳腔曲《哀江南》，"说的是明末流贼的猖狂，福王一载，弘光改元，孤根难立，又把个龙盘虎踞的金陵，登时批得粉碎。正是古今兴亡，烟云过眼，好不悲凉感慨得紧！"这七首曲子借写金陵的残景，如萧条的村郭、碎残的龙碑、破旧的秦淮窗寮、行院的枯井颓巢，表达了对刚刚逝去的曾经给无数士人产生过一丝光明幻想的南明王朝的眷恋和伤叹，正如最后一支 ［离亭宴带歇拍煞·总吊金陵］所唱："俺曾见金陵玉殿莺啼晓，秦淮水榭花开早，谁知道容易冰消！眼看他起朱楼，眼看他宴宾客，眼看他楼塌了！这青苔碧瓦堆，俺曾睡风流觉，将千百年兴亡看饱。那乌衣巷不姓王，莫愁湖鬼夜哭，凤凰台栖枭鸟。残山梦最真，旧境丢难掉。一霎时舆图换稿！唱一套《哀江南》，放悲声唱到老。"

《桃花扇》续四十出《余韵》中也照样全搬了这套曲子。所不同的是，贾凫西唱《哀江南》虽也伤感悲叹，但那只是所凭吊的历代中的一代而已，并不是他用力最多之处，正如他自己所说："然而如今唱来，却是际太平而取乐，不必替往古以担忧。"语气很淡，仿佛与自己无关。而《桃花扇》则不同，它整本书都是凭吊南明王朝的，将这支曲子放于它大结局的一出中，就有了尾声之意。当时南明王朝已灭亡了 3 年，忠臣良将已阵亡于沙场，侯方域和李香君也已弃绝红尘而入道，除了老赞礼、柳敬亭和苏昆生外，剧中人物都"落了片白茫茫大地真干净"。苏昆生重游秦淮，发现昔日繁华的秦淮水榭已不复存在，那种锥心的伤痛感使他唱出这套《哀江南》，自然具有浓重的感染力，而这套曲子也将全剧的悲剧气氛推上了顶点。可以说，《桃花扇》将贾凫西这套《哀江南》的悲剧意蕴和震撼力发挥到了极致，而这种强烈审美效果的取得不能不感谢贾凫西的天才创作。

虽然贾凫西在鼓词中将正统思想所确立起来的正面人物和偶像级

圣人一棍子打翻，但在评述历史时，他依据的却还是儒家的忠奸之辨和善恶标准。他扬忠孝，骂奸佞，其"尾声"结束语云："床头断简残编，偶检得真忠孝，大侠烈，老奸雄，鼍鼓三声，忍不住悲歌怒骂。"他对儒家思想也是信服的，但他又与那些腐儒不同，他的目光敏锐深邃，能够发现中国几千年专制的密码，于是他嘲笑那些把商汤桑林祷雨之事信以为真的腐儒，嘲笑宋朝"三百年的天下倒受了二百年的气，那掉嘴头子的文章当不了厮杀！满朝里咬文嚼字使干了口，铁桶似的乾坤把半边塌"。他嘲笑铁骨名臣方孝孺："大可笑古板正传方孝孺，金銮殿上把孝棒儿拖；血沥沥的十族拐上了朋友，是他那世里烧了棘子乖了锅。"这与孔尚任为明朝三百年基业毁于一旦所总结的历史经验是一脉相承的。

贾凫西虽然没有在鼓词中为刚刚逝去的明王朝极尽哀痛，但从鼓词反映出的感情还是能够看出他的遗民情绪。他不像有些文人那样以遗民自居沉浸在对前朝的眷恋和追忆中，而是想起了它的种种不好，明朝的灭亡正好刺激了贾凫西对现实的不平情绪。面对悲愤和压抑，文人们往往要借助文字表达出来，屈原选择了诗歌，司马迁选择用散文传记，而贾凫西却选择了可以走街串巷对众讲唱的鼓词，他要把他的这种情感表露给更多的人知道。因此，贾凫西的外表虽放浪形骸、狂放不羁，但作为明代的遗民，他的内心却是极端辛酸和痛苦的。这种借古人之酒杯浇自己胸中之块垒的故为狂狷，与同时代的金圣叹和比他稍晚些的吕留良是一致的。有鉴于此，孔尚任力排众议，大声为贾凫西正名道："狂狷，亦圣人之徒也！"

孔尚任《桃花扇小引》云："场上歌舞，局外指点，知三百年之基业，隳于何人？败于何事？消于何年？歇于何地？不独令观者感慨涕零，亦可惩创人心，为末世之一救矣。"可以说他与贾凫西所表达的主题是相似的，都是要表现历史的兴亡之感。不同的是，贾凫西的工具

213

离合兴亡
文人情怀
《桃花扇》

WEN

HUA

ZHONG

GUO

是酣畅淋漓的鼓词，那是一部骂世之书，借褒贬人物来寄寓历史观，骂完即止；而孔尚任的工具则是"借离合之情，写兴亡之感"的传奇戏剧，那是一部救世之书，通过故事来抒怀，所以余韵袅袅，几番辛劳与奔波，爱情与政治最终还是落了个空。

四、罢官疑案

康熙三十八年（1699）六月，孔尚任完成了他的代表作——《桃花扇》，此时他如释重负，兴奋不已。当然，感到兴奋的并不仅仅是他本人，还有那些得知《桃花扇》脱稿的朋友和想一睹为快的人们。据他在《桃花扇本末》中所说，他还没来京城的时候，就已经放出话来，说自己有一部《桃花扇》传奇，还没有公开，"尚秘之枕中"。来京后，他又多次在与友朋同僚宴饮等场合谈到《桃花扇》，可以说把大家的胃口都给吊起来了。后来虽然湖海漂泊多年，没能抽出时间把这部书一蹴而就，但他治河回到京城后，还是有很多朋友，像田雯等，催促他尽快写作。而且，他在写作的过程中，还找来戏班演唱，更是扩大了这部还未最终杀青的戏剧的知名度。因此，《桃花扇》甫一脱稿，便立刻轰动了京城，王公贵族莫不借抄，上演了一幕洛阳纸贵的景象。

在当年的除夕，孔尚任的上司、户部侍郎李楠派人送来岁金，向他索取《桃花扇》，将其当成"围炉下酒之物"。到了元宵节，李楠组织戏班开始搬演此剧。他请到的戏班原是吏部尚书、武英殿大学士李天馥的私家戏班，名为"金斗"。这场演出在当时名噪一时。孔尚任认为，他们所唱的《题画》一出，尤其能显现原著的神韵。

在正月初七"人日"那天，孔尚任邀请了一班好友来家宴饮，并请来戏班搬演《桃花扇》以助兴。他在《庚辰人日雪霁岸堂试笔分韵》的诗序中说道：人日这天召集同人来家宴饮试笔，已经有十年的历史了。而今年因为《桃花扇》脱稿，这次聚会就搞得尤其隆重。他已预采了西山的柏叶，煮上了易州酒，存储在翠瓷大缸里。又"剪彩为花，簪笔满床，屏间金胜，席上黄柑"俱备，并按照风俗，准备好了菜盘、煎饼等物。他在初五就发出了请柬，初七这天早早地洒扫庭除，众人饮酒赋诗，以《桃花扇》侑酒，好不惬意。

康熙皇帝像

这部戏甚至还引起了皇帝的注意。在《桃花扇》完稿后不久的一个秋夜，宫中的太监奉康熙之命索览剧本，而且还要得很急。结果因为借读的人太多，孔尚任的缮本也不知落到谁的手里了，一时竟拿不出来。后来总算从张平州中丞家找到了一本，由太监带入宫中，交付康熙御览，算是交了差。

从正月初上演，到三月份，才短短的两个月时间，《桃花扇》就已经在京城的舞台上站稳了脚跟，并且叫好又叫座。正所谓好事成双，就在这个月初，孔尚任被擢升为户部广东司员外郎，官居从五品。文名既显，官运亨通，孔尚任感受到了他出山以来最大的成就感。可惜的是，好景不长，这种美妙的感觉仅仅持续了十余天就戛然而止了，晴天一声霹雳，他被罢官了！

其实孔尚任并不是清代第一个享受着文名之隆又被泼上一盆冷水的剧作家。比孔尚任年长 3 岁、与他并称为"南洪北孔"的著名剧作家洪升，就曾因为他的代表作《长生殿》而遭遇功名之厄。

康熙二十七年（1688），《长生殿》正式完稿，立即受到周围朋友们的交口称赞。在演员们的要求下，这个本子被搬上了舞台，成为当时最受欢迎的剧目。第二年八月上旬，洪升招来戏班在家中演出《长生殿》，并邀请许多朋友一同观赏。当时正是康熙佟皇后的丧期，按例此期间不得娱乐嫁娶。结果此举遭到给事中黄六鸿的弹劾，洪升被革去国子监监生籍，在座诸人皆受到惩处。最倒霉的是孔尚任的山东同乡——青州人赵执信。这位14岁中秀才、17岁中举人、18岁中进士的天才诗人，受邀观剧时年仅28岁，却已在京做了10年官，本来仕途大好，却由于受到牵连，终以"国恤张乐大不敬"的罪名被革职除名。

　　有人认为洪升、赵执信等人的遭遇只是当时炽烈的南北党争中对手借机剪除异己，因为洪升与南党的高士奇等人关系密切，洪升的朋友王泽弘在洪升被罢官后也说："何期朋党怒，乃在伶人戏?"（《鹤岭山人诗集》卷一二《送洪昉思归武林》）。但洪升和赵执信确实也是授人以柄，犯下的是一个相当严重并且让人无法产生同情的错误，可谓事实清楚，借口光明正大，他们即使心中不服，嘴上也无可辩驳。赵执信在罢官当年初冬离开北京返家时写下的《出都》一诗，只重在描述自己失落怅惘的心境："事往浑如梦，忧来岂有端。罢官怜酒失，去国觉天寒。北阙烟中远，西山马首宽。十年一挥手，今日别长安。"但外人却也有眼明的，时人有诗描写这一事件，其一云："国服虽除未满丧，如何便入戏文场? 自家原有些儿错，莫把弹章怨老黄。"其二云："秋谷（赵执信）才华迥绝俦，少年科第尽风流。可怜一出长生殿，断送功名到白头。"正是指出了洪、赵诸人行乐之不择时，实在是有些咎由自取。

　　与洪升有所不同的是，关于孔尚任被罢官的原因，官方并没有给他一个明确的说法，他自己也搞不太清楚。既然坚信自己没有不法的行为，那无端受到政治上的贬斥，肯定就是有人把不属于自己的罪名安到了自己的头上。孔尚任和他的友人们都认为是有人故意对他进行诽谤。他在诗中写道："我是白头簿书郎，被谗不辩如聋哑。"友人在

送给孔尚任的诗中也都提到了他因遭谗而蒙受了不白之冤。刘雨峰的《送岸堂》说："口易铄金纷未解，指难点铁债安偿？"李峄瑞更是拿东汉名将马援受谤的故事来比拟孔尚任，在《闻孔东塘户部罢官却寄》说："颇闻薏苡伤新息，不道琵琶累右丞。"

罢官后，孔尚任写下了很多诗文，表达自己的郁闷不解。其实，他心中还是清楚得很，所谓遭谗罢官只是表面现象而已，真正的原因还是因为他写了那部含有敏感内容的《桃花扇》，而且随着该戏一次次在京中上演，其知名度和影响力变得越来越大，引起了当政者的不快。孔尚任在《放歌赠刘雨峰寅丈》说："命薄忽遭文章憎，缄口金人受谤诽。自古公卿去国多，不才何况臣虮虱。"他以"文章"遭祸，那么他所作的"文章"中，又有哪一部比《桃花扇》更有影响力，更能给他带来荣耀和诽谤呢？因此，说到底，孔尚任的罢官是一出处罚不重、波及面不广但却货真价实的文字狱。

文字狱，顾名思义，就是以文字犯禁或借文字罗织罪名以迫害异己。中国的文字狱已有 2000 年的历史，历朝历代经历的大大小小、著名或不著名的冤狱不可胜数。较著名的可以举出以下几例。

汉代著名史学家司马迁的外孙杨恽被罢官后，给友人、安定太守西河孙会宗写了一封《报孙会宗书》，在信中他以嬉笑怒骂的口吻，流露出对朝廷的不满和以俗人自居、与公卿决裂的态度，结果触怒了汉宣帝，被以大逆不道之罪腰斩处死。三国时期"竹林七贤"之一的嵇康，写下了《与山巨源绝交书》，在文中流露出对世俗礼法的蔑视，成为他后来被司马昭所杀的借口之一。

宋神宗年间，苏轼反对王安石推行的新法，在诗文中表达了自己的不满情绪。结果苏轼的政敌把他的诗文拿来详加考索，加以莫须有的联想，算是抓住了他的小辫子，向皇帝告发他"包藏祸心，怨望其上，讪渎谩骂，而无复人臣之节"，结果苏轼被捕并被下到御史台监狱

苏轼

4个月之久。后来在舆论的营救下，又托宋朝不轻易诛戮大臣之福，苏轼逃过一死，被贬为黄州团练。这就是历史上有名的"乌台诗案"。

有时候文字狱并不是因为用文章讥讽了朝政或是忤逆了君王，而仅仅因为文章中的某个字或词正好在特定的时间和地点触动了统治者敏感的神经，让神经质的君王发了狂，这种作者是最倒霉的。明显的例子就是朱元璋。因为朱元璋出身绿林，曾被他的造反对象称为"贼"，所以，他对"贼"以及读音相近的字——如"则"等——十分反感。浙江府学教授林元亮因所作《万寿增俸表》中有"作则垂宪"，北平府学训导赵伯宁因所作《万寿表》中有"垂子孙而作则"等语，而惨遭杀身之祸。因为朱元璋曾做过和尚，所以他还特别忌讳"僧"、"光"、"秃"等字眼。杭州府学教授徐一夔在书上用"光天之下"、"天生圣人"、"为世作则"等语赞美朱元璋，结果朱元璋认为这是在故意提及他极力想抹杀的往事，一怒之下就杀了徐一夔。

唐代算是文网较宽的朝代，许多知名文人写有明显讽刺朝政甚至直指君王的诗文都没有受到追究。诗圣杜甫作有《丽人行》，嘲笑杨氏姐妹得宠后的骄奢淫逸和不可一世；结句"炙手可热势绝伦，慎莫近前丞相嗔"，更是对刚刚登上宰相宝座不久的杨国忠的辛辣讽刺。白居易的《长恨歌》以直白的语言展现了唐玄宗和杨玉环恋情的全过程，虽然诗歌后半部分高度赞扬了他们超越生死的爱情，但对唐玄宗的批评意味还是很明显，诗歌开篇就是"汉皇重色思倾国"。诗中隐瞒了杨玉环曾是寿王李瑁妃子的事实，但对唐玄宗因为宠幸杨玉环而荒废政事，终致"安史之乱"的事实并不避讳，其中"春宵苦短日高起，从此君王不早朝"、"姊妹弟兄皆列土，可怜光彩生门户"之语，皆有"大不敬"的意味。

诗中语言较为隐晦，讽刺却最为辛辣的是李商隐的《龙池》："龙池赐宴敞云屏，羯鼓声高众乐停。夜半宴归宫漏永，薛王沉醉寿王醒。"龙池，又名降鹤池，就是唐代长安兴庆宫内的兴庆池。诗歌描写了唐玄宗及其家人在龙池举行宴会的场面。唐玄宗擅长击羯鼓，而"羯鼓声高众乐停"一句既是实写当时百乐奏鸣的情形，也暗示了唐玄宗的强势地位。最具讽刺意味的是最后一句。

李商隐像

薛王是玄宗的侄儿李珪，他曾在醉酒后涉嫌调戏玄宗的宠妃梅妃，李商隐在此主要是拿薛王衬托一下寿王。寿王即玄宗的儿子李瑁，他的妃子杨玉环被其父横刀夺爱，后来被立为贵妃。在这个玄宗心情舒畅而大秀其鼓技的宴会上，寿王有什么兴致去痛饮这琼浆玉液呢？在仍然是由玄宗子孙执掌权柄的年代，李商隐简直是大逆不道了，但他却并不担心而且也没有招来灭族的处罚。

清代是中国历史上文字狱的多发时期，可谓登峰造极。从顺治朝开始，历经康熙、雍正，文字狱愈演愈烈，至乾隆时达到顶峰。乾隆以后，文字狱渐歇，但道光年间，著名诗人龚自珍还是写下了"避席畏闻文字狱，著书都为稻粱谋"的诗句，可见文字狱给文人留下的巨大心理阴影。

在孔尚任被罢官的30多年前，即康熙二年（1663），发生了震惊朝野的庄廷鑨《明史》案。庄廷鑨是浙江湖州的一位盲人，家中饶有资财，受春秋时期盲人史学家左丘明的激励，他也想写作一部史书，

219

离合兴亡

文人情怀
《桃花扇》

WEN

HUA

ZHONG

GUO

以为不朽之盛事。但苦于自己无此才能，他就从明熹宗时的内阁首辅朱国祯的后人那里买来了朱国祯所写的《皇明史概》，并请人补写崇祯和南明的史事，最终刊刻出版了《明史辑略》一书。此书在叙及南明史事时，仍尊奉明朝年号，对清朝皇帝祖先不光彩的历史予以了揭露，颇多不屑之词。被人告发后，在中原立足未稳、亟需立威以震慑士人的清朝趁机大兴牢狱，庄廷鑨照大逆律剖棺戮尸，与此相关的70余人被处死，另有数百人受牵连发配充军，可谓惨烈至极。死后也不得安宁的庄廷鑨大概怎么也不会想到，他想依靠一部书而"不朽"的区区愿望竟会闹出这么大的风波，连累这么多人受难。

那么《桃花扇》中有什么违碍的内容让清廷如此不快呢？应该说，在清政权入主中原还未满一个世纪，士人有关明朝的记忆还未完全消磨的时候，《桃花扇》描摹的离合兴亡其实是一个非常敏感的话题，也可以说是在文字中横着一根危险的高压电线，一旦触及，后果就不堪设想。但同时，清朝的法律又没有禁止文人在不诋毁和妄图颠覆现政权的前提下怀念前朝；更重要的是，孔尚任在《桃花扇》中明确声明他要总结明朝灭亡的教训，作为现实政治的参考，他试图让人相信，他是本着批判的态度来对待前朝的。而明朝是亡于李自成而非清人的事实，更是《桃花扇》获得合法性的基础。在《桃花扇》中，提及清兵时，孔尚任没有用清廷极为避讳的"胡"、"夷"、"蛮"等字眼，而是选用了一个中性的表明清人地理方位的"北"字。他又借剧中人物之口赞扬清兵打败了李自成，为崇祯皇帝报了大仇，尽力避免引起清政权的不快。

在《先声》中，孔尚任借老赞礼之口，称颂康熙的统治是"尧舜临轩，禹皋在位；处处四民安乐，年年五谷丰登"。还出现了河出图、洛出书、景星明、庆云现等12种祥瑞，而且孔尚任还特地把祥瑞出现的时间安排在康熙二十三年（1684），这正是康熙去曲阜祭孔，孔尚任御前讲经，得以发迹的那一年。孔尚任这样写，大概是要表明自己没有忘记身享的功名富贵来自何处。虽然孔尚任做出了如此众多的努力，但在剧中，他还是难以掩饰对明王朝深深的哀悼和追忆，以及对南明小朝廷"哀其不幸，怒其不争"的矛盾心情。

孔尚任对明王朝灭亡的哀痛和对崇祯皇帝的怀念在剧中得到了充分的渲染。在《哭主》出，孔尚任称崇祯为"圣主好崇祯"，说崇祯"十七年忧国如病"，"独殉了社稷苍生"。在《闲话》出，孔尚任借蓝瑛、蔡益所和张薇的谈话，哀悼崇祯皇帝、周皇后以及甲申殉难的忠臣，说"有这样忠臣，可敬，可敬"；痛骂那些投降李自成的官员，说"有这样狗彘，该杀，该杀"。

在中元节这天，剧中人物纷纷对刚刚逝去的明朝进行祭奠和哀悼。其中，老赞礼约村中父老为崇祯皇帝建水陆道场，卞玉京组织村中男女到白云庵为周皇后悬挂宝幡，张薇"广延道众，大建经坛"，为崇祯修斋追荐。孔尚任用大量的篇幅描写张薇组织的这次活动，参与活动的不仅有那些曾在明朝为官的人士，更多的是对前朝怀着朴素感情的普通大众。"村民男女，顶香捧酒，挑纸钱、锭锞、绣幡"，纷纷前来。祭坛上设有崇祯及甲申殉难的文臣武将的牌位，不厌其烦地一一点出他们的名字。可以说，孔尚任在此打了个擦边球，他一方面表达对明朝的怀念，一方面又努力使自己批判的矛头对准李自成而远离清政权，但他不管怎么努力，还是露出了他哀悼南明小朝廷的真实想法。当众人央求张薇凭借"法眼"来看看君臣死后的情形时，张薇说："这甲申殉难君臣，久已超升天界了。"蔡益所和蓝瑛又问南明小朝廷的情况，张薇说：一心抗清卫国的史可法、左良玉、黄得功皆奉上帝册封，位列仙班；而投降清朝的马、阮诸奸则遭受天谴，一个为雷神劈死，一个为山神夜叉推下悬崖跌死，足见天理昭彰。

如果说孔尚任浸淫其中的哀痛情绪还可以被清廷原谅的话，那么他对抗清与降清诸人爱憎分明的态度肯定会引起清廷的不快了。何况

221

离合兴亡
文人情怀
《桃花扇》

WEN

HUA

ZHONG

GUO

他又借村民之口写下了如下唱词："望虚无玉殿，底座非遥，问谁是皇子王孙，撇下俺村翁乡老。"孔子在《论语·八佾》中说："夷狄之有君，不如诸夏之亡也。"唱词虽然是祭奠中常见的说词，但用在一个异族统治的时代，由一个孔子的后裔说出，这种关于明亡后百姓是无君父的孤儿的说法，还是触动了清廷敏感的神经。

孔尚任在《桃花扇小引》中自称要探讨明朝灭亡的教训，但《桃花扇》除了隐约流露出来的明末党争之外，主要是以南明的史实详细回答了他自己提出的这几个问题，而且字里行间流露出深深的同情。康熙说弘光"虽欲不亡，岂可得乎"，既有自我警示的意思，更是想向世人表明南明亡于清是大势所趋。而孔尚任对弘光小朝廷种种恶政和劣迹的展示，大有恨铁不成钢，甚至要为之招魂的意思。要知道，南明是被清朝所灭，南明的忠臣自然就是清朝的敌人，他写史可法诸人的坚贞、顽强和勇敢，都会让清朝统治者感到难堪。

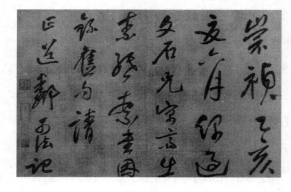

史可法墨迹

最突出的一点表现在对史可法的描写上。在剧中，史可法是南明小朝廷中抗清最为坚决之人，《誓师》一出写尽了史可法面对强敌压境、兵有降心的不利局面时"不信东风唤不回"的坚定意志。

在夜深之际，史可法来到城墙巡视，发现军心动摇，他果断下令当夜点兵，结果众兵士不应，史可法无奈之下伤心大哭，以致眼中流出鲜血来。众兵士大为感动，誓言拼死守城。史可法随后下令：上阵不利，守城。守城不利，巷战。巷战不利，短接。短接不利，自尽。他又训诫属下道："你们知道，从来降将无伸膝之日，逃兵无回颈之时。那不良之念，再莫横胸；无耻之言，再休挂口。"史可法的铮铮誓言伴随着三千军士的呐喊响应，一时间响彻了扬州城。

《沉江》一出，孔尚任改变了历史上史可法兵败被俘，坚贞不降而英勇就义的结局，改为史可法在扬州城陷落后不肯舍孤立之君，"效无益之死"，就缒下南城，直奔仪真。结果途中听说南京陷落，弘光出逃，他顿时万念俱灰，在大哭之后留下了"累死英雄，到此日看江山换主，无可留恋"的话语，毅然决然地举身跳入滚滚大江。他死后，侯方域、老赞礼诸人以无比哀伤和崇敬的心情在江边对他进行了祭奠："走江边，满腔愤恨向谁言。老泪风吹面，孤城一片，望救目穿。使尽残兵血战，跳出重围，故国苦恋，谁知歌罢剩空筵。长江一线，吴头楚尾路三千。尽归别姓，雨翻云变。寒涛东卷，万事付空烟。精魂显，大招声逐海天远。""江山换主"与"尽归别姓"，与张道士骂侯方域、李香君"呵呸！两个痴虫，你看国在哪里，家在哪里，君在哪里，父在哪里"一样，都是在追忆明王朝的同时，将矛头明确地指向了清王朝。在剧中，孔尚任极力描写南明王朝的腐败，但就是这样一个腐败透顶的小朝廷还让人留恋到为它哭泣、为它殉节，而不愿在一个新的政权下活下来，这让清政权情何以堪？

既然孔尚任在《桃花扇》中写了如此众多让清廷不快的内容，那康熙为什么仅仅免去了他的官职，而没有大兴文字狱，借孔尚任来祭刀，以警骇士人呢？这大概是因为孔尚任为孔子后裔的身份和他由康熙亲自擢选入仕的缘故。

清政权虽然以血与火的方式入主中原，但可以马上打天下，不可以马上治天下，为了长治久安，他们也要像历代政权一样，做出一幅崇儒尊孔的姿态。康熙二十三年（1684），康熙皇帝在结束南巡回京的途中，专程赴曲阜祭孔。2年后，他为称颂孔子而御笔亲书"万世师表"四个字。康熙三十二年（1693），曲阜孔庙重修工程竣工，康熙特

223

离合兴亡
文人情怀
《桃花扇》

WEN

HUA

ZHONG

GUO

派皇子胤祉、胤禛前往告祭。而孔尚任作为孔子的六十四代孙，他之所以能飞出小城变成凤凰，也是因为顶着圣裔的名号，正好适应了康熙尊孔之所需，于是他就在康熙亲自祭孔时因为"陈书讲说，克副朕衷"而被"额外议用"，成为康熙亲擢的官员。

应该说，如果孔尚任没有写作《桃花扇》的话，他从政后的表现还可以称得上是克副康熙之衷，而康熙也没有对他弃之不理。康熙二十八年（1689），康熙去扬州视察河工时，特地在龙舟上召见孔尚任，使他顿有人臣队里最是光辉的感觉。康熙三十六年（1697），康熙授予孔尚任承德郎之衔，并敕令嘉奖，孔尚任夫人秦氏受封为"安人"。正因为康熙与孔尚任之间除了君臣之外，还有着这样一层特殊的关系，所以，《桃花扇》脱稿的消息传出后，康熙才特别关心，亲自索览。

我们可以大胆设想，康熙读过剧本后肯定会心生不快，他不能想象，为什么生在清朝，还受过浩荡皇恩的孔尚任会对前明有如此深厚切肤的感情。虽然如此，他还是容忍了下来，没有要治孔尚任罪的意思。等到第二年《桃花扇》成为场上之戏大受欢迎、广为流行后，康熙才忍无可忍罢了孔尚任的官。或者，康熙在读过剧本后就有了罢孔尚任官的主意，但不想让外界把孔氏的罢官与《桃花扇》联系起来，而故意拖延了几个月。而孔尚任之所以没受到重罚，一方面是因为《桃花扇》虽然在行文感情上与明朝亲近而与清朝疏远，但却没有直接犯忌的言辞，很难因之而大兴文字狱。这从孔尚任被罢官后，《桃花扇》并没有遭禁，其演出依旧火爆，孔尚任依然可以作为《桃花扇》的作者而到处受到欢迎、享受该戏带来的荣光可以看出来。另一方面，也是最关键的一点就是，孔尚任是孔子后裔，而且是康熙亲自破格擢选的官员，如果以《桃花扇》有忤逆思想而治孔尚任之罪的话，那无疑等于向世人宣告，皇帝曾经最信任的人也是靠不住的。这是康熙所不愿看到的。因此，对康熙来说，将孔尚任罢官既是君主对臣下的处罚，恐怕也是在宣示与一个背叛自己的朋友的绝交，如果我们相信康熙还具有一个普通人的情感的话，而这种感情似乎的确曾经发生过。孔尚任的《出山异数记》就记载了他为康熙祭孔当导游时，皇帝和他的亲密无间：

> 上又问："有蓍草丛生地上者，可寻一观！"尚任导引，历楷亭之西，岗垅崎岖，榛莽深密，批丛指奏曰："此即蓍草。"上亲摘一茎，玩其枝干，又采子盈掬，辨其气味，倾赐尚任手曰："细嗅之，亦有异香。"

> 霄壤陛之威严，等君臣于父子，一日之间，三问臣年，真不世之遭逢也。

徐振贵先生在《孔尚任评传》中记述了一个从孔尚任后裔那里听来的传说：在《桃花扇》剧本传入宫廷数日后，康熙便召见孔尚任。孔尚任正在殿外恭候，忽听得背后传来脚步声，回头一看，正是康熙。孔尚任吓得连忙叩首，说："小臣该死！"康熙只是把手中拿的《桃花扇》抄本一扬，说了一句"先生笔下留情"，便转身离开了。如果这个传说真实的话，那正说明了康熙与孔尚任之间那种微妙的关系。

罢官之后，孔尚任又在京城盘桓流连了两年多，于康熙四十一年（1702）冬，才怀着落寞的心情回到了故乡曲阜。孔尚任在出京城彰义门时，回想前尘如梦，心生无限伤感，写下了如下诗句："十八寒冬住到今，凤城回望泪涔涔。诗人不是无情客，恋阙怀乡一例心。"从康熙二十四年（1685）孔尚任入京为官，到此时已历18年的光阴。18年风尘仆仆，18年喜怒哀乐，随着孔尚任的离开京城，如一页写满了字的纸张被悄无声息地翻了过去，孔尚任重新回到了他人生的起点。

乡居的孔尚任需要一段时间来适应老母在堂、儿孙绕膝的生活。他有过几次外出，去过济宁，去过河北真定，去过山西平阳。在平阳，

225

离合兴亡
文人情怀
《桃花扇》

WEN

HUA

ZHONG

GUO

他帮知府刘棨编修了《平阳府志》。当然，《桃花扇》还是他生活中重要的一部分。乡居期间，孔尚任为《桃花扇》写了《桃花扇本末》和《桃花扇小识》，并靠着热心人的资助，将《桃花扇》正式刊刻出版。

当他于康熙四十五年（1706）去真定购书时，在老朋友刘雨峰家里观看了《桃花扇》的演出，连看了两天，"缠绵尽致"。当刘雨峰的同僚得知《桃花扇》的作者孔尚任在此时，争着向他敬酒表达敬意。而孔尚任发现场上表演有不尽如己意的地方，就即席指点，好不得意。面对着场上一幕幕的悲欢离合，孔尚任眼前大概也会出现一幕幕难忘的场景吧：22 年前，他初次见到康熙，如同在严冬迎面吹来了丝丝熏风；艰辛又充满收获的湖海仕途中，一位位隐士向他讲述着南明的故事和侯、李的悲欢；杨柳依依，他迎着料峭的春寒进京为官；雨雪霏霏，他一步一回头地踏上回乡的路。

康熙五十七年（1718）正月，孔尚任逝世。在逝世前几个月，他还会见了老友金埴。金埴为孔尚任作了两首诗，将《桃花扇》与《长生殿》并提。诗云："潭水深深柳乍垂，香君楼上好风吹。不知京兆当年笔，曾染桃花向画眉。""两家乐府盛康熙，进御均叨天子知。纵使元人多院本，勾栏争唱孔洪词。"在孔尚任去世后，金埴在《东鲁春日展〈桃花扇〉传奇，悼岸堂先生作》中写道：

南朝轶事断人魂，重展香君便面痕。不见满天红雨落，老伶泣过鲁西门。

桃花忍见鲁门西，正乐人亡咽鸟啼。一代风徽今坠也，云亭山色转凄迷。

第一首诗后注曰："先生殁，虽梨园旧部，亦有泣下者。"孔尚任应该没有遗憾了，《桃花扇》让他罢了官，但让他因之而不朽！

参考文献

离合兴亡
文人情怀
《桃花扇》

WEN

HUA

ZHONG

GUO

《桃花扇》

（清）孔尚任著　王季思、苏寰中、杨德平合注　人民文学出版社1959年版

《明史》

（清）张廷玉等撰　中华书局1974年版

《说书艺人柳敬亭》

陈汝衡著　上海文艺出版社1979年版

《柳如是别传》

陈寅恪著　上海古籍出版社1980年版

《贾凫西木皮词校注》

关德栋、周中明校注　齐鲁书社1982年版

《明清之际党社运动考》

谢国桢著　中华书局1982年版

《明季北略》,《明季南略》

（清）计六奇撰　中华书局 1984 年版

《中国古本戏曲插图选》

周芜编著　天津人民美术出版社 1985 年版

《清史列传》

王钟翰点校　中华书局 1987 年版

《孔尚任年谱》

袁世硕著　齐鲁书社 1987 年版

《侯朝宗文选》

（清）侯方域著　徐植农、赵玉霞注译　齐鲁书社 1988 年版

《历代咏剧诗歌选注》

赵山林选注　书目文献出版社 1988 年版

《燕子笺》

（清）阮大铖著　蔡毅点校　中华书局 1988 年版

《清代学者象传合集》

叶衍兰、叶恭绰编　上海古籍出版社 1989 年版

《昆曲发展史》

胡忌、刘致中著　中国戏剧出版社 1989 年版

《阮大铖戏曲四种》

（清）阮大铖撰　黄山书社 1993 年版

《中国历代名人图会》

房立中、陈运坤编　学苑出版社 1994 年版

《晚明士风与文学》

夏咸淳著　中国社会科学出版社 1994 年版

《桃花扇新视野》

施祖毓著　海峡文艺出版社 1996 年版

《南明史》

顾诚著　中国青年出版社1997年版

《陶庵梦忆·西湖梦寻》

（清）张岱著　陕西人民出版社1998年版

《明清之际士大夫研究》

赵园著　北京大学出版社1999年版

《南明史料（八种）》

（清）黄宗羲、顾炎武等撰　江苏古籍出版社1999年版

《明清传奇史》

郭英德著　江苏古籍出版社1999年版

《侯方域诗集校笺》

（清）侯方域著　何法周主编　王树林校笺　中州古籍出版社
2000年版

《孔尚任评传》

徐振贵著　南京大学出版社2000年版

《板桥杂忆》

（清）余怀著　李金堂校注　上海古籍出版社2000年版

《孔尚任全集辑校注评》

（清）孔尚任著　徐振贵主编　齐鲁书社2004年版

《中国戏曲概论》

吴梅著　冯统一点校　中国人民大学出版社2004年版

《中国戏剧史长编》

周贻白著　上海书店出版社2004年版

《秦淮旧梦：南明盛衰录》

赵伯陶著　济南出版社2008年版

《明末四公子》

229

离合兴亡

文人情怀
《桃花扇》

WEN

HUA

ZHONG

GUO

高阳著　华夏出版社 2008 年版

《欧阳予倩代表作：桃花扇》

中国现代文学馆编　华夏出版社 2008 年版

《梁启超批注本桃花扇》

（清）孔尚任著　梁启超批注　凤凰出版社 2011 年版

《云亭山人评点桃花扇》

（清）孔尚任著　　（清）云亭山人评点　上海古籍出版社 2012 年版

后　记

　　总感觉和《桃花扇》，和孔尚任，有些神秘的缘分。

　　来圣人故乡读书，首先去拜谒的名胜并非"三孔"，而是圣人第六十四代孙孔尚任曾经隐居读书的石门山。己卯年深秋，同窗七八人，青春好做伴，长歌入深山。山中红叶铺地，已无空翠湿人衣，但众人兴致不减，摆开一字长蛇阵，往山中高处进发。此歌彼和，好不热闹。途中遇一仿古建筑，云是东塘先生读书处。可惜书房铁将军把门，主人巡山未归，未审详情，自然不好随地滥发思古之幽情。印象最深的是在半山腰撞见刚完工的石刻十二生肖，我童心未泯，即刻找到与自己相配的那一座，跨背挽角，露齿对镜，在一片哄笑声中，定格了搞笑的一瞬。这些片段，虽隔了十余年的光阴，至今如在眼前。如今年过而立，冗事萦心，天涯路断，泥淖难逃，每当怀疑自己是否真的有过令人羡慕的青涩年华时，我就会找出这几张小照反复验看。

　　大四的第一个学期，上"中国古代戏曲史"课，由徐振贵教授主讲。徐先生是治《桃花扇》的名家，可能是由于对其太熟悉反倒失去了热情的缘故，他讲授《桃花扇》的时间并不比《牡丹亭》等其他大牌剧作的长，但这已经能引起我熟读《桃花扇》的强烈兴趣，并至今都记得初读过一遍后那种惊心动魄的体验。至此，算是与孔尚任，与《桃花扇》结下了初步的缘分。

感谢乔力先生给我写作本书的机会，让我得以重温旧时的感动。乔先生几年来对我的大力帮助和提携，让我尤其感念。感谢所有为本书的写作做出贡献的人们。付出就应该得到回报，只是我没有自信我的这本小书能否回报得起他们的付出。

本书的写作，恰好伴随着小女辛夷的茁壮成长。小家伙带给我许多快乐和惊喜，也给我平添了许多甜蜜的辛劳和让我忧思不安的责任感。这些奇妙的感受都是从别处无法获得的，所以，我也要谢谢她。

车振华

2012 年 12 月 29 日

边缘话题

232